A.L.Kahnau

Juli im Winter

Roman

A.L.Kahnau

Juli im Winter

Buchcoverdesign: Marie Graßhoff (c) shutterstock
Buchsatz: A.L.Kahnau, unter Verwendung von Grafiken (c)
pixabay und pexels

Impressum
A.L.Kahnau
c/o Papyrus Autoren-Club,
R.O.M. Logicware GmbH
Pettenkoferstr. 16-18
10247 Berlin
a.l.kahnau@gmail.com
www.alkahnau.com

Bibliografische Information der Deutschen
Nationalbibliothek: Die Deutsche Nationalbibliothek
verzeichnet diese Publikation in der Deutschen
Nationalbibliografie; detaillierte bibliografische Angaben sind
im Internet über http://dnb.dnb.de abrufbar.

Herstellung und Verlag:
BoD – Books on Demand, Norderstedt

ISBN: 9783746047898

Für Line.

Prolog

Mit einer fließenden Bewegung werfe ich mir die rote Wolldecke über die Schultern und lasse mich anschließend in Papas großen Kuschelsessel fallen. Die Knie ziehe ich bis zur Brust an und umschlinge sie mit den Armen, um der Kälte, die ich seit Wochen verspüre, keinen Einlass zu gewähren.

Trotzdem zittern meine Finger leicht, als ich mir eine verirrte Haarsträhne hinter das Ohr streiche. Doch das liegt nicht an der Raumtemperatur, sondern an dem überraschenden Besuch, der mir auf der Couch gegenübersitzt. Nur widerwillig hat meine Mutter mich mit ihr alleine gelassen. Ihr Blick gab mir eindeutig zu verstehen, dass sie in der Küche auf mein Zeichen wartet. Ein Fingerschnippen von mir würde reichen und sie käme wie Godzilla hereingestürmt, um den ungebetenen Gast hinauszubefördern.

Aber trotz meiner Abscheu, trotz allem, was geschehen ist, will ich wissen, was sie hierhergeführt hat. Obwohl sie mit ihrer puren Anwesenheit meinen kleinen Rückzugsort zerstört, das letzte bisschen Sicherheit und Geborgenheit, das ich mir bisher bewahrt habe, siegt die Neugier.

Ich reibe die Stofflagen der Wolldecke zwischen meinen Fingerspitzen und konzentriere mich auf meine Lunge. Ich stelle mir vor, wie sie sich kontinuierlich mit Luft füllt und wieder leert. Wie sie sich dabei aufbläht und wieder in sich zusammenfällt. Ich stelle mir mein Herz vor, das in einem ruhigen Takt gegen meine Brust schlägt. Bum bum. Bum bum. Dabei leiere ich in Gedanken den Text von Dr. Michalski hinunter. *Ich bin stark.*

Stärker als sie. Sie hat keine Macht über mich. Nicht mehr.

Wir können uns kaum ansehen und trotzdem beobachte ich sie aus dem Augenwinkel. Hat sie sich verändert? So sehr wie ich mich? Was haben die letzten Wochen mit ihr gemacht?

Ihre kurzen Haare stehen so stachelig ab, wie eh und je. Die rote Farbe darin habe ich noch nicht an ihr gesehen, doch auch diese ist bereits verwaschen. Ein wenig erinnert sie mich damit an Pumuckl. Der lila Nagellack blättert bereits ab, ihre Augen sind ungeschminkt. Es wirkt, als hätte sie geweint. Kann sie überhaupt wirklich weinen? Das kleine Fünkchen Mitleid, das in mir aufkeimt, ersticke ich sofort unter einem Berg an Erinnerungen. Oh ja. Es kamen Tränen aus ihren Augen. Aber keine Einzige davon war echt. Und auch jetzt scheint sie viel dafür zu geben, die Fassade des unschuldigen Mädchens aufrecht zu erhalten. In ihrem weißen, viel zu großen Micky Mouse-Shirt sieht sie aus wie eine Zwölfjährige.

Zusammen mit den Temperaturen draußen, sinkt auch die Gradzahl in meinem Herzen.

Und während nun langsam und leise vor dem Fenster die ersten Schneeflocken in diesem Winter fallen, schaffe ich es endlich, meine regengrauen Augen auf das Mädchen zu richten, mit dem das ganze Unglück seinen Anfang nahm.

Kapitel 1

Als sich meine Schwester im Winter
vor zwei Jahren das Leben nahm,
machte sie mir damit ein Geschenk.

Das sollte ich nicht sagen. Wohl nicht einmal denken. Weil ich sie geliebt habe, wie man nur eine Schwester lieben kann. Und natürlich vermisse ich sie. An jedem Tag. Zu jeder Stunde. Niemand hätte ihren Freitod damals als etwas Gutes betrachtet. Denn zunächst brachte ihr plötzliches Fehlen uns alle zu Fall. Mich. Meine Eltern. Die gesamte Familie. Und ... ja, sogar ihre Peiniger. Jeder von uns wurde niedergedrückt vom Schatten, den ihr Tod auf uns warf.

Für mich brach eine Welt zusammen. Meine Schwester und ich, wir waren schon immer ein Team. Laura und Juli, wie Hanni und Nanni. Bis zur Grundschule klebten wir aneinander wie Pech und Schwefel. Aber dann kam der Schulwechsel. Laura wechselte auf die weiterführende Schule. Eine Ganztagsschule. Sie kam selten vor 16 Uhr nachhause. Zunächst machte das keinen großen Unterschied. Die wenige Zeit, die wir hatten, verbrachten wir auch weiterhin miteinander. Wir bauten weiter Buden im Wald, formten Figuren aus Lehm, den wir im angrenzenden Bach fanden. Wir sammelten Geschirr und Gläser aus den Sperrmüllhaufen der Nachbarn, bevor die Abfuhr sie mitnehmen konnte, und richteten uns damit ein. Die Bude im Wald war unser zweites Zuhause.

Aber nach und nach veränderte Laura sich. Sie wurde stiller, wollte nicht mehr aus dem Haus. Sie war unzufrieden mit sich und ihrem Äußeren. Laura war schon immer die Fülligere von uns beiden gewesen. Aber das hatte ihr nie etwas ausgemacht. Doch nun erwischte ich sie immer häufiger in Unterwäsche vor dem Spiegel. Wie sie sich drehte und wendete. Sie kniff sich in die Hüften und die Oberschenkel und wenn sie sich von mir ertappt fühlte, knallte sie mir die Tür vor der Nase zu.

Weder ich noch unsere Eltern konnten sie davon überzeugen, dass sie sich nicht zu verstecken brauchte. Laura war nicht hässlich. Im Gegenteil. Aber sie sah es nicht. Und je mehr sie sich in sich zurückzog, desto mehr wurde sie zu der Person, die ihre Mitschüler in ihr sahen.

Als ich ein Jahr später schließlich auf dieselbe Schule wechselte, war ich voller Hoffnung, Laura eine Stütze sein zu können. Doch schon bald stellte sich heraus, dass ich weniger Hilfe, als viel mehr ein zusätzliches Problem für sie war. Plötzlich bot ich die Angriffsfläche, die sie so vehement zu verstecken suchte. Ihre Mitschüler sahen in mir ein neues Opfer. Endlich hatten sie etwas gefunden, mit dem sie Laura, die inzwischen eine hohe Mauer um sich herum errichtet hatte, wieder verletzen konnten.

Ich ertrug die Hänseleien mit stoischer Gelassenheit. Zumindest solange ich mich beobachtet fühlte. Erst zuhause gestattete ich mir selbst, zu weinen. In Mamas Armen vergrub ich meine Sorgen und Ängste. Ich erinnere mich noch an Lauras Blick, als sie hinunter ins Esszimmer kam und mich dort in Tränen aufgelöst vorfand. Über Mamas Schulter hinweg sah ich meine Schwester an. Stumm. Vorwurfsvoll. Dabei konnte sie doch überhaupt nichts dafür. Aber unsere Feinde, sie hatten es geschafft, einen Keil zwischen uns zu treiben.

Ab diesem Tag machte Laura einen großen Bogen um mich. Sie behandelte mich wie Luft, tat so, als würde sie mich nicht kennen. Aber es war zu spät. Einmal Opfer, immer Opfer. Denn inzwischen waren es nicht mehr nur ihre

Mitschüler, die mich hänselten, sondern auch meine eigenen. Der Stein war ins Rollen gekommen.

Wir hielten durch. Monate. Jahre. Es wurde nicht besser. Mehrere Elterngespräche fanden statt. Klassenkonferenzen. Ermahnungen der Lehrer an die Schüler. Besserungsgelöbnisse der Peiniger. Und doch änderte sich nichts. Ein Schulwechsel kam nicht in Frage, denn die nächste Schule war zu weit entfernt. Und noch dazu ein Internat.

Meine Eltern atmeten erleichtert auf, als Laura in die zehnte Klasse kam. Nur noch ein Jahr, dann würde sie der Schule den Rücken kehren. Dann würde sie ihre Lehre beginnen. In einer Buchhandlung. Ihr Traumjob. Alles schien besser zu werden. Bis zu dem Tag, an dem Laura entschied, dass es genug war. Ich fand sie in der Badewanne. Das Wasser rot von Blut. Meine Füße schlitterten über die glitschigen Fliesen, als ich zurücktaumelte und nach Mama und Papa schrie. Ich erinnere mich noch an das Gefühl, als meine warmen Finger auf ihre eiskalte Haut trafen. Und an ihre Augen, die starr an die Decke gerichtet waren. Als würden sie dort oben etwas sehen, das ihnen Hoffnung machte.

Die Tage danach zogen wie in einem Traum an mir vorbei. Längst kann ich mich nicht mehr an alles erinnern. Nur daran, dass wir nie alleine waren. Und doch waren wir einsam. Obwohl wir fast ununterbrochen von Freunden und Familie betreut wurden, konnten sie uns nicht darüber hinwegtäuschen, dass eine atmende Seele weniger im Haus existierte.

Am Tag nach Lauras Beerdigung ging ich in ihr Zimmer und zerstörte den großen Wandspiegel. Den Spiegel, der ihr ein vollkommen falsches Bild von sich selbst übermittelt hatte. Ich schlug und trat auf ihn ein, bis nur noch viele scharfe Scherben von dem hinterhältigen Miststück übrig waren. Und ich schlug weiter, als mein Vater kam und mich zurückriss. Ich schrie, während meine Mutter meine blutenden Hände verband. Und wir alle drei weinten, als sie mich in ihre Arme zogen.

Ich musste nicht mehr zurück in die Schule. Ein paar Wochen dümpelte ich Zuhause herum. Hin und wieder beobachtete ich von meinem Zimmerfenster aus den Waldrand, hoffte, Laura dort sehen zu können. Vielleicht war sie am Bach. Vielleicht wartete sie in unserer geheimen Bude auf mich. Aber ich sah nie nach. Stattdessen klammerte ich mich an dem Gedanken fest, dass sie dort und glücklich war.

Wenn ich an die kommenden Jahre dachte und daran, dass ich wieder in dieselbe Schule gehen müsste, die uns allen das angetan hatte, zog sich mein Magen schmerzhaft zusammen. Ich schwankte zwischen Wut und Angst. Bis meine Eltern mir verkündeten, dass ich nie wieder hinzugehen brauchte. Über den Esstisch hinweg schoben sie mir eine Broschüre zu. Ein Faltblatt des Konstantin-Noppel-Internats. Nicht gerade günstig und ziemlich weit weg. Aber mir gefiel es auf den ersten Blick. In diesem Moment konnte ich mir nichts Besseres vorstellen, als viele, viele Kilometer von zuhause entfernt zu sein.

Und so kam es, dass meine Schwester mir mit ihrem Tod ein Geschenk machte. Einen Hoffnungsschimmer. Einen Neubeginn. Wenn schon nicht für sie, dann wenigstens für mich.

Kapitel 2

Die roten Türme des Internats waren das Erste, was mir ins Auge fiel. Und auch jetzt noch staune ich über diese schmalen Zipfel, wie Zwergenmützen, nur nicht ganz so schief. Durch eine Kastanienallee und durch ein eisernes Tor gelangt man auf den gekiesten Vorhof des altertümlichen Gebäudes. Mein Herz schlägt ein paar Takte schneller, als ich die Schüler in ihren Uniformen entdecke, die bereits die breiten Steinstufen zum Eingang hinaufschreiten. Ich kann es kaum erwarten, dass Papa einen Parkplatz findet und ich die Tür aufreißen kann. In seiner gewohnt gemächlichen Art setzt er den Blinker, wartet, bis ein paar kichernde Schülerinnen uns passiert haben und rollt schließlich in die Parklücke. Dabei streckt er seinen Hals ein bisschen, um über die lange Motorhaube schauen zu können. Unbewusst schiebt er die Unterlippe ein wenig vor, bis meine Mutter ihn am Kinn kitzelt. Seine Mimik, wenn er sich konzentriert, ist einfach zu göttlich.

Meine Hand liegt schon auf dem Türgriff, bevor der Motor ganz erstorben ist. Mit der anderen greife ich nach meinem pinken Rucksack neben mir. Doch bevor ich flüchten kann, dreht meine Mutter sich zu mir um. Die frisch gelockten, braunen Haare wackeln auf ihrem Kopf, als sie mich sorgenvoll betrachtet.

„Und vergiss nicht, deine Allergietabletten zu nehmen."

Gespielt genervt verdrehe ich die Augen. „Ja, Mama. Ich nehme sie wie jeden Tag."

Sie nickt, scheint aber noch nicht ganz überzeugt, also ziehe ich mein Handy hervor und lasse es zwischen den Fingern wackeln. „Ich habe mir eine Erinnerung gestellt. Morgens um sieben und abends um neun. Wie immer."

Papa lächelt mir im Rückspiegel zu, was sein Gesicht noch runder wirken lässt. Mein Papa sieht aus wie eine größere Version von Danny Devito.

„Schreib gleich noch dazu, dass du dich wenigstens einmal in der Woche bei uns meldest. Deine Mutter treibt mich sonst in den Wahnsinn."

Dafür erntet er einen Klaps auf den Oberarm von Mama, aber wir alle drei wissen, dass er recht hat. Mama ist und bleibt eine Glucke. Mit einem Seufzen nickt sie in Richtung Haupteingang. „Na, geh schon. Verlass uns ruhig für weitere drei Monate."

Lächelnd ziehe ich mich an der Kopfstütze ihres Sitzes nach vorne und drücke sowohl ihr als auch Papa einen Kuss auf die Wange. Für meine Eltern ist der Abschied weitaus schlimmer als für mich. Und dass ich dieses Jahr nicht einmal in den Herbstferien nach Hause kommen will, hat meine Mutter noch nicht ganz verkraftet. Aber die zwei Wochen wollen Monia und ich gemeinsam verbringen.

Natürlich habe ich die Sommerferien bei meinen Eltern genossen. Besonders, weil wir diese Zeit in unserem Ferienhaus an der Nordsee verbracht haben. Ein Ort ohne negativ anhaftende Erinnerungen. Aber trotzdem hibbele ich auch dem Schuljahresbeginn entgegen.

Über die Zeit ist das Konstantin-Noppel-Internat mein zweites Zuhause geworden. Ich kann es kaum erwarten, meine

Freunde wiederzusehen und meine neuen Dekoartikel in meinem Zimmer zu verteilen.

„Ich vermisse euch jetzt schon", versichere ich Mama und Papa und beeile mich mit dem Aussteigen, bevor ihnen etwas Neues einfällt, um mich aufzuhalten.

Ächzend hieve ich meinen Trolley aus dem Kofferraum. Die Disneyfiguren, die ich im Urlaub für meine Sammlung besorgt habe, wiegen doch mehr als gedacht. Deshalb bin ich froh, als die große Hand meines Vaters sich um meine schlingt und mir hilft, den Koloss aus dem Auto zu befördern.

„Soll ich dir noch helfen, ihn ins Zimmer zu tragen?"

Schnell schüttele ich den Kopf und weiche seinem kratzigen Bart aus, als er mich noch einmal küssen will. „Nein, geht schon."

Papa zieht die Mundwinkel nach unten, doch ich sehe das amüsierte Blitzen in seinen Augen. „Mach keinen Blödsinn", ermahnt er mich, schmunzelt aber im nächsten Moment und wuschelt mit einer seiner Pranken durch mein mühevoll geglättetes, braunes Haar. „Ach, was sag ich. Sei einfach du selbst, dann mache ich mir keine Sorgen. Und wenn was ist, weißt du ja, wie du uns erreichen kannst."

„Juli!" Vom Eingang her ertönt die Stimme meiner Freundin. Als ich mich umdrehe, trippelt sie schon die breiten Stufen zur Einfahrt hinunter. Dabei zupft sie immer wieder an ihrem knielangen Faltenrock, damit dieser bloß nicht zu viel ihrer Beine zeigt.

Ich komme gerade noch dazu, meinen Eltern zu winken, die auf dem gekiesten Weg wenden und davon brausen, als Monia sich schon in meine Arme wirft. „Ich hab dich so vermisst!"

Lachend drücke ich sie an mich und ersticke dabei fast an ihren dunklen Krauselocken. „Ich dich auch. Ich muss dir so viel erzählen. Warst du schon in unserem Zimmer?"

Sie löst sich von mir und boxt mich sanft in den Bauch, als ich so tue, als würde ich ein paar ihrer Haare ausspucken.

„Ja, war ich." Sie verdreht die Augen. „Die haben unser Geheimversteck entdeckt. Sämtliche Schokoriegel sind verschwunden."

Ich seufze theatralisch. „Die guten Vorräte." Dabei macht es mir eigentlich gar nichts aus. Ich nasche so gut wie nie. Aber die versteckten Süßigkeiten und das damit verbundene Geheimnis ist eine Art Klebstoff zwischen Monia und mir.

Monia zwinkert und klopft auf ihre Umhängetasche. „Macht nichts. Ich habe für Nachschub gesorgt."

Gemeinsam machen wir uns auf den Weg, die Treppe hinauf zum Haupteingang.

„Was ist eigentlich mit Alex?", will Monia wissen. „Gibt es da was Neues? Hast du ihm geschrieben? Oder er dir?"

Ich schaue mich schnell um und lege einen Finger an die Lippen. „Sssschhh! Nicht so laut. Muss ja nicht unbedingt die ganze Schule erfahren. Und: Nein, ich habe ihm nicht geschrieben. Dazu hatte ich gar keine Zeit."

„Ach, hör doch auf!", ruft Monia und lacht über die pikierte Schnute, die ich ziehe. „Du hattest nicht den Arsch in der Hose. Wie soll denn aus euch jemals was werden, wenn du nicht den ersten Schritt machst? Er weiß ja nicht einmal, dass er eine Chance bei dir hätte."

„Wer hat eine Chance bei dir?", höre ich eine amüsiert klingende Stimme hinter uns und zucke zusammen, als Leons Arm schwer auf meinen Schultern landet.

„Du garantiert nicht", weist Monia unseren Klassenclown zurecht und verzieht das Gesicht, als er ihr einen Kussmund macht. Sie versucht, es hinter ihren Locken zu verstecken, doch ich sehe die leichte Röte, die sich auf ihren Wangen ausbreitet.

Leon pustet sich ein paar blonde Strähnen aus der Stirn und zwinkert mir zu. Ich frage mich, wie er es schafft, dass sogar seine blauen Augen schalkhaft blitzen, bevor er an uns vorbei die Treppe hinauf sprintet, weil er einen Klassenkameraden entdeckt hat.

„Timo, altes Haus! Was geht?"

Monia und ich verdrehen zeitgleich die Augen.

„Idiot", murrt sie leise und zupft die Bluse über ihrer Brust zurecht. Ich packe den Griff meines Koffers etwas fester, um ihn die letzten Stufen hinauf zu bugsieren.

Als wir den Haupteingang erreicht haben, die breite Holztür aufziehen und die altehrwürdigen Hallen betreten, atme ich zufrieden den leicht muffigen Duft ein. Kleine Staubkörnchen wirbeln durch die Luft, als wir zusammen mit einer lauen Spätsommerbrise eintreten und die Tür hinter uns krachend ins Schloss fällt.

„Gott, ist das schön, wieder hier zu sein."

Monia schüttelt lachend den Kopf. „Ich wette, es gibt niemanden hier, der sich so auf die Schule freut, wie du."

Zur Antwort schenke ich ihr ein breites Grinsen.

Das Internat ist eines der schönsten Gebäude, das ich jemals gesehen habe. Früher war es das Anwesen eines reichen Grafen. Heute tummeln sich die unterschiedlichsten Jugendlichen in den langen Fluren. Auf den ersten Blick mag es dunkel und alt wirken. Bei näherem Hinsehen entdeckt man aber viele kleine Details, die zeigen, wie viel Liebe der Architekt hineingesteckt hat.

Die holzvertäfelten Wände in den unteren Fluren sind vier Meter hoch und mit Stuck verziert. Über große, rautenförmig verlegte Fliesen, die an manchen Stellen bereits gebrochen sind, gelangen wir in die offene Eingangshalle, deren Hauptblickfang die breite, oben nach links und rechts auslaufende, Treppe ist. Ich lege den Kopf in den Nacken und genieße die Aussicht. Denn die gläserne Kuppel, die die Halle überzieht, spiegelt die nachmittäglichen Sonnenstrahlen und ersetzt somit die Lichter, die erst in den späten Abendstunden eingeschaltet werden müssen. In der Mitte der Kuppel ist ein harfespielender Engel abgebildet, der freundlich auf uns hinunter lächelt.

Ich senke den Blick wieder, lausche dem Klackern der Rollen meines Koffers auf den Fliesen und versuche, den Löwenköpfen auszuweichen, die nach unseren Füßen zu schnappen scheinen.

Der Graf und sein Architekt haben sich bei der Planung der Villa wirklich voll ausgetobt.

Fast täglich entdecke ich neue Details, neue Ecken und Geheimnisse.

„Hallo Herr Schellen", begrüße ich unseren leicht übergewichtigen und glatzköpfigen Deutschlehrer. Er hebt den Blick von seinen Unterlagen und lässt sie beinahe fallen, bei dem Versuch uns zurückzuwinken. Es wundert mich, dass er es schafft, sie wieder aufzufangen. Auch, wenn er die Papiere dabei an seinem Doppelkinn zerknittert.

Kichernd drücken wir uns an ihm vorbei und laufen die Treppe zu den Schlafräumen hinauf. Dabei schleppe ich meinen Koffer mühevoll von Stufe zu Stufe. Allmählich leiern mir die Arme aus.

„Kann ich dir irgendwie helfen?"

Es gibt Momente im Leben, die ablaufen, wie in einem der Bollywoodstreifen, die Monia sich so gerne ansieht. Dieser hier zählt definitiv dazu. Ich hebe den Blick und bin wie geflasht von Alex' Anblick. Wie er so dasteht, die Hände in den Taschen seiner Jeans vergraben. Die dunklen Haare sind ihm in die Stirn gefallen und werfen einen Schatten über seine sonst so stechend grünen Augen. Er ist der einzige Typ, den ich kenne, dem Fanshirts gut stehen. Auf diesem hier ist eine blaue Telefonzelle abgebildet. Darunter der Hashtag #whovian. Nur, weil er solche Shirts immer wieder trägt, habe ich überhaupt von dem Zeitreisenden namens Doctor Who erfahren. Letztes Jahr in den Ferien habe ich mir jede Folge ab Doktor Nummer Neun angesehen. Deshalb weiß ich, dass die blaue Telefonzelle Tardis genannt wird. Ich warte auf den Augenblick, in dem ich mit meinem Wissen glänzen kann.

Es ist nur eine Sekunde, in der ich zu ihm aufschaue. Eine Sekunde, in der ich das kleine Grübchen in seinem linken Mundwinkel bewundere. Eine Sekunde, in der sich mein Griff um den Koffer löst. Eine Sekunde, die das Mistteil braucht, um nach hinten wegzukippen und zum Sturzflug die Stufen hinab anzusetzen.

Ich könnte schwören, ich höre, wie die Zeit wieder beginnt, normal zu ticken. Das ist der

Moment, in dem ich das Poltern des Koffers registriere und wie er hart auf jeder Stufe aufschlägt. Mir bleibt gerade noch genug Zeit, mich herumzudrehen und ihm mit offenem Mund nachzusehen, bevor er mit einem lauten Rumms auf Herrn Benders Fuß stoppt.

Der Schmerzensschrei unseres Mathelehrers schallt zu uns hinauf und endlich schaffe ich es, mich in Bewegung zu setzen. Schnell haste ich die Treppe hinunter, dicht gefolgt von Alex und Monia.

„Herr Bender! Das tut mir leid!" Hastig stelle ich mein Gepäckstück auf und imitiere mitleidsvoll die schmerzverzerrte Miene meines Lehrers. Mit einer Hand streicht er sich durch die wirren, braunen Locken, die seinen Kopf bedecken.

„Fräulein Heegerer", brummt er, „immer wieder schön, Sie zu sehen."

„Man könnte fast sagen *umwerfend*, nicht wahr?", wirft Alex schmunzelnd ein und die Röte, die meine Wangen erfasst hat, vertieft sich noch einmal.

„Ich hoffe, Sie haben die Sommerferien nicht nur genutzt, um Anschläge auf mich zu planen, sondern auch, um ihr mathematisches Wissen zu vertiefen."

Herrn Benders Angewohnheit, uns zu siezen, ist fast genauso skurril, wie die Hoffnungen, die er in uns hegt.

„Aber sicher doch", meint Monia und nickt bekräftigend.

Herr Bender betrachtet sie zweifelnd. Monia hat viele Talente, aber keines davon hat mit Mathe zu tun.

„Gerade Sie hätten es nötig, Fräulein Hofstein", murmelt unser Lehrer und nickt uns zum Abschied noch einmal zu, bevor er von dannen humpelt.

Als Monia sich Alex und mir zuwendet, hat sie die Mundwinkel unglücklich nach unten gezogen. „Ob ihr es glaubt oder nicht, ich habe alles vergessen, was wir im letzten Jahr gelernt haben. Ich glaube, ich habe ein Kurzzeitgedächtnis."

„Das kann man leicht testen", merke ich an. „Wie heißt die kleine Schwester von Britney Spears?"

„Jamie Lynn", antwortet Monia, wie aus der Pistole geschossen. „Aber das weiß doch jeder."

Alex muss sich ein Lachen verkneifen, als ich zur nächsten Frage ansetze: „Und wann haben Brad und Angelina geheiratet?"

„Im August 2014. Aber das ist ja schon längst Geschichte. Ich weiß wirklich nicht, worauf du hinauswillst."

„Ich glaube einfach, dass dein Hirn vollgestopft ist mit Promiflash und keinen Platz lässt für unnötige Kleinigkeiten, wie Mathe oder Physik."

Sie nickt und deutet mit dem Finger auf mich. „Du hast es erfasst."

„Soll ich dir jetzt mit dem Koffer helfen?", fragt Alex und streckt bereits die Hand danach aus. Doch ich schüttele den Kopf.

„Nein, nicht nötig. Ich schaffe das schon."

Seine Hand zögert kurz über meiner, dann nickt er und tippt sich mit zwei Fingern an die Stirn. „Alles klar. Bis später."

Kurz sehe ich ihm hinterher, während er einen Freund begrüßt, dann reiße ich mich zusammen und beginne den Aufstieg von vorne.

„Warum lässt du ihn dir nicht helfen? Das wäre doch…", setzt Monia an, doch ich unterbreche sie direkt.

„Ich bin froh, dass er es nicht tut. Ich habe Beklemmungen, wenn ich mit euch beiden zeitgleich in einem Raum bin."

Monia streicht sich lachend das Pony aus der Stirn und zupft noch einmal ihren Rock zurecht, als wir die oberste Stufe erreicht haben. „Wieso das denn?"

„Weil du dich jederzeit verplappern könntest. Ich hätte dir niemals sagen dürfen, dass ich ihn süß finde."

Endlich kann ich die Rollen an meinem Koffer wieder nutzen und lasse ihn locker neben mir her rattern. Monia rückt ihre Umhängetasche zurecht und schnaubt leise.

„Niemals würde ich mich verplappern. Ich denke nur, du solltest langsam mal Nägel mit Köpfen machen. Spätestens zum Winterball will ich euch Hand in Hand sehen."

Alleine die Vorstellung von Alex und mir zusammen auf der Tanzfläche, seine Hand an meinem Rücken, meine Arme hinter seinem Nacken verschränkt, jagt mir heiße Schauer durch den Körper. Schnell schiebe ich den Gedanken beiseite und konzentriere mich mehr als nötig auf meine Umgebung.

Der lange, holzgetäfelte Flur hat keine Fenster. Die einzigen Lichtquellen sind die Wandlampen, die mit moosgrünen Schirmen bespannt sind. Links und rechts gehen die Türen zu den Schülerzimmern ab. Jeweils zwei bis drei Schüler teilen sich ein Zimmer.

„Und mit wem willst du gehen?", frage ich Monia, als wir vor unserer Tür auf der linken Seite des Ganges stehen bleiben.

Während Monia den Zimmerschlüssel in ihrer Tasche sucht, verdreht sie die Augen.

„Na ja, wer kommt denn da schon großartig in Frage?"

„Wie wär's zum Beispiel mit Elias?"

Auf der Suche nach dem Schlüssel hockt Monia sich zu ihrer Tasche hinunter und verschwindet fast bist zu den Ellbogen in ihrem Gepäck.

„Elias ist doch kurz vor den Ferien mit Vivienne zusammengekommen. Und soweit ich das eben richtig gesehen habe, sind die zwei immer noch so." Sie zieht eine Hand aus ihrer Tasche und überkreuzt Zeige- und Mittelfinger.

„Mmmm." Ich lehne mich an die Wand neben unserer Zimmertür und überlege. „Und Sören?"

Monia schnaubt. Ein paar Tüten Gummibärchen landen auf dem Holzboden neben ihren Füßen. „Sören interessiert sich doch nur für sich selbst und allerhöchstens noch für Fußball. Nein, danke."

„Jan?"

„Jan isst seine Popel!" Ihr Blick bohrt sich in meinen, während sie es noch einmal langsam wiederholt. „Er. Isst. Seine. Popel. Mehr muss ich dazu nicht sagen, oder?"

Bevor Monia dazu übergehen kann, den gesamten Inhalt ihrer Tasche auf dem Boden zu verteilen, öffne ich ein Seitenfach meines Koffers und ziehe den Umschlag mit dem Schlüssel hervor, den meine Mutter dort verstaut hat.

Monia stöhnt genervt, stopft ihre Sachen zurück in die Tasche und steht wieder auf, während ich die Tür aufschließe.

„Bleibt noch Leon", schlussfolgere ich, „und du musst zugeben, der sieht echt nicht schlecht aus. Und", füge ich hinzu und hebe einen Finger, als Monia mich unterbrechen will, „ich glaube, er wäre nicht abgeneigt."

Monia schüttelt lediglich den Kopf und wirft ihre Tasche auf das Bett auf der linken Seite des Zimmers. Ihr Koffer steht bereits geöffnet daneben, sein Inhalt ist über die gesamte Hälfte des Zimmers verteilt.

„Wie schaffst du es, innerhalb kürzester Zeit so ein Chaos zu veranstalten?"

Mein Blick wandert über ihre Unterwäsche, Schulbücher, Zeitschriften, Stofftiere und aufgerissene Verpackungen.

Doch Monia ignoriert mich, lässt sich auf eine freie Stelle auf ihrem Bett fallen und starrt an die Decke. Das riesige Poster von Justin Bieber hat sie erst kurz vor den Ferien über ihrem Bett aufgehängt.

„Ich denke, ich gehe einfach alleine. Oder ich setze meinen Plan in die Tat um und werde lesbisch. Dann gehe ich mit Alina zum Ball."

„Aber du kannst Alina doch gar nicht leiden."

Mit viel Mühe hieve ich meinen Koffer über Monias Chaos in den ordentlichen Teil des Zimmers.

„Das macht doch nichts. Sie sieht aber geil aus und die Jungs werden sich ärgern, wenn ich sie ihnen vor der Nase wegschnappe."

Ich lache leise und rücke eine der kleinen Disneyfiguren in meinem Regal zurecht, bevor ich den Koffer neben meinem Bett abstelle. Durch das Dachfenster über meinem kleinen Schreibtisch fällt warmes Sonnenlicht herein.

Vorsichtig setze ich mich auf die Kante meines Bettes und streiche die Decke glatt. „Sollte es so weit kommen, dass du niemanden findest, gehe ich mit dir hin. Das heißt, wenn ich geil genug für dich bin."

Monia dreht sich auf die Seite, stützt den Kopf in eine Hand und grinst mich an. „Du bist die Geilste."

„Genau das wollte ich hören", sage ich und erwidere ihr Lächeln.

Kapitel 3

Gegen Mittag machen Monia und ich uns auf den Weg zum Sekretariat, um uns den Lehrplan für das kommende Halbjahr zu besorgen.

Das Konstantin-Noppel-Internat unterrichtet nicht wie übliche Schulen. Die Schüler dürfen sich die Fächer nach ihren Interessen und Vorlieben aussuchen. Nur Pflichtfächer wie Mathe, Deutsch und Englisch haben wir alle gemeinsam.

Ich entscheide mich wie in jedem Jahr zusätzlich für Reiten, Schwimmen und Theater.

„Viel zu viel Bewegung, wie immer", murrt Monia neben mir, die ihre Kreuzchen bei Zufallskunst, Musik und Naturkunde setzt.

Monia ist seit eh und je ein Bewegungsmuffel. Während ich am liebsten den ganzen Tag draußen verbringen würde, beschäftigt sie sich lieber mit ihrer Geige. Aber ich liebe es, wie wir uns dadurch ergänzen. Am liebsten tanze ich zu den wunderbaren Klängen, die sie mit dem Streichbogen auf den Saiten ihres Musikgerätes erzeugt.

Das Konstantin-Noppel-Internat konzentriert sich auf unsere Stärken, statt unsere Schwächen zu fördern. Deshalb sind die Absolventen später Meister ihres Fachs. Sei es nun Fußball oder Chemie. Musik oder Sprachen. Jeder Schüler wird individuell gefördert.

Und weil wir uns unsere Fächer selbst aussuchen, gibt es auch nur selten schlechte Noten. Denn jeder ist an dem Stoff interessiert, den der Lehrer ihm vermitteln möchte. Merken wir innerhalb eines Halbjahres, dass wir uns das falsche

Fach ausgesucht haben, haben wir sogar die Möglichkeit zu wechseln.

„Du bist dir schon darüber im Klaren, dass du Leon an der Backe hast, wenn du Theater wählst, oder?", warnt Monia mich und tippt auf seinen Namen an der Tafel.

„Im Gegensatz zu dir habe ich kein Problem mit ihm", meine ich schulterzuckend. Leon ist einer der wenigen Schüler, die ihre Interessensfächer in jedem Jahr wechseln. Auch dieses Jahr scheint noch nicht ganz klar zu sein, in welche Richtung er sich bewegen möchte, denn seine Wahl ist auf Theater, Fußball und Naturkunde gefallen.

Monia seufzt, als sie sein Kreuzchen neben ihrem entdeckt und begibt sich eine Tafel weiter zu den Unterrichtszeiten. Während sie damit beschäftigt ist, ihren Stundenplan auszufüllen, suche ich die Tafel nach Alex' Namen ab und finde ihn bei Fußball, Schwimmen und Theater.

Mein Herz macht einen Sprung, während ich mir vorstelle, wie er und ich Romeo und Julia nachspielen. Lächelnd starre ich auf seinen Namen, bis die Tür zum Sekretariat aufgeht und mich aus meinen Gedanken reißt.

„Ich denke, da brauchen Sie sich an dieser Schule wirklich keine Sorgen machen", höre ich die ruhige Stimme des Schulleiters, Herrn Rügen. „Mit Mobbing hatten wir hier noch nie Probleme. Sämtliche Schüler werden von Beginn an auf ein faires Miteinander geschult. Und sollte es doch einmal zu Konflikten kommen, haben wir dafür unsere Streitschlichter."

Ich werde hellhörig. Seit zwei Jahren bin ich bei den Streitschlichtern und musste mich nie um mehr, als um einen Streit um ein geklautes Kaugummi kümmern.

„Ich glaube, Vanessa wird sich hier sehr wohl fühlen und schnell neue Freunde finden."

Als ein älteres Ehepaar den Raum verlässt und zu mir auf den Flur tritt, drehe ich mich weg und tue so, als würde ich gemeinsam mit Monia den Stundenplan einstudieren. Stattdessen beobachte ich das Paar aus dem Augenwinkel. Sie sind ungewöhnlich alt, dafür, dass sie Eltern einer Schülerin sein sollen.

Mutter und Vater sind bereits ergraut. Sie hat ihre Haare zu einem lockeren Dutt hochgesteckt. Ihre Gesichter wirken betrübt und durch die Altersfalten ein wenig griesgrämig. Der Vater legt seinen Arm um die Hüfte der Mutter und sie klammert sich an ihm fest, als hätte sie Mühe zu stehen.

Herr Rügen bleibt im Türrahmen stehen und setzt sein unwiderstehliches Lächeln auf. Nicht umsonst wird er auch oft Mr. Sheffield genannt. Seine schwarzen, zurückgekämmten Haare sind an den Schläfen mit grauen Strähnen durchzogen, was ihm eine seriöse Attraktivität beschert, die ihm in seinem Job oft zugutekommt. Nicht nur einmal hat er eine besorgte Mutter nur durch sein Lächeln beruhigen können. Und ich weiß, dass zum Beispiel Monias alleinerziehende Mutter unglaublich für ihn schwärmt.

Bei dem älteren Ehepaar scheint diese Geste allerdings nicht ganz so zu wirken, denn der Vater zieht die Stirn kraus. „Wissen Sie, das haben wir auch an allen anderen Schulen zu hören bekommen. Seit Jahren macht unsere Tochter nun schon dieses Martyrium mit. Ich hoffe, dass ich nun auf Ihr Wort zählen kann und dass Sie es zu Ihrem persönlichen Anliegen machen, unsere Tochter zu schützen."

„Ich verspreche Ihnen, dass sich ein solcher Vorfall hier nicht wiederholen wird. Dafür stehe ich mit meinem Namen als Schuldirektor gerade."

Der Vater nickt, nun sichtlich zufrieden gestellt, und greift nach der Hand seiner Frau. Als die beiden sich umwenden, fällt sein Blick auf mich und ich sehe, wie seine Stirn sich wieder krauszieht. Seine Augen tasten abfällig über meinen Körper, bevor er die Nase rümpft und seine Frau hinter sich her den Flur entlangzieht.

„Ihr könnt eure Ohren nun wieder schrumpfen lassen", ertönt Herrn Rügens Stimme gleich neben mir und sowohl Monia als auch ich zucken erschrocken zusammen.

„Wir haben gar nicht gelauscht", versichert Monia und läuft so rot an, dass man ihre Lüge aus zehn Metern Entfernung leuchten sieht.

Zum Glück nimmt Herr Rügen uns das nicht übel, sondern lehnt sich an die Wand neben uns und verschränkt die Arme vor der Brust. „Julia, ich möchte dich bitten, dass du dich ab morgen ein wenig um die Tochter der Brennstädts kümmerst. Vanessa hat in den letzten Jahren schlimme Dinge mitgemacht und ich möchte, dass sie sich hier von Anfang an wohlfühlt."

Ich nicke und streiche mir eine Haarsträhne hinter das Ohr. „Na klar. Selbstverständlich."

Herr Rügen lächelt zufrieden. „Bei dir habe ich da absolut keine Zweifel. Du machst das schon. Hol sie bitte morgen vor Unterrichtsbeginn hier ab. Dann muss sie nicht alleine vor die Klasse treten."

Er stößt sich von der Wand ab, klopft die hängengebliebene Kreide von seiner Schulter und verschwindet wieder in seinem Büro.

Monia schnaubt leise. „Soll ich mich jetzt beleidigt fühlen?"

Ich stoße ihr den Ellbogen in die Seite. „Er meinte doch wegen meiner Funktion als Streitschlichterin. Das gehört zu meinen Aufgaben."

Eigentlich ist es mehr als das. Herr Rügen kennt meine Geschichte. Er weiß, dass ich mich besser in Vanessa hineinversetzen kann, als alle anderen hier. Aber das sage ich Monia nicht. Denn weder sie noch die anderen wissen über meine Vergangenheit Bescheid.

„Nein", meint Monia und schüttelt den Kopf. „Er hat dich gebeten, weil du bei allen beliebt bist."

Ich sehe sie überrascht an und sie nickt bekräftigend. „Niemand kann dir einen Wunsch abschlagen. Er weiß genau, wenn du die Neue aufnimmst, wird sie auch bei den anderen kein Problem haben."

Sie schweigt kurz, während ich meinen Stundenplan aus der Tasche hole und vervollständige. Dann lehnt sie sich mit dem Rücken an die Wand. „Ich bin echt gespannt, wie sie so ist. Was meinst du, warum sie gemobbt wurde?"

„Warum?", wiederhole ich und ziehe eine Augenbraue hoch. „Es gibt keinen Grund für Mobbing."

Monia seufzt und wedelt mit der Hand in meine Richtung. „Das meinte ich. Du bist einfach viel zu gut für diese Welt. Es gibt tausend Gründe für Mobbing. Vielleicht ist sie ja eine blöde Kuh."

In meinem Magen bildet sich ein Knoten. Ich schüttele leicht den Kopf, trage das letzte Fach ein und stecke den Stundenplan wieder zurück. „Vielleicht war sie einfach nur zur falschen Zeit am falschen Ort."

Kapitel 4

Den Nachmittag verbringen wir im Stall. Letztes Jahr konnte Frau Jörgens, unsere Klassenlehrerin, sich endlich durchsetzen und zusätzlich zu den Ziegen, Schafen und Hühnern auch Pferde anschaffen. Damit hat sie einen Großteil der Mädchen an unserer Schule unglaublich glücklich gemacht. Nur Monia macht einen riesigen Bogen um die großen Tiere. Deshalb beobachtet sie mich nun aus gebührendem Abstand, während ich Lilith, meine liebste Haflingerstute, in der Stallgasse striegele.

„Du kannst ruhig ein Stück näher kommen", rufe ich über Liliths Widerrist, „sie wird dich schon nicht beißen."

„Vor ihren Zähnen habe ich auch am wenigsten Angst. Ihre Hufe sind mir allerdings suspekt. Ein Tritt von ihr und das war's. Ich finde es unverantwortlich, dass Herr Rügen der Sache zugestimmt hat."

„Ach, komm schon. Selbst dein kleiner Bruder ist schon auf ihr geritten."

Lilith schnaubt und drückt mir ihre Nüstern in den Bauch. Lachend streiche ich ihr durch die Mähne und küsse ihre Blesse. Meine Eltern sind strikt gegen Haustiere, weil meine Mutter eine Allergie gegen sämtliche Fellarten hat. Ein Wunder, dass sie nicht allergisch auf ihre eigenen Haare reagiert. Deshalb bin ich froh, dass ich mich um Lilith kümmern kann und habe sie in den Ferien fast noch mehr vermisst, als Monia.

Ihr Atem bläst mir warm durch die Bluse und ich bekomme eine Gänsehaut, als sie mit den Lippen über meine Hüfte knabbert.

„Anton hat auch schon mal Regenwürmer gegessen, weil ich ihm Geld dafür gezahlt habe. Er ist also nicht wirklich ein Vorzeigeexemplar, was kluge Entscheidungen betrifft."

Als vom Stalleingang her Hufgeklapper ertönt, schauen wir beide auf und sehen wie Jonathan sein Pflegepferd, Hercules, hereinführt. Kaum bemerkt er uns, steigt ihm die Röte ins Gesicht.

„Hi Jonathan", begrüße ich ihn. Er weicht meinem Blick aus und murmelt ein „Hi", dann führt er Hercules an uns vorbei in seine Box.

Monia zieht eine Augenbraue hoch, doch ich ignoriere sie und folge unserem Mitschüler zur Box seines Rappens. Von außen schaue ich zu, wie er ihm das Halfter abnimmt, seine Flanke klopft und ihm ein paar Leckerlis zusteckt. Jonathan war schon immer der stillste Schüler unserer Klasse. Ich weiß, dass seine Mutter vor ein paar Jahren an Krebs gestorben ist. Seitdem spricht er kaum noch ein Wort. Trotzdem, oder gerade deshalb, gebe ich nicht auf und lächele ihn an, als er sich mir zuwendet.

„Wie waren deine Ferien?", frage ich und versuche so beiläufig wie möglich zu klingen.

Jonathans kurze Haare haben dieselbe Farbe wie Hercules' Fell. Die Schulter des Wallachs zuckt, als Jonathan mit den Fingern darüber streicht.

„Gut", antwortet er und schafft es dabei immer noch nicht, mich direkt anzusehen.

„Habt ihr was unternommen, du und dein Vater?"

Er runzelt die Stirn und schüttelt dann so leicht den Kopf, dass ich es kaum bemerke. „Nein."

Ich schweige kurz und beobachte, wie er sich das Stroh von den Beinen zupft. Dann setze ich zu einem neuen Versuch an.

„Kommst du die Tage mal mit in den Playroom? Wir könnten ein bisschen Darts spielen."

Er zuckt mit den Schultern. „Mal sehen. Vielleicht."

Aus dem Augenwinkel sehe ich, wie Monia mit dem Kopf schüttelt. Seit ich ihn kenne, versuche ich, Jonathan zum Sprechen zu bringen. Ich weiß nicht, wieso. Aber es macht mich traurig, dass er sich niemandem öffnet. Nicht einmal mit Leon spricht er mehr als nötig. Und Leon könnte man als seinen besten Freund bezeichnen.

„Ich würde mich jedenfalls freuen", sage ich lächelnd und wende mich dann wieder Lilith zu. Jonathan nutzt die Chance, um den Stall beinahe fluchtartig zu verlassen. Monia schaut ihm nachdenklich hinterher. „Ich sage dir, der Junge hat ein Problem."

„Natürlich hat er das", erwidere ich, „seine Mutter ist tot und er kann mit niemandem darüber sprechen."

„Genau so entstehen gestörte Persönlichkeiten", fachsimpelt Monia. „Ich sage dir, wenn das nicht mal ein Kandidat für einen zukünftigen Amoklauf ist."

„Scht!", fahre ich meiner Freundin über den Mund und sehe alarmiert zum Stalleingang hinüber. Hoffentlich hat Jonathan das nicht mehr gehört. „Sei nicht so fies."

Sie presst die Lippen aufeinander und schaut zu Boden, wo sie mit ihrem Schuh ein wenig Stroh herum schiebt. Plötzlich wirkt sie wie ein getadeltes Kind. Ich frage mich, ob Monia mit mir befreundet wäre, wenn sie meine Vorgeschichte kennen würde.

Und ob wir auch Freundinnen wären, wenn ich den Absprung damals nicht geschafft hätte. Immer und immer wieder haben meine Eltern mir klargemacht, dass ich mein Leben selbst im Griff habe. Dass es nicht fremdbestimmt ist. Und dass es das auch bei Laura nicht war.

Langsam löse ich Liliths Strick und zwinge mir ein unbekümmertes Lächeln ins Gesicht. „Also, was machen wir gleich noch? Schauen wir eine Serie auf meinem Tablet?"

Zum gefühlt tausendstens Mal schaue ich nun schon auf meine Armbanduhr. Pünktlich um viertel vor Acht stand ich vor dem Sekretariat. Nun sind es nur noch zwei Minuten bis Unterrichtsbeginn und von der Neuen ist noch keine Spur zu sehen.

Als die Tür aufgeht und Herr Rügen mich entdeckt, zieht er die Augenbrauen hoch. „Ist sie noch nicht da?"

Ich schüttele den Kopf und er wirft ebenfalls einen Blick auf seine Armbanduhr. „Sie ist sicherlich nervös. Der erste Tag an einer neuen Schule kann einem schon mal Angst einjagen. Du erinnerst dich ja bestimmt noch an deinen eigenen."

Das stimmt. Ich erinnere mich sehr genau daran. Aber ich hatte keine Angst. Ich war ein neuer Mensch, mit neuen Möglichkeiten.

Als wir Schritte hören, schauen wir beide auf und ich kann nicht anders, als das Mädchen, das uns in gemächlichem Tempo entgegengeschlurft kommt, neugierig zu betrachten.

Sie sieht so ganz anders aus, als ich erwartet hatte. Das komplette Gegenteil zu ihren Eltern. Die blonden Haare hat sie zu einer stacheligen Igelfrisur gestylt. An den kleinen Ohren baumeln viel zu wuchtige Anhänger. Traumfänger, wenn mich nicht alles täuscht. Ihre blauen Augen sind schwarz umrandet und die Lippen knallrot geschminkt. Nichts an ihr passt in irgendeiner Weise zusammen. Angefangen bei dem pinken Hello-Kitty-Pulli, über die orange-grau-karierte Leggins, bis zu den hochgeschnürten grünen Sneakers.

Als sie uns erreicht hat, sehe ich, wie klein sie ist. Mit meinen 1,62 m bin ich selbst nicht die Größte, aber sie wirkt neben mir wie ein kleines Kind. Trotzdem scheint sie auf mich herabzusehen, während sie mich in Augenschein nimmt. Dann betrachtet sie gelangweilt ihre weinrot lackierten Nägel. Dabei schmatzt sie so stark auf ihrem Kaugummi, dass ich es rosa zwischen ihren Backenzähnen aufblitzen sehe.

Ich versuche, ein Schauern zu unterdrücken. Ich hasse Schmatzgeräusche. Stattdessen lächele ich sie freundlich an. „Hi, du musst Vanessa sein."

„Muss ich wohl", entgegnet sie, ohne mich noch eines Blickes zu würdigen. Unsicher schaue ich zu Herrn Rügen, der das Wort für mich übernimmt.

„Schön, dass du jetzt bei uns bist, Vanessa. Ich bin sicher, du wirst dich hier schnell einleben. Julia wird dich zu eurer Klasse begleiten und dir in den kommenden Tagen alles zeigen und erklären. Du kannst dich aber auch gerne an mich oder das restliche Lehrpersonal wenden, wenn du noch Fragen hast. Wie sieht es mit deiner Schuluniform aus? Hast du noch keine?"

„Doch", antwortet Vanessa. Aber Herr Rügen wartet vergeblich auf eine ausführlichere Antwort. Schließlich räuspert er sich und setzt sein Lächeln auf. „Zieh sie bitte morgen an, okay?" Dann nickt er mir aufmunternd zu, klopft meine Schulter und kehrt in sein Büro zurück.

„Ich bin Julia", sage ich etwas unsicher, „du kannst mich aber Juli nennen. Das machen alle hier so."

Sie schweigt und ich atme tief ein, bemüht um eine lockere Mimik. „Also gut, dann wollen wir mal."

Während sie neben mir her latscht, betrachtet Vanessa ausgiebig ihre Schuhe. Einer der Schnürsenkel hat sich gelöst, doch das scheint ihr egal zu sein. Während mich das Klicken des Plastiksenkels auf den Fliesen fast in den Wahnsinn treibt, pustet sie ihr Kaugummi zu einer großen Blase auf.

„Wir haben jetzt als Erstes eine Stunde Allgemeines bei Frau Jörgens, um uns über die letzten sechs Wochen auszutauschen und unsere Wünsche für den Unterricht zu äußern. Frau Jörgens ist unsere..."

Ich zucke zusammen, als die Kaugummiblase mit einem lauten Knall platzt und setze mein Lächeln dann wieder auf. „Frau Jörgens ist unsere Klassenlehrerin. Sie ist super lieb. Du wirst sie bestimmt mögen."

„Wünsche?", hakt Vanessa nach und ich bin froh, dass sie doch ein bisschen Interesse zu zeigen scheint.

„Ja, wir dürfen den Unterricht mitgestalten, damit er uns auch gefällt."

Vanessa zieht die Augenbrauen hoch, die eine viel dunklere Farbe haben, als ihre gefärbten Igelhaare. „Crazy."

Crazy? Ich muss über ihre Wortwahl schmunzeln. „Eigentlich nicht. Diese Art des Unterrichts hat sich hier bewährt."

Endlich sieht sie mich auch einmal an und ich bemerke, dass ich noch nie so kalte Augen gesehen habe. „Und du bist hier die Klassenstreberin?", fragt sie geradeheraus.

Etwas verunsichert bringe ich eine Mischung aus Husten und Lachen hervor. „Ähm ... Nein, ich glaube nicht."

„Bist du beliebt?"

Wir sind inzwischen beim Klassenzimmer angekommen und meine Hand schwebt zögernd über dem Türgriff. „Was? Ich ..." Dann fällt mir wieder ein, dass Vanessa an ihrer alten Schule gemobbt wurde. Wahrscheinlich hat sie Angst vor Schülern, die beliebt sind. Also setze ich ein beruhigendes Lächeln auf. „Nicht beliebter als alle anderen auch. Du wirst dich hier bestimmt wohlfühlen. Es sind wirklich alle sehr nett."

Der Blick aus ihren blauen Augen ist so bohrend, dass ich ihm nicht standhalten kann. Sie scheint mich regelrecht durchleuchten zu wollen.

Schnell öffne ich die Tür und trete in das Klassenzimmer ein. Sofort drehen sich alle zu uns herum. Frau Jörgens legt die Kreide auf ihrem Pult ab. „Ah, Juli. Schön, dich wiederzusehen. Und du musst Vanessa sein." Unsere Klassenlehrerin streicht sich die weißen Kreidefinger an ihrem grauen Kostüm ab und stöckelt zu uns herüber, um Vanessa die Hände auf die Schultern zu legen und sie sanft nach vorne zu befördern.

Etwas erleichtert lasse ich mich auf meinen Platz in der zweiten Reihe neben Monia sinken, die sich sofort zu mir herüberbeugt. „Und? Wie ist sie so?"

Bevor ich antworten kann, lenkt Frau Jörgens unsere Aufmerksamkeit wieder nach vorne.

„Vanessa kommt von einer anderen Schule zu uns und ich wünsche mir, dass ihr sie hier so offen und freundlich aufnehmt, wie ihr es immer tut. Möchtest du noch etwas sagen, Vanessa?" Frau Jörgens beugt sich von hinten über Vanessas Schulter und lächelt ihr aufmunternd zu.

„Nessa", murmelt die Neue und unsere Lehrerin zieht fragend eine Augenbraue hoch. „Was?"

„Ich werde lieber Nessa genannt."

Frau Jörgens nickt, richtet sich wieder auf und drückt ihr noch einmal sanft die Schulter. „Alles klar, Nessa. Dann such dir mal einen Platz aus. In jeder Reihe ist noch einer frei. Du kannst also frei entscheiden."

Nessa sieht sich aufmerksam um. Ich sehe ihren Blick über mich und Monia schweifen, hinüber zu Alina, die am Fenster sitzt und sich gerade die Nägel feilt. Dann schaut sie zu Leon, der gelangweilt auf seinem Stuhl vor und zurück schaukelt, schweift über Jonathan hinweg und bleibt etwas länger an Alex hängen, der den Kopf auf eine Hand gestützt hat und abwesend aus dem Fenster starrt.

Ich muss zugeben, sie hat keine einfache Wahl zu treffen. Den Platz, den sie nun aussucht, wird sie für den Rest des Schuljahres behalten. Und sie kennt niemanden in der Klasse. Monia, die bisher in ihrem Heft herumgekritzelt hat, schaut überrascht auf, als ich die Hand hebe. „Du kannst hier neben mir sitzen", biete ich Nessa an und Frau Jörgens nickt mir zufrieden zu.

Nessa zögert einen Moment. Ihr Blick huscht noch einmal zu Alina hinüber, die nun beginnt ihre langen, blonden Haare zu flechten. Sie scheint abzuwägen, was wohl die klügere Entscheidung wäre. Schließlich zuckt sie mit den Schultern und lässt sich rechts neben mir auf den freien Stuhl sinken. Ich schenke ihr ein schiefes Lächeln, das sie zögernd erwidert, sich dann aber schnell von mir abwendet. Sie gibt sich verschlossen. Aber das weckt nur mein Interesse. Ich liebe es, Schlösser zu knacken.

Kapitel 5

„Und hier ist der Chemieraum", erklärt Monia auf dem Weg zum Sportunterricht. „Chemie ist nicht unbedingt meine Stärke."

„Ich dachte, Bio ist nicht unbedingt deine Stärke." Nessa schielt an uns vorbei in den gläsernen Raum mit seinen vielen Mikroskopen und Kitteln.

Ich nicke. „Und Mathe. Und Geschichte. Und französisch. Alles nicht unbedingt Monias Stärken." Bevor Monia mir eins überziehen kann, füge ich hinzu: „Dafür ist sie eine begnadete Musikerin und Künstlerin."

„Und was bringt einem das?"

Monias Lächeln verschwindet so schnell, wie es nach meinem Lob gekommen ist. „Was meinst du?"

„Na ja, was bringt es einem, gut in Musik zu sein? Was willst du später werden? Rockstar?"

Monia schürzt die Lippen. „Vielleicht. Wäre eine Möglichkeit. Aber vielleicht werde ich in einem Orchester mitspielen."

„Das ist doch nichts Vernünftiges."

Es ist irgendwie witzig, das Mädchen mit der Igelfrisur und dem Hello-Kitty-Pulli über Vernunft sprechen zu hören. Bevor Monia etwas erwidern kann, deutet Nessa mit dem Finger auf Alex, der in ein Buch vertieft vor uns herläuft. „Das ist der heißeste Typ an der Schule, oder?"

Sofort laufe ich knallrot an. Irgendwie schafft Nessa es immer wieder, mich sprachlos zurückzulassen.

„Kann man so sagen", meint Monia. „Ich meine, das ist ja immer Geschmackssache. Aber ja, ich denke, Alex ist schon scharf."

Ich schnappe nach Luft und sehe sie aus großen Augen an. Monia hebt die Hände. „Was? Ist doch so."

„Und wer geht mit ihm?" Nessa achtet überhaupt nicht auf meine Atemaussetzer.

„Niemand", antworte ich und kühle mir die Wangen mit den Händen.

„Niemand?", wiederholt sie ungläubig. „Warum nicht?"

„Ich ... Du stellst komische Fragen."

Sie betrachtet mich von der Seite und zieht die Stirn kraus. „Du bist hübsch. Du hast Chancen bei ihm, oder?"

Monia kichert leise und erntet einen finsteren Blick von mir, bevor ich mich wieder an Nessa wende. „Ich glaube nicht, dass er so oberflächlich ist und nur nach Äußerlichkeiten entscheidet."

„Also glaubst du, du bist nichts weiter als hübsch?"

Das Mädchen macht mich sprachlos. Monia hakt sich bei mir unter und rettet die Situation. „Was ist dein Lieblingsfach, Nessa?"

„Ich weiß nicht", antwortet sie, ohne überhaupt richtig darüber nachgedacht zu haben. Dann wendet sie sich an mich. „Was ist deins?"

Ich überlege kurz. „Mmm. Ich mag alle Arten von Sport, aber am meisten Spaß macht mir der Theaterunterricht."

Sie nickt. „Ja, Theater. Das wähle ich auch."

„Ach ja?", frage ich und bin mir nicht sicher, ob ich freudig überrascht oder unsicher klinge. „Hattest du das auch an deiner alten Schule?"

„Nein, da gab es so etwas nicht."

„Na ja, Paul wird sich aber ganz bestimmt freuen, dass du mitmachst. Die Theatergruppe ist meistens eher unterbesetzt."

„Paul?"

Ich nicke und lasse Nessa den Vortritt in die Turnhalle. „Paul Sintzig, unser Lehrer. Er ist super lieb und der Einzige an dieser Schule, den wir duzen dürfen."

Sie dreht sich zu mir herum, die Stirn schon wieder in Falten gezogen. „Du findest alle super lieb, oder?"

„Ähm..." Ich zögere und wechsele einen kurzen Blick mit Monia, die belustigt die Mundwinkel hinunterzieht. „Na ja, kann schon sein."

Um den allgemeinen Sportunterricht kommt auch ein Sportmuffel wie Monia nicht herum. Und so kommt es, dass sie nörgelnd und ächzend neben mir her schlurft, während wir unsere Aufwärmrunden in der Halle drehen. Viel lieber trainiere ich draußen auf dem Sportplatz, aber die dicken Regentropfen, die heute von außen gegen die Scheiben platschen, durchkreuzen diesen Plan.

Obwohl Nessa noch in der Umkleidekabine Stein auf Bein geschworen hat, dass sie eine absolute Sportniete ist, überrundet sie mich bereits nach wenigen Minuten. Es ärgert mich ein wenig, dass ich sie so schnell von hinten sehe. Aber ich behalte mein Tempo bei, damit ich Monia nicht abhänge. Im Laufen wischt sie sich den Schweiß von der Stirn. „So eine Lügnerin. Guck mal, sie wird nicht mal rot im Gesicht."

Mein Blick bleibt eher an der mit schwarz-weißen Comics bedruckten Leggins hängen, die Nessa nun trägt. Direkt auf ihrem Hintern fliegt Superman.

„Vielleicht unterschätzt sie sich selbst einfach."

Etwas gedämpfter fragt Monia: „Magst du sie?"

Aus dem Augenwinkel beobachte ich, wie Nessa sogar Leon und Jonathan überholt, die sonst immer ganz vorne mit dabei sind. „Ich weiß nicht. Dafür kenne ich sie noch nicht gut genug."

Monia schnaubt leise. „Ich kann sie irgendwie nicht leiden."

„Gib ihr erst mal eine Chance, okay? Es ist nicht leicht, neue Freunde zu finden. Sie ist halt einfach sehr direkt."

Meine Freundin verdreht die Augen. „Gott, du bist immer so furchtbar korrekt und liebenswürdig."

„Aus deinem Mund klingt das wie eine Beleidigung", sage ich lachend und Monia nickt. Ich zwicke ihr in die Seite und gebe dann Gas, um zu Nessa aufzuholen. „Wir sehen uns im Ziel", rufe ich Monia zu, deren Arme nun fast bis zum Boden schlackern.

Laufen war schon immer mein Ding. Ich war kaum zehn Monate alt, als ich meine ersten Schritte gemacht habe und von da an konnte mich nichts und niemand mehr stoppen. Zum Sport kam ich aber erst nach Lauras Tod. Wenn ich eine Pause brauche, laufe ich. Wenn ich schlecht drauf bin, laufe ich. Wenn alle Welt mir zu viel wird, laufe ich. Manchmal fühlt es sich an, als könnte ich in meinen Turnschuhen der Welt entfliehen. Als müsste ich nur schnell genug einen Fuß vor den anderen setzen, um meine Sorgen hinter mir zurückzulassen. Je schneller ich bin, desto besser fühle ich mich.

Auch jetzt scheint der Laufwind mich noch mehr zu beflügeln. Meine Füße berühren kaum den Boden, als ich an allen vorbeiziehe und zu Nessa aufschließe. Sie schaut kurz über die Schulter, bemerkt mich und zieht das Tempo noch einmal an. Ich lache leise, froh über diese Herausforderung, und werde schneller. In kurzen Abständen tappen meine Schuhe auf den Hallenboden, meine Arme bewegen sich im Takt dazu mit, schieben mich mit jedem Schwung weiter vor. Mein Pferdeschwanz peitscht an meine Wangen und als ich Nessa, die nun doch ziemlich rot geworden ist, endlich überhole, lache ich vor Glück. Kurz vor der letzten Runde bin ich an ihr vorbei, werde allmählich langsamer und drehe mich im Laufen zu ihr um.

„Gutes Rennen!", rufe ich ausgelassen.

Nessa schließt zu mir auf und atmet laut ein und aus. „Du bist verdammt schnell", bemerkt sie.

Ich wische mir mit dem Unterarm den Schweiß aus dem Gesicht. „Du aber auch. Ich glaube, du hast ein bisschen untertrieben, was dein sportliches Können angeht."

Unser Sportlehrer, Herr Mattheo, bläst in seine Trillerpfeife und winkt alle zu sich heran. Sein Blick richtet sich kurz und streng auf Nessa und mich. „Ich hoffe, ihr habt euch noch ein bisschen Kraft übriggelassen. Das waren nur die Aufwärmrunden."

„Ich bin auch gerade erst warmgelaufen", erwidert Nessa und stolziert an mir vorbei zu den Medizinbällen, die Herr Mattheo für uns bereitgelegt hat.

Zum Mittagessen nehmen wir Nessa mit an unseren Tisch. Der geräumige Speisesaal ist gut gefüllt, aber an unserem Stammtisch sind unsere Plätze immer noch frei. Jonathan rückt anstandslos ein Stück zur Seite, als ich ihm ein Zeichen gebe, damit wir noch einen weiteren Stuhl für Nessa heranziehen können. Alina, die Nessa und mir schräg gegenübersitzt, schaut kurz auf, konzentriert sich dann aber wieder auf ihr Handy, während sie mit der Gabel lustlos in ihrem Essen herumstochert.

Nessa schielt auf meinen Teller. „Warum isst du kein Gulasch?"

Noch bevor ich zu einer Antwort ansetzen kann, seufzt Monia theatralisch. „Pass auf, jetzt kommt ihr berühmter Weltverbesserer-Vortrag."

Ich strecke ihr die Zunge heraus und lächele Nessa dann verständnisvoll an. „Ich esse kein Fleisch. Vor allem nicht hier. Frau Nöll, die Kantinenkraft, ist bekannt dafür, gerne Pferdefleisch zu verwenden."

Leon, der sein Tablett mit einem lauten Scheppern gegenüber von meinem auf den Tisch fallen lässt, unterbricht mich. Der Saft aus seinem Glas schwappt mir gefährlich entgegen. „Aber immerhin verwendet sie nur Fleisch von unglücklichen Tieren aus Käfighaltung."

„Und was bitte soll daran gut sein?", frage ich, während ich eine Serviette auf dem Tisch ausbreite, um den Apfelsaftstrom zu stoppen.

Leon sieht mich an, als wäre das zu offensichtlich, um noch weiter erläutert zu werden. „Na, wie grausam wäre es denn, die glücklichen Tiere zu töten? Viel gerechter ist es doch, den Unglücklichen ihr Leben zu verkürzen."

Monia gluckst in ihr Wasserglas.

„So ein Schwachsinn", entgegne ich und ziehe die Mundwinkel nach unten.

„Ich finde, so unrecht hat er gar nicht", mischt Nessa sich ein und zieht alle Blicke auf sich. Sie ist noch so neu, dass jedes Wort aus ihrem Mund interessant ist.

„Findest du?", hake ich nach und hoffe, dass sie einen Scherz macht. Denn mehr war Leons Aussage auch nicht. Ich weiß, dass er Tiere genauso liebt wie ich. Und auf seinem Teller ist ebenfalls kein Fleisch zu sehen.

„Na ja, stell dir vor, du wärest eine Kuh auf einer Weide. Du bist glücklich. Alles läuft prima. Und dann kommt auf einmal ein Irrer daher und nimmt dir dein Leben. Das ist furchtbar, oder?"

„Natürlich wäre das furchtbar", bestätige ich, „aber..."

Mit einer knappen Handbewegung unterbricht sie mich. Ein paar Tropfen Soße springen dabei von ihrer Gabel auf meine weiße Bluse. „Und jetzt stell dir vor, du bist dein Leben lang eingepfercht. In einem dunklen Verlies, siehst niemals das Tageslicht, stehst in deinem eigenen Dreck und bekommst einmal am Tag eine eklig schmeckende, eintönige Masse zum Fraß vorgeworfen. Würdest du dir nicht wünschen, dass jemand dein Leben beendet?"

Leon wiegt seinen Kopf hin und her, in einer Art überlegenden Zustimmung. „Hat sie gut rüber gebracht."

Ich schüttele den Kopf und schiebe mir eine Haarsträhne hinter das Ohr, bevor sie in meinem Apfelkompott landen kann. „Aber genau deshalb sollte so eine Art der Tierhaltung verboten werden."

„Du meinst, es sollten alle glücklich auf der Weide stehen?", fragt Nessa.

Als ich nicke, zieht sie missbilligend die Mundwinkel hinunter. „Das ist nicht möglich."

„Warum nicht?"

„Weil nicht alle Glück haben können. Das geht gar nicht. Das Glück ist ein Rudeltier. Es tritt gerne dort auf, wo es schon zu Genüge vorhanden ist. Aber niemals dort, wo es gebraucht wird."

Eine Weile herrscht Stille. Alle starren Nessa an, die ungerührt ein Stück Gulasch aufpiekst und in den Mund steckt.

Schließlich ist es Leon, der das Schweigen bricht. „Weise Worte, junges Bleichgesicht."

Kapitel 6

Was für Monia vollkommen unverständlich ist, gehört für mich zur täglichen Routine. Früh morgens, bevor Monia überhaupt wach ist, schlüpfe ich in meine Turnschuhe, trippele die Treppen in die Aula hinunter und atme tief ein, als ich an die frische Luft trete. Ich strecke und dehne mich ein paar Mal, dann jogge ich los.

Ganz in der Nähe des Internats liegt meine persönliche Idylle. An den Grasspitzen hängen glitzernde Tautropfen, die schnell durch meine Schuhe sickern, als ich über den frisch gemähten Rasen hinter dem Haus laufe. Ich lasse gepflegte Blumenbeete und perfekt getrimmte Hecken hinter mir und betrete den Feldweg, der mich zu meinem Ziel führt. Im Gegensatz zur Wiese, ist der Sand in den Spurrillen, die verschiedene Traktoren hinterlassen haben, bereits so trocken, dass er staubt, als ich hindurchlaufe.

Ein Mäuschen huscht von links nach rechts über den Weg, der darauffolgenden schwarzen Katze vermassele ich wohl die Jagd, als ich ihren Weg kreuze.

„´tschuldigung!", rufe ich über die Schulter und muss über ihren grimmigen Blick lachen.

Auf dem weichen Sandboden läuft es sich fast wie von selbst. Ich ziehe das Tempo noch ein wenig an und genieße den kühlen Wind in meinem Gesicht. Ich spüre es ganz genau. Heute wird ein super Tag.

Schneller als erwartet taucht die große Eiche vor mir auf. Noch sind ihre vielen Äste kaum zu sehen, weil sie von grünem Blattwerk bedeckt werden.

Aber hier und da blitzen schon die ersten gelben Blätter auf. Der Sommer neigt sich seinem Ende entgegen. Aber noch wärmt die aufgehende Sonne mich genug, um den kühlen Schatten des Baumes aufzusuchen. Das hier, das ist mein Lieblingsplatz. Das Internatsgebäude und den umliegenden Park im Blick, lasse ich mich an dem rauen Stamm hinabsinken und pflücke einen breiten Grashalm. Zwischen den Handballen eingeklemmt lege ich ihn an die Lippen und versuche, ihm dieses witzige Quietschen zu entlocken, das Laura und mir als Kindern so gefiel. Stattdessen pruste ich nur vor mich hin.

Dieser Ort würde Laura auch gut gefallen. Die starken Äste der Eiche würden sich prima für ein Baumhaus eignen.

Nicht weit von mir landet ein Schmetterling. Ein wirklich hässliches Ding. Seine grauen Flügel bedecken seinen gekrümmten Körper nicht ganz. Ich beuge mich ein wenig vor, um ihn besser betrachten zu können. Der Löwenzahn, auf dem er sitzt, wackelt unter seinem Gewicht.

„Ein Abendpfauenauge", ertönt eine Stimme hinter mir und ich setze mich so schnell zurück, dass die harte Rinde mir den Rücken aufkratzt.

„Leon!", keuche ich, „musst du mich so erschrecken?"

Ein schiefes Grinsen zuckt über sein Gesicht. Er pustet sich eine störrische, blonde Strähne aus der Stirn und hockt sich ganz dicht neben den Schmetterling, um ihn mit seinem Handy zu fotografieren.

„Hätte ich gewusst, dass er noch wach ist, hätte ich meine Kamera mitgebracht."

„Seit wann interessierst du dich für Schmetterlinge?", frage ich und löse mein

Zopfgummi, um die Haare, die sich beim Laufen gelöst haben, neu einzufangen.

„Das ist kein Schmetterling. Das ist ein Schwärmer", verbessert er mich, meine Frage ignorierend. Dann wird aus seinem Grinsen ein leichtes Lächeln. Er deutet auf den Falter und lockt mich mit einem Finger näher heran. „Sieh mal."

Ganz leicht pustet er über den deformierten Körper des kleinen Tieres und dieses reagiert sofort. Es breitet die dünnen Flügel aus und präsentiert uns zwei wunderschöne Abbildungen strahlend blauer Augen.

„Oh!", stoße ich überrascht aus. „Wie hübsch."

„So wehrt er Angreifer ab. Ein Vogel, der das sieht, nimmt schnell Reißaus."

Ich lache leise. „Das würde ich auch mal gerne können. Mit einem einzigen Augenaufschlag."

Leons Blick trifft auf meinen und ich bemerke, dass seine Augen fast dieselbe Farbe haben, wie die des Schwärmers. Ein kühles und trotzdem strahlendes Blau.

Schnell schaue ich wieder zu dem Falter hinüber, der nun mit den Flügeln flattert und abhebt. „Was machst du überhaupt so früh hier draußen?"

Er lässt sich neben mich ins Gras sinken, reißt ebenfalls einen Grashalm ab und verdreht die Augen. „Alex wollte unbedingt schon eine Runde im See schwimmen und hat mich gezwungen, mitzukommen."

Mein Herz schlägt zwei Takte schneller. „Er ist auch hier?"

Leon nickt um den Baum herum. „Zieht sich gerade noch an. Wenn du dich beeilst, steht er vielleicht noch oben ohne da."

Ein irres Kichern entweicht mir. „Warum sollte ich das sehen wollen?"

Sein Blick verrät mir, dass er genau weiß, wie es um meine Gefühle bestellt ist. Doch er sagt nichts, reicht mir stattdessen den Grashalm und steht auf. „Mit dem geht's besser", meint er, steckt die Hände in die Hosentaschen und schlendert davon.

Probehalber lege ich den Grashalm an die Lippen und blase dagegen. Das Quietschen, das daraufhin ertönt, entlockt mir ein Lächeln.

Ein paar Minuten nachdem Leon um die Ecke verschwunden ist, tauchen Alex' nackte Beine neben mir auf. Mit rasendem Herzen schaue ich nach oben, um dann festzustellen, dass er sowohl Shorts, als auch T-Shirt trägt. Seine dunklen Haare hängen ihm tropfnass in die Stirn. „Hast du Leon gesehen?"

Ich deute in Richtung Internat. „Ist gerade wieder gegangen."

„Dieser faule Sack", grummelt Alex, hat dabei aber ein Schmunzeln im Gesicht, „hat sich um unsere Laufrunde gedrückt."

Schnell stoße ich mich vom Boden ab und komme etwas zu schwungvoll neben Alex zum Stehen. „Wollen wir zwei? Ich will jetzt eh wieder zurück."

Alex' Lächeln verwandelt meine Knie in Butter. Wie verzaubert starre ich auf die kleine Lücke zwischen seinen oberen Schneidezähnen. „Gerne. Wenn du mithalten kannst?"

Für eine Antwort bleibt mir keine Zeit, denn Alex hat sich bereits vom Baum abgestoßen und sprintet den Feldweg entlang.

„Hey!", rufe ich und setze mit ein paar Sekunden Verzögerung zur Verfolgung an. „Das ist geschummelt!"

„Es gibt keine Regeln!", schallt Alex' Antwort zu mir zurück. „Hauptsache, du läufst!"

Lachend gebe ich noch einmal Gas und hole zu ihm auf. Sein überraschter Blick spornt mich noch zusätzlich an. Unsere Füße fliegen über den trockenen Boden. Steine und Sand werden aufgeschleudert und treffen wie kleine Geschosse auf unsere nackten Waden.

Glück. Das pure Glück fließt durch meine Adern, während ich neben Alex renne. Ein breites Grinsen im Gesicht überhole ich erst ihn und dann Leon, der am Wegrand entlangschlendert.

„Hier ist nur Schrittgeschwindigkeit erlaubt!", ruft Leon mir empört nach und als ich mich umdrehe, um ihm die Zunge herauszustrecken, macht er ein Foto von mir.

Keuchend, aber glücklich, komme ich an dem Heckenbogen an, der den hinteren Eingang zum Internatsgelände markiert. Mit einer Hand halte ich mich an ein paar Zweigen fest, die andere stütze ich auf meinem Knie ab.

Nur ein paar Sekunden nach mir erreicht auch Alex das Ziel. Schweiß läuft ihm die Schläfe hinab. Vielleicht ist es aber auch das Wasser aus seinen Haaren.

„Na toll", schnauft er, „jetzt kann ich gleich noch einmal baden."

„Macht das doch zusammen", schlägt Leon vor, der gemächlich zu uns aufschließt und noch ein finales Foto von uns schießt.

„Was ist das? Nimmst du Drogen?" Nessas blaue Augen sind auf die Tablette in meiner Hand gerichtet. Ihre Haare stehen in alle Richtungen ab, noch schlimmer als am Vortag. Als wäre sie einfach aufgestanden und ohne einen Blick in den Spiegel zu werfen, hinunter in den Speisesaal gegangen. Ein wenig bewundere ich sie für ihre Mir-egal-Einstellung. Ich selbst habe nach der Dusche noch eine halbe Stunde gebraucht, um mich herzurichten, bis ich mich wohl gefühlt habe.

Ich lasse die kleine, weiße Pille in meiner Handfläche herumrollen, bevor ich sie in den Mund werfe und mit einem Schluck Wasser hinunterspüle. Dann antworte ich: „Das ist meine Allergietablette."

Sie steckt sich einen Löffel von ihrem Müsli in den Mund und fragt kauend: „Gegen was bist du allergisch?"

Monia lacht leise auf. „Juli reagiert auf fast alles allergisch. Es ist ein Wunder, dass sie ihre eigene Haut am Körper verträgt."

„Stimmt doch gar nicht", entgegne ich und strecke ihr die Zunge heraus. Dann wende ich mich wieder an Nessa: „Wenn ich die Tabletten nicht nehme, kann ich verschiedene Sachen nicht essen, ohne darauf zu reagieren."

Sie nickt. Ihr Blick schweift an mir vorbei zu der Tablettenpackung, die ich gerade wieder in meine Tasche stecke. „Und wie sieht das dann aus? Gehst du dann auf wie eine Qualle?"

Lachend schüttele ich den Kopf. „Unterschiedlich. Bei Kernfrüchten schwillt mir der Hals zu. Genauso bei Nüssen. Auf Milch reagiere ich mit Bauchschmerzen. Das kann ich aber umgehen, indem ich laktosefreie Milch trinke. Pollen", ergänze ich meine Auflistung, „machen mich halb blind. Und am schlimmsten sind Hautcremes mit Parfüme. Da bekomme ich Ausschlag von. Die benutze ich aber sowieso nicht."

Nessa zieht die Augenbrauen hoch und nickt fast anerkennend. „Das ist ja ziemlich heftig.“

„Das kommt davon, wenn man von seiner Mutter als Baby allzu sehr verwöhnt wurde“, mischt Leon sich ein und deutet mit seinem Brotmesser auf mich. „Ich wette, du hattest auch noch nie die Windpocken, weil deine Mutter dich von allen Viren ferngehalten hat.“

Ich rümpfe die Nase und schiebe seine bewaffnete Hand ein Stück von meinem Gesicht weg. Ich hatte tatsächlich noch nie die Windpocken, aber ich muss seine Theorie ja nicht noch bestärken.

„Als Vegetarierin gegen Früchte allergisch zu sein, muss ja ziemlich fies sein“, meint Nessa. „Was kannst du denn überhaupt noch essen?“

Ich deute auf mein Brot, das mit Frischkäse bestrichen ist. „Alles, was ich will, solange ich meine Tabletten nehme.“

Obwohl um mich herum ein wahnsinniger Lärm herrscht, höre ich das leise Plätschern, als meine Füße ins Wasser gleiten. Die Schwerelosigkeit, die mich umfängt, ist fast so erleichternd wie meine morgendliche Laufrunde. Ich mache ein paar Züge und schaue mich dann zu Nessa um, die etwas unsicher am Rand steht. Ein Handtuch um ihre Hüften geschlungen. Ich kann sie verstehen. Anfangs war es für mich auch eine Überwindung, mich nur im Badeanzug vor meinen Mitschülern zu zeigen. Aber inzwischen bin ich selbstbewusst genug, um darüber hinwegzuschauen.

Also lächele ich und winke Nessa zu. Sie atmet tief ein und öffnet schließlich den Knoten ihres

Handtuches. Als sie es auf der Bank am Rand der Schwimmhalle ablegt, komme ich nicht drum herum, sie überrascht zu mustern. Sie hat keinen Grund, sich zu schämen. Der schwarze Badeanzug hebt ihre weiblichen Rundungen wunderbar hervor, ohne zu viel zu zeigen. Ihre Beine sind schlank und durchtrainiert. Und auf dem Weg zurück zum Becken scheint ihre Unsicherheit wie weggewischt. Sie lässt sogar leicht die Hüften schwingen, um ihre Lippen spielt ein kokettes Lächeln. Nicht nur ich betrachte sie, sondern auch die meisten Jungs haben sich inzwischen zu ihr umgewandt. Einer von ihnen stößt einen leisen Pfiff aus und erntet dafür eine Rüge von Herrn Mattheo, der Anzüglichkeiten nicht duldet.

Mein Blick huscht zu Alex hinüber und ich spüre einen Stich der Eifersucht in meiner Brust, als ich bemerke, dass auch seine Augen über ihren Körper wandern. Frustriert stoße ich die Luft aus und lasse mich hinuntergleiten, bis das Wasser über meinem Kopf zusammen schwappt. Unter der Oberfläche öffne ich die Augen und beobachte, wie Nessa in eleganten Zügen auf mich zuschwimmt. Kurz bevor sie mich erreicht, tauche ich wieder auf und überspiele meine zwiespältigen Gefühle.

„Cool, dass hier auch Schwimmen angeboten wird", meint sie und fährt sich mit einer Hand durch die Haare, sodass sie wirken wie gegelt.

Ich nicke. „Ja, ist eines meiner Lieblingsfächer."

„Weil Alex mitmacht?", fragt sie und sieht nicht gerade unauffällig zu ihm und den anderen Jungs hinüber.

„Nein!", antworte ich ein bisschen zu schnell. Es ärgert mich, dass sie bereits so viel über mich zu wissen scheint, sie aber immer noch ein unbeschriebenes Blatt für mich ist.

„Hey, ist doch nicht schlimm, dass du auf ihn stehst. Und eigentlich auch kein Wunder. Er ist echt scharf."

Ich folge ihrem Blick hinüber zu Alex, der unser Gespräch zum Glück nicht zu bemerken scheint. Gerade lacht er über den Witz eines Schülers aus unserer Parallelklasse. Mit ruhigen Bewegungen lässt er seine Arme vor und zurückgleiten, um sich nicht von der Stelle zu bewegen. Die Muskeln in seinen Schultern spannen sich dabei immer wieder an. Am liebsten stände ich jetzt auf festem Boden, das haltlose Strampeln meiner Füße kann meinen Frust nicht abbauen. „Ich stehe nicht auf ihn. Das habe ich nie behauptet."

„Also ist es kein Problem für dich, wenn ich mein Glück versuche?"

„Überhaupt nicht", platzt es aus mir heraus und ich zwinge mir sogar noch ein Lächeln auf. „Tu, was du nicht lassen kannst."

Am Abend ist meine Laune schon wieder etwas gestiegen. Die freie Zeit nach dem Unterricht habe ich in meinem Zimmer verbracht und etwas umdekoriert. Als Monia hereinkommt, stößt sie ein anerkennendes Pfeifen aus. Mit den Fingern fährt sie über mein weißes Regal, das ich nun mit einer Lichterkette aufgehübscht habe und bleibt an einer der Disneyfiguren hängen. „Schneewitchen", sagt sie und dreht die Märchenprinzessin einmal um die eigene Achse. „Sieht dir ein bisschen ähnlich."

„Wieso? Ich hab weder schwarze Haare, noch rote Lippen oder eine blasse Haut."

„Nein, aber...", sie zögert. „Manchmal wirkst du genauso zerbrechlich."

Überrascht sehe ich von der Figur in ihrer Hand in Monias Augen. „Zerbrechlich?"

Sie zuckt mit den Schultern und stellt Schneewittchen wieder ab. „Ja ... Nein ... Ich weiß auch nicht. War nur so ein Gedanke." Schnell wendet sie sich ab und lässt sich auf ihr Bett fallen. „Hast du Lust, noch runter zu gehen? Eine Runde Darts spielen?"

Ich kann mir ein Grinsen nicht verkneifen. „Wirklich? Du weißt, dass das wieder in einer Tragödie endet und du mir Vorwürfe machen wirst."

„Aber nur, weil du ständig gewinnst", beginnt sie bereits jetzt und reißt theatralisch die Arme in die Luft.

„Willst du trotzdem?"

Sie stößt sich schwungvoll vom Bett ab und setzt ihren Siegerblick auf. „Auf jeden Fall. Dich mach ich fertig."

Aus dem Playroom dringen laute Musik und das Lachen der anderen Schüler, die sich dort bereits eingefunden haben. Fast jeden Abend treffen wir uns hier, spielen ein paar Spiele, reden und vertreiben uns die Zeit bis zur Sperrstunde.

Als Monia und ich den Raum betreten, lasse ich sofort den Blick schweifen, um nach Alex zu suchen. Ich finde ihn in der hintersten Ecke des Raumes, zusammen mit ein paar anderen Jungs. Sie haben sich um den Billardtisch versammelt und sehen Alina zu, die sich weit über den Tisch gebeugt hat, um eine der Kugeln anzustoßen.

Monia stöhnt und verdreht die Augen. „War ja klar."

Es dauert nicht lange, bis Alex uns entdeckt, doch ich weiche seinem Blick absichtlich aus und deute auf die Darts-Scheibe. „Lass uns da rüber gehen."

Monia wartet, bis ich die Pfeile aus der Scheibe gezogen habe und nimmt mir die roten ab. Ihre Glücksfarbe.

„Hey ihr zwei", begrüßt Leon uns und lehnt sich an die Wand rechts neben der Zielscheibe. „Habt ihr Jonathan gesehen?"

Ich schüttele den Kopf. „Seit heute Mittag nicht mehr."

„An deiner Stelle würde ich ein Stück zur Seite rücken", warnt Monia ihn. „Ich werfe jetzt."

Leon reißt gespielt entsetzt die Augen auf und duckt sich unter Monias Pfeil weg, der etwa einen Meter neben dem eigentlichen Ziel gegen die Wand prallt.

„Ich könnte mich direkt vor die Scheibe stellen und du würdest mich nicht treffen", meint er lachend.

Ihr Blick verfinstert sich. „Wir können es gerne darauf ankommen lassen, wenn du willst."

„Ich würde lieber nicht mit ihr wetten", sage ich und beobachte, wie Monia einen Wurf nach dem anderen vergeigt.

Seufzend macht sie mir Platz und ich nehme das Ziel ins Visier. Im letzten Jahr hat mein Vater mir die perfekte Wurftechnik gezeigt. Es kommt nicht nur auf die Hand an, die den Pfeil hält, sondern auch auf den korrekten Winkel des Arms und die gesamte Körperhaltung. Ich stelle einen Fuß zurück, beuge mich ganz leicht vor und visiere das Ziel an. Mein Arm bewegt sich kaum, als ich dem Pfeil einen Schubs gebe und er nur wenige

Zentimeter neben dem roten Mittelpunkt in der Scheibe versinkt.

Während Monia frustriert die Arme in die Luft reißt, klatscht Leon und nickt anerkennend. „Nicht schlecht. Gibt es irgendetwas, in dem du nicht gut bist?"

„Verlieren", verrät Monia ihm, indem sie sich ein Stück zu ihm rüber lehnt und so tut, als wären die Worte nur für ihn bestimmt. Sie hat recht. Das konnte ich noch nie. Ich hasse es, nicht die Beste zu sein. Monopoly wurde deshalb in unserer Familie auf die schwarze Liste gesetzt. Meine Eltern weigern sich standhaft, es noch einmal mit mir zu spielen, weil der Spielverlauf regelmäßig in einem Familienkrach endet.

„Braucht ihr noch ein paar Mitspieler?" Alex' Stimme lässt mir einen angenehmen Schauer den Rücken hinunterlaufen. Ich lächele ihn über die Schulter an und reiche ihm meine Pfeile. Mir entgeht nicht Monias verheißungsvolles Grinsen und Augenbrauenwackeln. Aber ich versuche, sie so gut es geht zu ignorieren und setze mich neben Leon auf einen der Hocker.

Er hat die Ellbogen hinter sich auf den Tresen gestützt und beobachtet, wie Alex einen Pfeil nach dem anderen sicher ins Ziel befördert. „Du bekommst Konkurrenz", merkt er an und zwinkert mir zu.

Ich lächele und schüttele den Kopf. „Ich habe mich doch gerade erst warm gespielt." Dann folge ich seinem Blick hinüber zu Monia, die die Arme ausschüttelt, um sich profimäßig auf ihren nächsten Wurf vorzubereiten. Da kommt mir eine Idee.

„Sag mal, hast du eigentlich schon eine Begleitung für den Winterball?"

Es dauert ein paar Sekunden, bis Leon sich von Monias Anblick losreißen kann, dann sieht er mich irritiert an. „Ich?"

Ich schüttele den Kopf und schiebe ihn mit einer Hand zur Seite. „Nein, du sitzt mir nur im Weg. Ich meine den Kerl da hinter dir. Natürlich du!"

Sein Blick fällt auf meine Hand, die auf seiner Brust ruht und dann wieder in mein Gesicht. „Ich hab da noch nicht so genau drüber nachgedacht."

Ich ziehe meine Hand wieder zurück und setze mein charmantestes Lächeln auf. „Also bist du noch frei, ja?"

Kaum merklich neigt Leon den Kopf. „Sieht so aus. Ja."

Nun geht mein Lächeln in ein Strahlen über. Ich rücke etwas näher an ihn heran, damit uns nicht jeder hören kann und deute zur Darts-Scheibe hinüber, wo Monia gerade ihre Pfeile vom Boden aufsammelt. „Wie wäre es mit Monia?"

Leon lacht leise auf. „Was soll das hier werden? Eine Verkupplungsaktion?"

Schnell richte ich mich wieder auf und schürze die Lippen. „Nein, wo denkst du hin?"

„Hör mal, ich bin nicht leicht zu haben", meint er und setzt einen überheblichen Blick auf. „Mich muss man schon umwerben. Ich möchte bitte offiziell gefragt werden."

„Du willst gefragt werden?" Ich kann ein Lachen nicht unterdrücken. „Ich dachte eher, du fragst sie."

Leon zieht eine Augenbraue hoch und hebt einen Finger in Richtung Darts-Scheibe. „Du bist dran, Prinzessin."

Während ich vom Hocker gleite, werfe ich ihm noch einen eindringlichen Blick zu. „Denk mal drüber nach. Sie wäre ein super Fang."

Kapitel 7

„Treib sie ein bisschen mehr an, Juli! Nicht so schlaff. Schenkel ran, aussitzen. Ja, geht doch!" Obwohl Frau Jörgens ansonsten eher ruhig und ausgeglichen ist, verwandelt sie sich auf dem Reitplatz in eine wahre Furie. Hier ist sie wie ausgewechselt.

Die Peitsche in ihrer Hand dient nicht dazu, die Pferde zu bearbeiten, sondern uns Schülern zu zeigen, wer hier das Sagen hat. Seit Leon Frau Jörgens einmal beim Reitunterricht beobachtet hat, ist er der festen Überzeugung, dass sie zuhause einen eigenen Mr.Grey hat.

„Halt die Hände tiefer. Lockerer Zügel. Gib ihr mehr Freiraum."

Irgendwie schaffe ich es, Frau Jörgens' Anweisungen auszublenden und sie trotzdem umzusetzen. Ich will jede Minute mit Lilith genießen. Ganz kurz schließe ich die Augen und spüre ihre gleichmäßigen, fließenden Sprünge und den Wind in meinem Haar. Das hier ist noch besser als Joggen.

Ich öffne die Augen wieder, reite einen Zirkel, drossele das Tempo und lasse Lilith an der langen Bahn zwei aufeinanderfolgende Volten traben. Dann reihe ich mich hinter Alina und ihrem Haflingerwallach Jordan wieder ein.

„Sehr gut", nickt Frau Jörgens zufrieden. „Jetzt du, Jonathan. Und diesmal will ich mehr Einsatz von dir sehen. Du sitzt da nicht in einem Fernsehsessel. Reiten ist harte Arbeit. Also los!"

Jonathan gibt sein Bestes, doch Hercules ist ein sturer Bock, der kaum über einen lahmen Trab hinauskommt. Als Jonathan vor Verzweiflung kurz die Gerte einsetzt, macht Hercules einen so plötzlichen Satz nach vorne, dass es seinen Reiter fast aus dem Sattel reißt.

„Jonathan!", herrscht Frau Jörgens ihn an. „Was hatte ich zum Einsatz der Gerte gesagt? Reih' dich wieder hinten ein. Und ich würde vorschlagen, dass du dich ein wenig öfter mit deinem Pferd beschäftigst. Ihr zwei seid ein Team."

Als ich Jonathans geknickten Blick sehe, bin ich kurz davor, Frau Jörgens zu sagen, dass Jonathan jeden Abend bei Hercules ist. Im Gegensatz zu dem Sechstklässler, der ebenfalls für den jungen Wallach eingesetzt ist.

Stattdessen richte ich den Blick wieder nach vorne und klopfe sanft Liliths Hals. Sie schnaubt zufrieden und schüttelt ihre Mähne aus. Als ich mich wieder aufrichte, entdecke ich Alex am Rand des Reitplatzes. Er hat die Arme auf dem Zaun abgestützt und beobachtet mich. Neben ihm steht Nessa, die ebenfalls zu mir hinübersieht und leise mit ihm spricht. Sein Blick gleitet von mir zu ihr hinüber und dann lacht er. Ganz ausgelassen. Sie lacht ebenfalls, schaut mir dabei in die Augen und zwinkert.

Was hat sie ihm erzählt? Reden sie über mich? Es scheint fast so. Doch bevor ich den Reitplatz mit Lilith umrundet habe und bei ihnen angekommen bin, stößt Alex sich vom Holzzaun ab und schlendert über den Hof in Richtung Schule.

„Was hast du ihm erzählt?", frage ich an Nessa gewandt, als ich an ihr vorbeireite. Ich drehe mich im Sattel zu ihr herum, während Lilith ruhig weiterläuft. Mit einer Hand stütze ich mich auf dem schaukelnden Pferdehintern ab.

65

Nessa schüttelt den blonden Haarschopf. „Nichts Wichtiges. War nur ein Witz."

„Was für ein Witz?", will ich wissen, doch da unterbricht mich Frau Jörgens in ruppigem Reitlehrerton: „Julia! Setz dich vernünftig hin und konzentriere dich auf dein Pferd. Tratschen kannst du später immer noch."

„Na, ich gehe dann jetzt mal", ruft Nessa mir hinterher und macht sich grinsend davon. Schmollend sehe ich ihr hinterher. Eifersucht kocht in mir hoch. Aber das ist totaler Quatsch. Natürlich kann sie ihm einen Witz erzählen. Das hat überhaupt nichts zu bedeuten. Ich frage mich nur: Hat er in meiner Gegenwart schon einmal so ausgelassen gelacht?

Fünfzehn Minuten später führen Jonathan, Alina und ich unsere Pferde zurück in den Stall. An Liliths Boxentür lehnt Monia. Als wir näher kommen, weicht sie sofort zurück und hält einen gebührenden Abstand zu meiner Pflegestute ein. Ich ziehe Lilith die Trense vom Kopf und sie kaut noch ein paar Mal nach, als ich sie vom Mundstück befreie. Dann lasse ich den Sattel von ihrem Rücken auf meinen Unterarm gleiten, trete aus der Box und schiebe das Tor hinter mir zu.

„Alles klar. Du kannst dich wieder rühren", feixe ich an Monia gewandt und lache leise, als sie mir die Zunge herausstreckt.

„Hast du gestern Abend eigentlich mit Leon über mich gesprochen?", fragt sie und ich halte an der Tür zur Sattelkammer kurz inne, bevor ich mich zu ihr herumdrehe.

„Wieso?", hake ich nach und weiche damit ihrer eigentlichen Frage erst einmal aus.

„Er hat sich heute so seltsam benommen. Hat ständig irgendwelche Witzchen gerissen." Eine leichte Röte breitet sich auf ihren Wangen aus, die diesmal nicht von Scham, sondern von Ärger herrührt.

„Das macht er doch immer", versuche ich, sie zu beruhigen. Sie betritt hinter mir die Sattelkammer und beobachtet, wie ich den Sattel weghänge und anschließend das Mundstück der Trense unter fließendem Wasser reinige.

„Aber er war irgendwie ... anders."

Nervös kaue ich auf meiner Unterlippe herum. Es war dumm von mir, das hinter ihrem Rücken regeln zu wollen. Aber diese Einsicht kommt zu spät. In mir streiten sich zwei Geister. Wahrheit oder Lüge? Für was soll ich mich entscheiden?

„Ich glaube, du hättest gute Chancen bei ihm, wenn du etwas mehr auf ihn zugehen würdest."

„Also hast du mit ihm über mich gesprochen?" Ihr Blick bohrt sich in mich hinein und ich bin froh, dass ich noch etwas zu tun habe und ihm ausweichen kann.

„Nur ein bisschen und wirklich nichts Negatives."

Monia schnaubt und wendet sich abrupt von mir ab. „Das brauchst du nicht, okay? Ich rede doch auch nicht mit Alex über dich. Ich weiß, dass du das nicht willst und ich halte mich daran. Warum tust du das nicht?"

Langsam drehe ich den Wasserhahn zu und lasse die Trense sinken. Meine Finger sind eiskalt vom Wasser. „Es tut mir leid. Ich wusste nicht, dass dir das so viel ausmachen würde."

Ihre Lippen sind zu einer schmalen Linie zusammengepresst, die Arme vor der Brust verschränkt. Alles an ihr steht auf Abwehr. Doch nach ein paar Sekunden des Schweigens, nickt sie schließlich, ohne mich anzusehen. „Okay. Aber mach das bitte nicht noch einmal, ja?"

Ich schüttele den Kopf. „Nein. Versprochen."

Sie ist schon an der Tür angekommen, als ich sie aufhalte. „Gleich noch in den Playroom?", frage ich und wundere mich über die Unsicherheit in meiner Stimme.

Ohne sich zu mir umzudrehen, schüttelt Monia den Kopf. „Ich denke nicht. Ich bin müde."

In der Boxengasse treffe ich auf Jonathan, der dort still fegt. Ich bin mir sicher, dass er das Gespräch zwischen Monia und mir mit angehört hat, doch er schweigt. Wie immer. Ich nehme mir ebenfalls einen Besen und helfe ihm, den betonierten Boden zu reinigen. Seine Miene ist verschlossen, was mich davon abhält, das Gespräch mit ihm zu suchen. Doch als er schließlich den Besen wegstellt und in Hercules' Box verschwindet, überwinde ich mich und lehne mich an die halbgeöffnete Tür.

Während ich ihn von dort unverhohlen anstarre, bringt er es fertig, mich weiterhin zu ignorieren. Seine rechte Hand fährt sanft über die Nüstern des Pferdes.

„Wenn du willst, kann ich bei Frau Jörgens mal ein gutes Wort für dich einlegen", schlage ich vor und endlich sieht er mich an. Zumindest für ein paar Sekunden. Dann konzentriert er sich wieder auf Hercules. „Nein, danke."

„Aber es ist unfair, dass sie nicht sieht, wie gut du dich um Hercules kümmerst. Das muss sie doch mal würdigen."

Jonathan wendet sich von mir ab und überprüft die Wassertränke. Er sammelt ein paar Strohhalme heraus und zerrupft sie zwischen seinen Fingern.

„Schon gut", antwortet er gepresst. „Ich bin einfach kein guter Reiter. Das hat nichts mit Striegeln und Ausmisten zu tun."

Ich trete einen Schritt weiter in die Box und tätschele Hercules' Schulter. „Wenn du willst, kann ich mit dir üben. Wir können uns morgen Abend hier treffen und auf den Platz gehen."

Jonathans Schultern scheinen sich kurz zu verspannen. Er hält in der Bewegung inne, bevor er seinen Kopf zumindest ein Stück weiter in meine Richtung dreht. Meinem Blick weicht er allerdings immer noch aus. „Ich brauche deine Almosen nicht."

„Was?" Meine Hand verharrt unter Hercules' Mähne.

„*Ein gutes Wort für dich einlegen*", äfft er mich nach und ich weiche aus der Box zurück, als er an mir vorbei stapft und die Tür von außen zuzieht. Mit einem lauten Krachen fällt sie ins Schloss und wackelt noch eine Weile nach. Erschrocken starre ich Jonathan an, dessen Brust sich schneller hebt und senkt als sonst.

„*Nachhilfeunterricht geben*", grollt er weiter. „Lass mich doch einfach mal in Ruhe. Ständig quatschst du mich an. Merkst du nicht, dass du nervst?"

Seine Worte schneiden in mein Fleisch wie Messer. Meine Lungen fühlen sich plötzlich an wie zugeschnürt. „Ich...", presse ich hervor. „Es tut mir leid. Das wollte ich nicht."

Und als er mich endlich wirklich ansieht, ist es nicht so, wie ich es mir erhofft hatte. Seine dunklen Augen funkeln mich an. Er öffnet den Mund, schließt ihn wieder. Dann macht er kehrt und verlässt den Stall.

Plötzlich komme ich mir furchtbar einsam vor. Und zurückkatapultiert in eine Zeit, an die ich nie wieder denken wollte. Wie von selbst gleitet meine Hand in meine Jackentasche und ertastet dort mein Handy. Ein Anruf bei meiner Mutter und ich würde mich besser fühlen. Sie besteht darauf, dass ich mich bei ihr melde, sobald sich solche Gefühle anbahnen. Aber was ist mit ihr? Wenn ich mir meinen Frust von der Seele rede, lade ich ihn ihr auf. Ich kann mich noch zu gut daran erinnern, wie schlecht es ihr bis letztes Jahr noch ging. Von Vorwürfen und falschen Schuldzuweisungen wurde sie beinahe selbst zerstört.

Langsam löst sich mein Griff um das Handy. Stattdessen gehe ich zurück in die Sattelkammer, ziehe die Stiefel aus und schlüpfe in meine Laufschuhe, die ich dort bereitgestellt habe. Dann renne ich. So lange, bis die Erschöpfung die Sorge überwiegt.

Erst zwei Stunden später kehre ich in unser Zimmer zurück. Nass geschwitzt und schwer atmend bleibe ich in der offenen Tür stehen. Das Zimmer liegt verlassen da. Monia scheint sich doch noch entschlossen zu haben, etwas anderes zu unternehmen. Ich öffne meinen Schrank und suche meine Duschsachen zusammen, dann mache ich mich auf den Weg zu den Gemeinschaftsduschen.

Ich drehe die Heißwasserzufuhr so weit auf wie möglich und bin bald schon von Dampf umgeben. Es ist so heiß, dass es beinahe wehtut. Aber nur so kann ich mich auf etwas anderes konzentrieren, als

Monias enttäuschtes Gesicht und Jonathans wütend funkelnde Augen.

Den Kopf in den Nacken gelegt lasse ich das Wasser durch meine Haare und über mein Gesicht laufen.

„Ja, stimmt!", Monias lachende Stimme erklingt unmittelbar nach dem Zuschlagen der Tür. „Und wie sie ständig ihre Haare kämmt. Als wäre sie Rapunzel."

„Ich wette, sie hat Extensions. Und ihre Wimpern sind garantiert auch nicht natürlich." Nessa. Ihre Stimme trieft vor Verachtung und Belustigung.

Für ein paar Sekunden wird mir innerlich so heiß, dass ich die Befürchtung habe, jeden Moment umzukippen. *Sie sprechen über mich.* Dann sickert die Erkenntnis in mich, wie der Dreck in den Abfluss. Nicht über mich. Über Alina.

„Oh. Hi Juli", begrüßt Monia mich und ich bin mir nicht ganz sicher, ob es nur Überraschung oder auch Unwillen ist, die ihre Stimme zögerlich klingen lässt.

„Hi", entgegne ich und lächele so unbekümmert wie möglich.

„Stört dich doch nicht, wenn wir hier sind, oder?", fragt Nessa, die mich unverhohlen anstarrt. Unauffällig wende ich mich ein Stück ab und tue so, als müsste ich nur nach dem Shampoo greifen. „Nein, nein. Kein Problem. Monia und ich duschen ja sonst auch immer zusammen hier."

„Wir haben uns zufällig auf dem Flur getroffen", sagt Monia, als müsste sie ihre Lage erklären. „Wusstest du, dass Alina was mit Flo aus der B hat? Nessa hat die beiden eben im Hof erwischt."

„Nein, wusste ich nicht."

71

„Was der wohl an ihr findet?", sinniert Monia. Und Nessa, die sich gerade aus ihrer Bluse schält, meint: „Vielleicht steht er auf Plastik."

Die beiden kichern über den Witz, dann sehen sie mich erwartungsvoll an. Es widerstrebt mir, aber ich hebe einen Mundwinkel leicht an, um nicht außen vor zu sein. Im Gegensatz zu Monia mag ich Alina ganz gerne. Sie macht zwar auf Barbie, ist aber durchaus klug und witzig. Kein dummes Blondchen, als das die beiden sie gerade hinstellen. Trotzdem schweige ich, statt sie zu verteidigen.

Während Monia und Nessa ihre Duschen aufdrehen, ziehe ich mich wieder an. Ich bin froh, wenn ich den Raum verlassen und mich in mein Bett legen kann. Doch bevor ich die Tür erreiche, ruft Nessa mich zurück.

„Monia hat mir vom Playroom erzählt. Wollen wir da gleich noch alle zusammen hin?"

Ich atme tief ein und lächele entschuldigend. „Ich fühle mich nicht besonders gut. Ich würde mich lieber hinlegen." Mein Blick gleitet zu Monia. Hoffnungsvoll. Am liebsten würde ich gleich ein paar Folgen Supernatural mit ihr schauen. Heimlich unter der Bettdecke, falls Zimmerkontrolle gemacht werden sollte.

Doch sie sagt nur: „Schade. Dann bis später."

Leichter Nieselregen tropft auf meine Haare und Schultern, als ich das Gebäude am nächsten Morgen verlasse. Ich strecke mich zweimal kurz nach links und zweimal kurz nach rechts. Ziehe die Füße nacheinander bis zum Po hoch und genieße das lockere Gefühl, das sich daraufhin einstellt. Nach ein paar Trippelschritten auf der Stelle laufe ich los, durchquere den Internatsgarten und verlasse ihn durch den Heckenbogen, um auf den Feldweg einzubiegen. Immer wieder weiche ich kleineren bis mittelgroßen Pfützen aus, die sich über Nacht gebildet haben. Kleine Schlammspritzer treffen mich an den Waden, als ich das Tempo etwas beschleunige. Ich nutze die Pfützen wie einen Hindernisparcours, mache Ausweichschritte oder überspringe sie.

Obwohl das Wetter trüb ist, sind meine Gedanken es nicht mehr. Monia kam gestern Abend zwar erst kurz vor der Sperrstunde zurück, doch dann war unser Streit wie weggeblasen und bis zwei Uhr in der früh haben wir noch unsere Serie geschaut. Lediglich Jonathan nistet noch in meinem Hinterkopf. Seine Worte kann ich nicht so leicht vergessen. Aber je weiter ich laufe, desto besser geht es mir.

Als die große Eiche vor mir auftaucht, umrunde ich sie einmal und laufe dann weiter in Richtung See. Der Regen hat inzwischen nachgelassen und das Wasser glitzert unter der aufgehenden Sonne. Ich muss die Augen etwas zusammenkneifen, um nicht von den gespiegelten Strahlen geblendet zu werden.

Am Ufer angekommen schlüpfe ich aus meinen Schuhen und wate so weit ins kühle Wasser, bis es an meine Knie schwappt. Eine Gänsehaut bildet sich an meinem gesamten Körper, aber am liebsten würde ich auch noch die Laufshorts und das T-Shirt ausziehen.

Plötzlich höre ich lautes Lachen und ein Platschen ein paar Meter von mir entfernt. Einer Intuition folgend weiche ich ein Stück zurück, sodass ich von einem ins Wasser ragenden Busch verdeckt werde. Vorsichtig schiele ich daran vorbei zu der Stelle am Ufer, von der die Stimmen zu mir herüberdringen.

Als ich die beiden dazugehörigen Jungen erkenne, schnappe ich überrascht nach Luft und beiße mir auf die Unterlippe, um ein albernes Kichern zu unterdrücken. Alex und Leon springen nur wenige Meter von mir entfernt ins Wasser. Obwohl sie ihre Badehosen tragen, komme ich mir vor, wie eine Spannerin.

Bewundernd streift mein Blick über Alex' nackten Oberkörper und seine athletischen Beine. Leon wirkt dagegen etwas schmaler und blasser. Aber kaum weniger attraktiv.

Mit gekonnten Köppern tauchen sie ins Wasser ein und ziehen sich mit baggernden Bewegungen vorwärts. Es ist beachtlich, wie schnell sie am anderen Ufer ankommen und dann herumdrehen. Ich hocke mich etwas tiefer hinter den Busch, damit sie mich nicht sehen. Da berührt etwas Glitschiges meine Hand. Keuchend ziehe ich sie zurück und sehe gerade noch, wie eine graue Schlange sich zwischen meinen Beinen hindurch schlängelt.

Mit einem quietschenden Kreischen auf den Lippen falle ich rückwärts ins Wasser und versinke mit den Händen im Schlamm des Untergrundes. Platschend und japsend versuche ich, wieder hochzukommen. Das bis eben noch klare Wasser verwandelt sich durch meine vergeblichen Bemühungen in eine braune Brühe, in der ich die Schlange nicht mehr ausmachen kann.

„Hey!", höre ich Alex' Stimme neben mir und bevor ich mich versehe, klammere ich mich an seinen nackten Oberschenkeln fest und reiße ihn so mit mir ins Wasser. Wir tauchen beide für ein paar

Sekunden unter, bevor ich mich strampelnd von ihm abstoße und prustend wieder hochkomme.

Als mich etwas am Arm berührt, schreie ich noch einmal auf, werfe mich herum und schlage panisch um mich.

„Autsch!", ruft Leon und greift sich an die Wange, auf der meine Hand einen Volltreffer gelandet hat. „Wofür war das denn?"

Als die Erkenntnis, dass ich mich nicht in Lebensgefahr befinde, langsam in mein Unterbewusstsein sickert, atme ich noch einmal tief ein und tue dann das Einzige, was mich zumindest für ein paar Sekunden vor der Blamage retten kann. Ich tauche unter.

Ich lasse die Augen geschlossen, treibe einfach durch die Kälte und als meine Lungen langsam beginnen, unangenehm zu drücken, schwebe ich wieder hinauf und hoffe, dass die Jungs abgehauen sind. Sind sie natürlich nicht. Als ich die Augen öffne, stehen beide mit verschränkten Armen und hochgezogenen Augenbrauen da und sehen mich abwartend an.

„Da war eine Schlange", nuschele ich erklärend.

„Eine Kobra?", hakt Leon schmunzelnd nach.

„Du weißt, dass die mehr Angst vor dir haben, als ...", beginnt Alex, doch ich unterbreche ihn.

„Ja, ja. Ich weiß schon. Die Frage ist nur: Weiß die Schlange das auch? Ich glaube nicht, denn sonst hätte sie sich ja von mir ferngehalten. Ich bin immerhin nicht zu übersehen, oder?"

Leon verkneift sich nur mit Mühe ein Grinsen. „Vor allem nicht zu überhören", fügt er hinzu.

„Seit wann bist du überhaupt hier?", fragt Alex. „Ich hab dich eben gar nicht gesehen."

Eine verräterische Hitze steigt in meine Wangen und ich wünschte, ich könnte einfach wieder abtauchen. „Ein paar Minuten. Ihr wart da hinten unterwegs", murmele ich und deute auf die andere Uferseite.

Alex nickt knapp. „Okay. Also, ich drehe noch ein paar Runden. Wie sieht's mit euch aus?"

Schnell schüttele ich den Kopf. Ich kann es kaum erwarten, so schnell wie möglich aus dieser peinlichen Situation zu entkommen. „Ich laufe zurück. Muss noch ein paar Matheaufgaben lösen, die ich gestern nicht mehr geschafft habe."

„Und du?", fragt Alex an Leon gewandt, doch dieser schüttelt ebenfalls den Kopf. „Ich begleite sie. Wer weiß, welche schaurigen Geschöpfe ihr heute noch auflauern."

„Außer dir wohl keins mehr", scherzt Alex und spritzt seinem Kumpel eine Ladung Wasser ins Gesicht, bevor er abtaucht und sich mit schnellen, kraulenden Bewegungen von uns entfernt.

„Du musst nicht mit mir gehen", sage ich und wate aus dem Wasser. „Das ist nicht nötig." Ich klinge schnippischer als gewollt, doch Leon lässt sich davon nicht abschrecken. Er hat das Ufer bereits vor mir erreicht und streckt mir eine Hand entgegen, um mich an Land zu ziehen.

„Ich bin auch noch nicht ganz fertig mit den Hausaufgaben", erklärt er. „Außerdem hat irgendjemand ziemlich viel Schlamm aufgewühlt und es dürstet mich nach einer Dusche." Er zwinkert, als ich ihn grimmig ansehe. Seine blonden Haare haben sich auf der Stirn zu dicken Strähnen vereint, aus denen in unregelmäßigen Abständen Wasser auf seine Nase und seine Wangen tropft.

„Seid ihr jetzt jeden Morgen hier?", frage ich ihn, nachdem ich in meine von der Sonne aufgewärmten Schuhe geschlüpft bin und er seine Kleidung eingesammelt hat. Wir schlendern langsam über den Feldweg. So langsam, dass ich ganz unruhig werde, aber das scheint Leons bevorzugte Gangart zu sein.

„Alex hat sich vorgenommen, mehr zu trainieren, weil er nächstes Jahr an irgendeinem Schwimmwettbewerb in seiner Stadt teilnehmen möchte. Ich bin nur dabei, weil ich nicht mehr schlafen kann, wenn er einmal wach ist. Und für was trainierst du?", will er wissen.

Ich schüttele den Kopf und ein paar Tropfen lösen sich aus meinen Haarspitzen. „Für nichts."

Er schaut erstaunt. „Warum joggst du dann um diese Uhrzeit?"

„Einfach, weil ich es gerne mag", erwidere ich lächelnd. „Ich mag es, mich schnell zu bewegen und ich mag es, wenn ich danach erschöpft bin. Es ist eine angenehme Erschöpfung."

Leon verzieht den Mund ganz leicht und nickt. „Okay. Und wenn du mir jetzt auch noch sagst, dass du gerne putzt und lieber Möhren als Schokolade isst, erköre ich dich zu meinem persönlichen Todfeind."

„Ähm", ich greife mit einer Hand in meinen Nacken und ziehe die Haare über die Schulter, um sie auszuwringen. „Also, Diät habe ich noch nie gemacht. Aber ich ernähre mich gesund. Und ich mag es, wenn mein Zimmer sauber und ordentlich ist."

Leon stöhnt fast gequält auf. „Das ist nicht dein Ernst, oder? Ich meine, das ist doch bestimmt eine anerkannte Krankheit. Warum sollte man sich selbst mit solchen Dingen quälen?"

„Wieso quälen?", erwidere ich. „Ich quäle mich nicht."

Er reißt die Hände in die Luft, als würde er an mir verzweifeln. „Na, aber du musst dich doch mal gehen lassen. Du bist beinahe unheimlich perfekt."

Ich stoße die Luft zwischen den Zähnen aus. „Quatsch. Bin ich nicht."

„Bist du doch", hält er dagegen und bedenkt mich mit einem langen Blick.

Genervt bleibe ich stehen und stemme die Fäuste in die Hüften. „Nenn' mir ein Beispiel."

Für seine Antwort braucht Leon keine Sekunde. „Deine Noten. Hast du schon mal etwas Schlechteres als eine Zwei geschrieben?"

Ich schnaube empört. „Ich lerne nun mal. Dann ist es leicht, gute Noten zu schreiben. Solltest du auch mal versuchen."

„Du bist die Beste im Sport", zählt er weiter auf. „Und mal ganz unter uns. Du bist sogar besser als Alex."

„Training", erwidere ich. „Das hat nichts mit Perfektion zu tun. Ich trainiere. Das ist alles. Hast du noch was anderes auf Lager?"

„Dein Körper." Er hat die Worte gerade ausgesprochen, da wird uns offensichtlich gleichzeitig bewusst, was er gesagt hat. Fast augenblicklich werden meine Wangen glühend heiß und erst jetzt fällt mir auf, dass meine nassen Klamotten meine weiblichen Rundungen nicht unbedingt kaschieren. Ich verschränke die Arme vor der Brust und lache peinlich berührt. Leon räuspert sich und wendet den Blick ab. Beim Weitergehen schiebt er die Hände in die Hosentaschen.

Eine unangenehme Stille breitet sich zwischen uns aus. Als ich es nicht länger ertrage, spreche ich das Erste an, was mir in den Sinn kommt: „Du hast

Monia doch nicht gesagt, dass ich mit dir über sie gesprochen habe, oder?"

Fast scheint er erleichtert zu sein, das Thema wechseln zu können. „Wieso sollte ich?"

„Sie meinte, du wärst so komisch zu ihr. Gestern war sie ziemlich sauer auf mich. Ich wollte nicht, dass es so wirkt, als würde ich euch beide verkuppeln."

„Was wolltest du dann?"

„Ich möchte einfach nicht, dass sie alleine zum Ball geht."

Aus dem Augenwinkel bemerke ich, dass er mich von der Seite ansieht. Doch ich schaue lieber auf meine Schuhe, die während dem Laufen kleine Steinchen über den Weg kicken.

„Mit wem gehst du denn?", fragt er und erwischt mich damit auf kaltem Fuß.

Wenn ich jetzt sage, dass ich mit Alex gehe, wäre das gelogen. Denn Alex hat mich bisher nicht gefragt und ich habe ihn selbst kein einziges Mal darauf angesprochen. Aber ich ahne seine Antwort schon voraus, als ich die Wahrheit sage: „Bisher mit niemandem."

„Dann geht doch zusammen. Ich meine, das ist doch nicht verboten. Warum muss man unbedingt ein Date für den Ball haben?"

„Das ist eben so. Keine Ahnung." Die Vorstellung, an Monias Seite zum Ball zu gehen, ist nur halb so aufregend wie die, an Alex' Arm zu laufen.

„Du willst mit Alex hin, oder?" Ich kann seinen Ton nicht ganz zuordnen. Er klingt ein wenig wütend. Und gleichzeitig kühl, fast desinteressiert. Ich warte wohl etwas zu lange mit meiner Antwort, denn er nickt nur wissend.

„Bitte sag ihm das nicht, okay?", sage ich fast flehentlich. „Ich möchte, dass er mich von sich aus fragt. Ohne Zwang."

„Also nicht so, wie du es bei mir und Monia versucht hast?"

„Das ist etwas ganz anderes."

Er lacht leise. „Inwiefern?"

„Monia ist meine Freundin. Ich wollte ihr helfen."

„Hat sie denn mal gesagt, dass sie mit mir zum Ball möchte?"

Okay. Jetzt hat er mich. Denn, um ehrlich zu sein, hat Monia Leon von Anfang an ausgeschlossen. Oder? Ich bin mir nicht mehr sicher.

„Nicht direkt. Nein."

„Also, vielleicht will sie gar nicht mit mir hingehen?"

„Wenn du sie fragst, sagt sie garantiert Ja."

Leon bleibt stehen und zieht eine Augenbraue hoch. „Weil sie keine andere Wahl hat?"

„Quatsch. Nein", beeile ich mich, zu sagen.

„Und wenn sie Nein sagt? Dann bin ja bloß ich der Blöde, nicht wahr?"

Was passiert hier gerade? Warum ist Leon plötzlich so eingeschnappt? Ich habe ihn noch nie so erlebt. Normalerweise ist er immer der Clown. Derjenige, der für einen Spaß zu haben ist.

„Ich ...", druckse ich, „ich weiß nicht, was ich sagen soll."

Plötzlich wird sein Blick sanfter, fast mitleidig. Aber seine Worte treffen mich hart. „Vielleicht einfach mal nichts. Vielleicht hältst du dich einmal zurück und lässt die Dinge geschehen, ohne sie lenken zu wollen."

Kapitel 8

Spätestens auf meinem Zimmer wird mir bewusst, dass mir die morgendliche Joggingrunde diesmal rein gar nichts gebracht hat. Durch das Zurückschlendern hat sich jede Menge Energie in meinen Muskeln angesammelt, die auch durch das anschließende Duschen nicht zu vertreiben war. Meine Hand zittert leicht, als ich den Füller über das Papier gleiten lasse und die fehlenden Formeln in mein Matheheft eintrage.

Ich schließe die Augen und atme tief ein und aus. Noch ein paar Stunden still sitzen, dann kann ich wieder reiten. So lange muss ich noch aushalten.

Als die Tür aufgeht, zucke ich leicht zusammen und ziehe eine feine Linie durch die gerade geschriebenen Zahlen. Kaum hat Monia das Zimmer betreten, rieche ich den Orangenduft ihres Shampoos. Sie strubbelt mit dem Handtuch durch ihre feuchten Haare und wirft es anschließend achtlos auf ihr ungemachtes Bett. „Guten Morgen, Duracell-Häschen. Warum hattest du es unter der Dusche so eilig?"

Ich schaue auf die kleine Uhr auf meinem Schreibtisch. Noch zehn Minuten bis zum Frühstück. „Muss noch Mathe machen."

Monia hält in der Bewegung inne. Vornübergebeugt, ein Bein angewinkelt in der Luft, bereit, in die Strumpfhose zu schlüpfen. „Hatten wir da was auf?"

Ich halte mein Heft hoch, sodass sie die Aufgabenstellung lesen kann und Monia wird blass. „Oh man! Das habe ich total verpennt."

Vorsichtig tupfe ich mit dem Killer über den unfreiwillig gezogenen Strich. „Kannst gleich abschreiben, wenn du willst."

Halbnackt und mit der Strumpfhose in der Hand kommt Monia auf mich zu und umarmt mich von hinten. „Du bist die Beste", sagt sie und drückt mir einen Kuss auf die Schläfe.

Erleichterung macht sich in mir breit. Monia scheint überhaupt nicht mehr wütend auf mich zu sein. Und allmählich kommt mir der gestrige Tag auch nicht mehr ganz so schlimm vor. Wahrscheinlich habe ich Jonathan auch nur auf dem falschen Fuß erwischt. Jeder kann ja mal schlechte Laune haben. So wie Leon heute Morgen.

„Habt ihr heute Nachmittag schon was vor?", fragt Nessa beim Frühstück. Ihre Eier mit Speck hat sie schon fast aufgegessen, während ich noch mein Müsli löffele.

„Ich muss zu Lilith. Heute bin ich zuständig und ich wollte noch ein bisschen reiten", erkläre ich, nachdem ich das Essen hinuntergeschluckt habe.

„Und du?", fragt Nessa an Monia gewandt. Diese zuckt mit den Schultern. „Bis jetzt noch nichts."

„Ich will mal in die Stadt. Hast du Lust, mitzukommen?"

Etwas unsicher schaut Monia mich an. Und auch ich zögere. Bei dem Gedanken, dass die beiden etwas ohne mich unternehmen, wird mir unbehaglich zumute. Aber dass Monia wohl auf meine Erlaubnis wartet, finde ich noch schlimmer. Also lasse ich den Löffel zurück in die Schüssel sinken und lächele freudig. „Das hört sich gut an. Beim nächsten Mal bin ich dann auch dabei."

„Sicher", meint Nessa.

„Was ist eigentlich mit Jonathan los?" Monias Frage lässt Nessa und mich aufschauen und ihrem Blick folgen. Jonathan sitzt drei Tische weiter, bei ein paar anderen Schülern aus unserer Klasse. „Warum setzt er sich nicht mehr zu uns?"

Ich presse die Lippen aufeinander und starre in meinen Tee. „Keine Ahnung."

Nessas Blick bohrt sich in meine Seite, doch ich schaue nicht auf. Wenn ich ihnen erzählen würde, was er zu mir gesagt hat, würde ich damit eine Schwäche offenbaren, die ich niemandem zeigen möchte.

„Und Leon?", fragt Monia weiter und gräbt damit eine noch tiefere Wunde in mein Fleisch. „Der hat sich auch noch nicht blicken lassen."

So schnell es geht, löffele ich mein Müsli aus und springe vom Stuhl auf. Die Schüssel wackelt auf dem Tablett, als ich es hochreiße. „Ich muss noch auf Toilette. Wir sehen uns in Mathe."

Diese Gefühle, die da in mir hochsteigen, sind mir allzu bekannt. Die unangenehme Hitze, die sich in meiner Brust ausbreitet. Der Knoten in meinem Magen. Beides nur ganz leicht. Ein kleines Flackern. Aber es ist da. Wie kann es sein, dass die Erinnerungen, die ich so lange in mir vergraben hatte, sich so plötzlich wieder regen?

In meinem Oberschenkel zuckt ein Muskel. Meine Beine wollen rennen. Sie wollen sich bewegen. All diesen Ballast hinter sich zurücklassen. Aber dazu bleibt keine Zeit. Es reicht lediglich für einen kleinen Sprint zur Toilette. Über das Waschbecken gebeugt, spritze ich mir kaltes Wasser ins Gesicht. Der Blick in den Spiegel zeigt mir blasse Wangen unter dunklen Haaren. Doch ein wenig Schneewittchen.

Als die Klospülung aus einer der Toiletten zu hören ist, richte ich mich auf und zupfe an den nassen Strähnen, die mir in die Stirn hängen. Alina tritt neben mich. Schön wie immer. Im Spiegel lächelt sie mir zu. „Guten Morgen."

„Morgen", murmele ich.

„Sehen wir uns heute Nachmittag im Stall?", fragt sie, während sie ihre Haare über der Schulter flechtet und nun aussieht, wie ein Elsa-Double. „Ich wollte ein bisschen ausreiten."

Der Knoten in meiner Brust lockert sich ein wenig. „Klar. Gerne."

Sie lächelt und wirkt dadurch noch hübscher. „Super." Mit eleganten Schritten geht sie zur Tür, bleibt davor stehen und dreht sich noch einmal zu mir herum. „Kommst du?"

Es ist so lange angenehm, mit Alina zusammen zum Unterricht zu gehen, bis wir den Klassenraum betreten. Sofort spüre ich Monias Blick auf mir und bemerke ihr Stirnrunzeln, als sie Alina neben mir entdeckt. Als ich mich zwischen sie und Nessa sinken lasse, zischt sie mir zu: „Was wollte die denn von dir?"

„Alina?", frage ich, als wäre das nicht offensichtlich. „Wir haben uns auf der Toilette getroffen."

Ihr Blick huscht von mir zu Nessa hinüber, die mit einem schiefen Grinsen flüstert: „Sie wollte garantiert noch einmal ihre Haarverlängerung überprüfen."

Ich rutsche in meinem Stuhl etwas tiefer und versuche, diese Verbindung zwischen Nessa und Monia zu ignorieren. War es nicht das, was ich mir gewünscht habe? Dass Nessa sich hier einlebt und Freunde findet? Aber doch nicht meine Freunde. Für diesen Gedanken könnte ich mich selbst ohrfeigen. Monia ist nicht mein Besitz und nichts spricht dagegen, dass sie auch mit Nessa befreundet sein kann. Doch mir gefällt diese neue Art an ihr nicht. Die Gehässigkeit, mit der sie über andere spricht.

„Also schön, die Damen und Herren", begrüßt uns Herr Bender, als er den Klassenraum betritt. „Genug der Plaudereien. Schlagen Sie Ihre Bücher bitte auf Seite 236 auf. Wir wiederholen noch einmal das Gelernte der letzten Stunde. Fräulein Hofstein, würden Sie uns bitte erklären, was Sie von gestern behalten haben?"

Lediglich ich höre das leise Seufzen, das Monia von sich gibt, bevor sie auffallend langsam die Seiten in ihrem Mathebuch umblättert.

Sanft streiche ich mit den Fingerspitzen über den dicken roten Samtvorhang, hinter dem der größte Teil der Bühne verborgen liegt. Dann drehe ich mich um und betrachte den Rest des Theatersaals. Die nach hinten aufsteigenden Zuschauerreihen sind bestückt mit roten Polstersesseln. Zwei beleuchtete Gänge führen zwischen ihnen hinab bis zur Bühne, auf der ich gerade stehe. Ich liebe diesen Raum. Er ist so nostalgisch und voller Ideen und Kreativität. Die Stimmen meiner Mitschüler dringen als gedämpftes Murmeln durch den Vorhang. Erst als ich ihn einen Spalt öffne, um dahinter zu schlüpfen, kann ich sie besser verstehen.

Alex steht neben dem Flügel und unterhält sich mit Alina, die in Gedanken versunken die Tasten berührt, und ihnen feine Klänge entlockt. Leon sitzt neben ihr und schlägt hier und da mal einen falschen Ton an, was sie allerdings nicht zu stören scheint. Als Nessa mich entdeckt, löst sie sich von der Gruppe der restlichen Schüler, die im Schneidersitz auf dem Holzboden hocken und plaudern, während sie auf Paul warten.

„Weißt du schon, was wir spielen werden?", fragt sie.

Ich schüttele den Kopf. „Nein, keine Ahnung."

„Wenn es Romeo und Julia ist, wette ich, dass sie sich die Rolle der Julia schnappt", meint Nessa und wirft Alina einen finsteren Blick zu.

„Sie wäre die perfekte Besetzung", meine ich, woraufhin sie den Blick an mich weiterleitet.

„Dein Ernst? Ich finde, du wärst viel besser geeignet."

Ich bin mir nicht sicher, ob ich mich durch ihr Kompliment geschmeichelt fühlen soll. Ob es überhaupt ein Kompliment war. Denn aus ihrem Mund fühlt sich alles wie ein Vorwurf an.

„Alleine schon wegen deinem Namen", fügt sie hinzu.

Ein Klatschen unterbricht uns und wir alle wenden uns Paul zu, der die Bühne über den Hintereingang betritt. Paul ist mein Lieblingslehrer. Immer locker. Immer fröhlich. Immer ein Lächeln auf den Lippen. Auch jetzt versprüht er mit jedem Schritt gute Laune.

„Ich hoffe, ihr hattet alle erholsame Sommerferien."

Zustimmendes Gemurmel. Zufriedenes Nicken von Paul. „Ich auch", meint er strahlend. „Im August kam meine kleine Tochter zur Welt." Aus seiner Jackentasche zieht er eine ganze Amada von Fotos hervor. Staunend und seufzend drängen wir uns um ihn herum und betrachten das kleine Baby, das er aus tausend Perspektiven fotografiert zu haben scheint.

„So süß", meint Alina.

„Ein Baby halt", knurrt Nessa.

Lächelnd steckt Paul die Fotos wieder zurück. „Und weil ich seit ihrer Geburt vermehrt an meine eigene Kindheit denken muss, habe ich mir etwas Besonderes überlegt. Wie wäre es, wenn wir ein Märchen aufführen? Eines aus unserer Kindheit? Aus eurer Kindheit. Zum Beispiel Rotkäppchen und der böse Wolf oder Hänsel und Gretel. Was haltet ihr davon?"

Ich nicke begeistert. „Tolle Idee!"

Auch die anderen scheinen nicht abgeneigt zu sein und Paul wirkt zufrieden. „Ihr dürft euch ein Märchen aussuchen. Eines, das euch allen gefällt."

„Etwas mit Liebe!", schlägt Alina vor und lächelt verträumt.

Leon verdreht stöhnend die Augen. „War ja klar."

„Was hättest du denn gerne?", will Paul von ihm wissen. Leon neigt den Kopf und überlegt. „Das tapfere Schneiderlein?"

Ein paar der Mädchen geben schnaufende Geräusche von sich. „So öde", beschwert sich Vivienne aus der Parallelklasse.

„Rumpelstilzchen?"

„Wer soll den kleinen Gnom spielen? Du?"

Resignierend hebt Leon die Hände. „Schon gut. Macht das unter euch aus."

„Schneeweißchen und Rosenrot", schlage ich vor, aber die Begeisterung bleibt auch hier aus.

Schließlich ist es Nessa, die die perfekte Idee hat: „Die Schöne und das Biest."

Zunächst herrscht Schweigen, während alle über ihre möglichen Rollen nachdenken. Niemand möchte verunstaltet oder als Baum auf die Bühne kommen. Dann, nach und nach, scheint sich jeder mit ihrem Vorschlag zufrieden zugeben.

„Das klingt gut", meint auch Alina.

Paul klatscht begeistert in die Hände. „Wusste ich doch, dass euch was Tolles einfällt. Dann machen wir uns gleich mal an die Planung. Zunächst brauchen wir den Plot. Und alle Figuren. In der nächsten Woche verteilen wir dann die Rollen. Ich denke, da ist für jeden etwas Passendes dabei."

Tatsächlich hat Leon es geschafft, mich den ganzen Tag zu ignorieren. Oder denke ich das nur, weil ich heute besonders darauf geachtet habe? Wie viel sprechen wir normalerweise miteinander? Es wurmt mich, dass mir das so viel ausmacht. Eigentlich interessiert Leon mich doch gar nicht. Es könnte mir egal sein. Und doch kreisen meine Gedanken die ganze Zeit um das Gespräch mit ihm. Er hat ja recht mit seinen Vorwürfen. Ich habe mich wirklich zu viel eingemischt. Eine dumme Angewohnheit von mir. Aber ich wollte doch nur helfen.

Liliths Schnauben und der warme Puls an ihrem Hals bringen mich wieder zur Ruhe. Ich lehne die Stirn an ihre Schulter und atme tief durch. Im Moment läuft nicht alles so wie gewohnt. Aber wann tut es das jemals?

„Bist du soweit?", klingt Alinas Stimme vom anderen Ende der Boxengasse zu uns durch.

„Ja", rufe ich, reiße mich zusammen und führe Lilith aus der Box. Ich bin froh, dass Alina nach einem Ausritt gefragt hat. Alleine darf nämlich keiner von uns ausreiten. Und so kann ich meinen Wunsch nach Bewegung viel besser ausleben.

Alina stoppt Jordan neben uns und wir schwingen uns in die Sättel. Das Klappern der Hufe auf dem Asphalt ersetzt ein Gespräch. Wir genießen den Moment, das Schaukeln der Pferderücken und die lockeren Zügel in unseren Händen.

Erst, als wir auf den Waldweg abbiegen, seufzt Alina auf. „Es tut so gut, endlich wieder frei zu reiten, oder?"

„Oh ja", stimme ich ihr zu.

„Was hältst du eigentlich von Nessa?"

Ihre direkte Frage überrumpelt mich und so antworte ich wahrheitsgemäß: „Ich weiß es nicht. Ich kann sie noch nicht einschätzen."

Sie nickt und schiebt sich eine blonde Strähne aus dem Nacken, die sich aus ihrem Zopf gelöst hat. „Ich glaube, sie kann mich nicht leiden. Es wundert mich ein bisschen, das sie so... abweisend ist. Ich habe gehört, sie wurde an ihrer alten Schule gemobbt. Da würde ich doch alles tun, um mich hier einzuleben und ... na ja. Weißt du, was ich meine?"

„Ja", sage ich, den Blick auf Liliths Ohrenspiel gerichtet. „Ich weiß, was du meinst."

„Ich will echt nicht fies klingen, aber ich glaube, wir müssen ein wenig aufpassen, was sie angeht."

Erstaunt sehe ich auf. „Wieso?"

Alina presst die Lippen zusammen. Es scheint ihr unangenehm zu sein, ihre Gedanken laut auszusprechen. „Ich denke ... Ich glaube, sie könnte ein falsches Spiel spielen. Ich kenne Mädchen wie sie."

„Mädchen wie sie?" Irgendetwas in mir stellt sich auf Abwehr. Auch, wenn ich Alina insgeheim recht gebe.

Sie schüttelt den Kopf. „Ich weiß nicht, wie ich das beschreiben soll. Aber pass ein bisschen auf, okay? Auch auf Monia. Sie scheint sich ja sehr gut mit Nessa zu verstehen."

Ihre Worte geben mir zu denken. Mädchen wie Nessa. Mädchen, die gemobbt werden? Mädchen wie ich? Ich schließe kurz die Augen, vertreibe die schlechten Gefühle. Dann nehme ich die Zügel auf. „Wollen wir ein bisschen galoppieren?"

Und schon preschen wir los. Ich lehne mich weit nach vorne, mache mich so leicht wie möglich. Lilith schnaubt im Takt zu ihren donnernden Hufen. Schnell lassen wir Alina und Jordan hinter uns zurück. Lassen alles zurück. Bis auf uns zwei und den Wind, der uns ins Gesicht peitscht.

In den nächsten Tagen meldet sich der Sommer zurück. Über den Straßen flirren Fata Morganas. Die Thermometer steigen wieder auf über 30 Grad. Die Wollstrumpfhosen werden wieder durch dünnere ersetzt. Den Jungs wird erlaubt, kurze Hosen im Unterricht zu tragen. Und die Nachmittage verbringen wir am See.

Mein Kopf ruht auf meinen Armen, die Sonne scheint so heiß auf mich herab, dass sie mir beinahe den Rücken verbrennt. Hinter mir höre ich das Kreischen der anderen und das Platschen des Wassers, als sie vom Steg aus hineinspringen. Ich lasse die Augen geschlossen, genieße den Moment und versuche, ihn festzuhalten. Diesen Moment des Glücks, in dem wieder alles gut zu sein scheint.

Zwar spricht Jonathan immer noch nicht mit mir, aber das hat er ja vorher auch nicht wirklich getan. Zwischen Leon und mir scheint alles beim Alten zu sein. Und auch wegen Monia und Nessa mache ich mir keine Gedanken mehr. Allmählich gewöhne ich mich an die Vorstellung, dass Nessa nun zu uns gehört.

„Hey du Schnarchnase!", höre ich Monias Stimme über mir und schon tropft das kalte Wasser aus ihren Kräuselhaaren auf meinen Rücken. Quietschend rolle ich mich zur Seite und blinzele gegen das Sonnenlicht an, um ihr Gesicht zu erkennen.

„Kommst du jetzt endlich mit ins Wasser?"

Ohne meine Antwort abzuwarten, greift sie nach meiner Hand und zieht mich hoch. Gemeinsam rennen wir über die Wiese und lassen uns auch nicht los, als wir zum Sprung ansetzen und schreiend im See landen.

Die Welt scheint sich langsamer zu drehen, als ich in das Dunkel eintauche und in trägen Zügen der Oberfläche entgegentreibe. Kaum tauche ich wieder auf, stürmen Stimmen und Eindrücke wieder auf mich ein. Monia spuckt eine ganze Ladung Wasser aus und kann sich nicht zwischen Husten und Lachen entscheiden. Eine Weile lasse ich mich auf dem Rücken treiben, dann drehe ich mich herum und schwimme zur Mitte des Sees, wo ich alleine sein und die anderen beobachten kann.

Ein wenig gruselt mich die Vorstellung, dass ich den Grund des Sees nicht sehen kann. Dass ich nicht weiß, was sich dort unter mir befindet. Und meine Fantasie zeichnet gleich die schaurigsten Gestalten vor meinem inneren Auge ab. Monster, die nach meinen Beinen greifen und mich zu sich herabziehen.

Betont ruhig trete ich das Wasser, während meine Arme kreisförmige Wellen um mich ziehen. Aus der Ferne beobachte ich Nessa, die sich auf Monias Schultern stützt und sie unter Wasser drückt. Auch Alex ist da. Mit Elias und Sören sitzt er auf dem Rand des Stegs und lässt sich die Sonne auf den Bauch scheinen.

„Buh!", macht es hinter mir und ich gerate so aus dem Gleichgewicht, dass ich kurz untergehe. Als ich mich herumdrehe, sehe ich in Leons grinsendes Gesicht.

„Mach das nicht nochmal!", warne ich ihn und schlage ihm eine ganze Fontäne Wasser entgegen. Er schnaubt und greift nach meinem Arm, bevor ich die Attacke noch einmal wiederholen kann. Ich lache auf, als er mir in die Seite kiekst und befreie mich strampelnd aus seinem Griff. Mit kraulenden Bewegungen versuche ich, vor ihm zu flüchten. Doch kurz bevor ich die anderen erreicht habe, packt er mein Fußgelenk und zieht mich zurück. Quietschend zappele ich in seinem Griff, versuche, mich mit den Händen von seiner Brust abzustoßen. Aber erst, als ich ihn kitzele, lässt er mich endlich los. Schnaufend bringe ich ein paar Meter Sicherheitsabstand zwischen uns und erwidere sein Grinsen.

Ein Räuspern zieht meine Aufmerksamkeit auf sich. Nessa hebt eine Augenbraue, als sich unsere Blicke treffen. Erst dann bemerke ich Monias Reaktion. Für eine Sekunde scheint sie wie erstarrt, dann dreht sie sich herum und watet aus dem Wasser.

„Monia!", rufe ich ihr nach. Das Plaudern und Lachen der anderen Schüler ist für mich nur noch eine Hintergrundkulisse, als ich ihr ans Ufer folge und sie auf der Wiese schließlich einhole. „Hey! Alles klar?“

Sie entzieht mir ihren Arm und antwortet, ohne mich anzusehen: „Ja, sicher. Wieso nicht?“

„Es kommt mir nicht so vor.“

„Nein, nein.“ Sie greift nach ihrem Handtuch und wickelt sich darin ein. „Alles gut. Aber ich glaube, ich muss mal ein bisschen aus der Sonne.“ Ihr Ton klingt viel zu fröhlich. Viel zu aufgesetzt.

„Monia, ich weiß nicht...“

„Es ist alles in Ordnung, okay?“, blafft sie mich an und ich zucke unter ihren Worten zusammen. „Ich muss mich nur kurz abkühlen.“

„Okay“, erwidere ich zögernd und sehe ihr nach, als sie in Richtung Internat davonläuft.

„Oh oh“, ertönt Nessas Stimme neben mir. „Siehst du auch die Regenwolke über ihrem Kopf?“

„Ich verstehe nicht ganz...“, stammele ich, doch Nessas Lachen unterbricht mich.

„Was verstehst du denn nicht? Dass sie sauer ist, wenn sie dich so mit Leon sieht?“

Überrascht schaue ich sie an. „Du meinst ... Aber davon hat sie mir nie etwas gesagt. Sie hätte mir doch erzählt, wenn...“

Nessa zuckt mit den Schultern und erwähnt beiläufig: „Na ja, mir hat sie es jedenfalls gesagt. Und ich denke, es ist doch irgendwie offensichtlich, oder?“

Offensichtlich? War ich denn so blind? Obwohl Monia bereits nicht mehr zu sehen ist, starre ich ihr hinterher. Was bin ich für eine Freundin, dass ich das nicht bemerkt habe? Dann wandert mein Blick zurück zum See und trifft dort auf Leons, der fragend die Hände hebt. Ich schüttele den Kopf. Ich habe versprochen, mich nicht mehr einzumischen. Sowohl ihm, als auch ihr. Aber eines

ist klar: Von Leon werde ich mich in Zukunft
fernhalten.

Kapitel 9

Pauls Stimme dringt auch bis in den letzten Winkel des Theatersaals: „Also *die Schöne und das Biest*. Wir haben nun sämtliche Figuren, die für die Handlung wichtig sind, aufgezählt. Nun geht es an die Rollenverteilung. Wer möchte sich denn für die beiden Hauptrollen bewerben?"

Nur wenige Hände heben sich. Eine Hauptrolle zu haben, bedeutet auch immer, besonders viel Text auswendig lernen zu müssen. Doch sowohl ich, als auch Alina, Alex, Elias, Vivienne und Tamara heben die Hände. Ich schaue kurz zu Nessa hinüber, die die Lippen schürzt und leicht den Kopf schüttelt. Anscheinend hat auch sie nicht sonderlich viel Interesse am Auswendiglernen.

Paul notiert unsere Namen in den entsprechenden Spalten auf dem Whiteboard und nickt zufrieden. Dann tippt er mit dem Stift gegen die Spalte mit der Überschrift „Biest".

„Da sich nur zwei der Jungen für die Rolle des Biests interessieren, ist schon klar, dass ihr, Alex und Elias, die Erst- und Zweitbesetzung seid. Wir müssen in den nächsten Wochen nur entscheiden, wer von euch welche Besetzung übernimmt. Für die Belle haben wir Vivienne, Tamara, Alina und Juli. Da müssen wir dann schauen, wer am besten geeignet ist. Ich verteile gleich ein paar Texte an euch, die ihr bitte lernt und in der nächsten Woche vortragt."

„Wen willst du spielen?", flüstere ich Nessa zu, die gelangweilt mit den Schultern zuckt.

„Keine Ahnung. Vielleicht kümmere ich mich einfach um das Bühnenbild."

„Ich würde vorschlagen, dass wir uns alle gemeinsam um die Kostüme kümmern", ertönt Pauls Stimme wieder. „Im Team kommen wir am besten voran. Aus dem letzten Jahr weiß ich, dass Vivienne eine hervorragende Schneiderin ist. Würdest du den anderen da ein bisschen unter die Arme greifen?"

Vivienne löst sich kichernd von Elias, der ihr wahrscheinlich gerade irgendetwas Unanständiges ins Ohr geflüstert hat und nickt. „Klar. Kann ich machen."

„Wunderbar. Die Stoffe und alles andere Notwendige besorge ich euch. Okay. Dann macht euch mal los zur nächsten Stunde. Viel Spaß."

Ein allgemeines Stöhnen ertönt, denn in der nächsten Stunde ist Mathe angesagt und das ist weit entfernt von Spaß.

Gerade, als ich die Bühne verlassen will, greift jemand nach meinem Arm. Noch auf den Stufen drehe ich mich um und sehe in Alex' lächelndes Gesicht. „Juli, warte mal. Ich wollte dich noch was fragen."

Ein Flattern huscht durch meinen Bauch und verbreitet Hitze in meinem ganzen Körper. „Ja?" Ich bleibe auf der Treppe stehen und sehe weiter zu ihm auf.

„Wegen dem Winterball." Er reibt sich mit einer Hand über den Nacken. Mein Blick gleitet zu seinem T-Shirt, auf dem in weißen Druckbuchstaben steht: „*Run like Dean just saw you crash the Impala*" steht. Aber ich renne nicht. Ich rühre mich keinen Zentimeter von der Stelle, während er versucht, die richtigen Worte zu finden. „Ich hatte mich gefragt, ob du Lust hättest..."

„Ja", unterbreche ich ihn, weil ich es nicht mehr länger aushalte. „Ja, ich hätte Lust."

Ein Strahlen breitet sich auf seinem Gesicht aus, als er mit einer gewissen Erleichterung die Hand auf das Geländer sinken lässt. Nur Zentimeter von meiner entfernt.

„Cool. Das freut mich."

„Ja", wiederhole ich noch einmal. „Ja, mich auch."

Zurück auf unserem Zimmer würde ich am liebsten sofort mit der tollen Neuigkeit herausplatzen. Doch kaum habe ich den Raum betreten und Monia auf ihrem Bett entdeckt, verfliegt ein großer Teil meiner Freude. Seit dem Tag am See hat sich unsere Freundschaft verändert. Nicht sichtbar nach außen hin. Wir unternehmen immer noch fast alles gemeinsam, lachen viel und haben Spaß. Aber trotzdem spüre ich eine ungewohnte Distanz zwischen uns.

Auch jetzt weiß ich nicht, wie ich auf sie reagieren soll. Monia liegt bäuchlings auf ihrem Bett, den Kopf zur Wand gedreht. Ich bin mir nicht sicher, ob sie schläft oder weint.

„Monia?", frage ich leise und mache einen vorsichtigen Schritt auf sie zu.

„Mmm", brummt sie und dreht den Kopf über ihre Arme auf meine Seite. Mir entgeht nicht, dass sie sich dabei unauffällig über die Augen wischt.

„Alles in Ordnung?", taste ich mich weiter vor.

„Klar", murmelt sie in ihre Armbeuge. „Was ist denn?"

Plötzlich komme ich mir dumm dabei vor, ihr von Alex und dem Winterball zu erzählen. Denn Monia wurde immer noch nicht gefragt. Weder von Leon, noch von sonst einem Jungen.

„Ach, nichts Wichtiges. Wir haben nur eben über die mögliche Rollenverteilung in unserem Theaterstück gesprochen." Ich lasse mich auf die Bettkante neben ihren Knien sinken und lächele sie an.

„Und? Bist du die Belle?"

„Ich hab mich aufstellen lassen. Aber entschieden ist es noch nicht."

Monia stemmt sich hoch, zieht die Knie an den Körper und umschlingt sie mit den Armen. „Natürlich wirst du die Belle." Ihr Blick wandert zu der passenden Disney-Figur in meinem Regal hinüber.

Eigentlich sollte es mich freuen, dass sie mir die Rolle zutraut. Aber etwas an ihrem Ton verrät mir, dass es nicht nur Zuversicht ist, die da mitschwingt. Ich stoße ein leichtes Seufzen aus. „Was ist los, Monia?"

Sie starrt weiter auf das Regal, doch ihre Stirn legt sich leicht in Falten. „Was meinst du?"

„Ich meine, was ist das zwischen uns?"

Nun schaut sie mich doch an. Die Augenbrauen eng zusammengezogen. Da sie nichts sagt, fasse ich all meinen Mut zusammen und spreche aus, was mir auf der Seele brennt. „Wenn ich etwas getan haben sollte, was dich verletzt hat, dann tut mir das leid. Das wollte ich nicht. Ich wusste nicht, dass du so für Leon empfindest. Und ich kann dir versichern, zwischen ihm und mir, da ist nichts."

Sie starrt mich immer noch an. Ein wenig abwartend. Als würde ihr noch etwas fehlen. „Das ist mir egal", sagt sie schließlich und sieht wieder weg.

Ich atme tief ein, verunsichert durch ihre abweisende Art. „Soll ich nicht doch nochmal mit ihm sprechen? Ich könnte..."

„Nein!", fährt sie mich an und ich zucke bei der Schärfe ihrer Worte zusammen. „Du sollst gar nichts. Du sollst dich einfach da raushalten."

„Okay", antworte ich zögernd. „Okay. Ich dachte nur..."

„Nessa hat recht", meint Monia, den Kopf gegen ihre Knie gedrückt.

„Womit?"

„Dass du immer alles besser weißt. Du regelst mein ganzes Leben."

Überrascht hebe ich eine Augenbraue. „Wie bitte?"

Als sie mich wieder ansieht, stehen Tränen in ihren Augen. „Was bin ich denn für dich? Doch nur eine Mitläuferin. Ich bin dein kleines Beiwerk. Niemand interessiert sich für mich."

„Das stimmt doch gar nicht!", widerspreche ich ihr einen Ticken zu laut. „Hat sie das gesagt?"

Monia schüttelt den Kopf. „Das musste sie gar nicht. Ich kann auch selbst denken, weißt du? Ich bin ein eigenständiger Mensch."

Sprachlos starre ich sie an. Wie konnte unser Gespräch diese Wendung nehmen? Wie konnte ich übersehen, dass in Monia solche finsteren Gedanken heranreifen? Nach allem, was geschehen ist, hatte ich gedacht, ich könnte die Menschen durchschauen. Ich dachte, ich hätte so etwas wie einen Alarmmelder für angeknackste Gefühle. Aber offensichtlich habe ich auf voller Länge versagt.

„Ich weiß, dass du ..." Ich schüttele den Kopf. Es kommt mir lächerlich vor, ihr das zu bestätigen. Ihre Vorwürfe sind lächerlich. Deshalb versuche ich es auf einem anderen Weg und sehe sie unverwandt an. „Du bist meine beste Freundin. Ich hab dich so lieb wie niemand anderen hier. Wenn ich dich verletzt habe, dann nicht mit Absicht."

Monia atmet zitternd aus, das Kinn auf ihre Knie gestützt. „Ich muss da erst nochmal drüber nachdenken."

Obwohl es mir sehr schwerfällt, nicke ich und stehe auf. „Okay." Mein Blick wandert haltlos durch das Zimmer. Ich weiß nicht, wohin mit mir. Langsam weiche ich zurück. „Falls du mich suchst, ich bin beim Stall."

Von ihr kommt keine Antwort. Sie starrt weiter auf das Regal. Auf die Figur der Belle.

Meine Knie fühlen sich an wie Wackelpudding, als ich die Schulflure durchquere. Hier und da grüßen mich andere Schüler. Ich schaffe nicht mehr als ein kleines Lächeln zum Gruß. In Gedanken gehe ich Monias und mein Gespräch immer wieder durch, versuche, meinen Fehler zu finden. Seit ich auf das Internat gehe, haben Monia und ich uns kein einziges Mal gestritten. Wie kommt es, dass sie sich so plötzlich so unwohl in unserer Freundschaft fühlt?

Draußen empfängt mich ein feiner Nieselregen. Passend zu meinen Gefühlen. Ich ziehe die Strickjacke über meiner Bluse etwas enger und ziehe den Kopf zwischen die Schultern. Der Herbst steht vor der Tür. Und er scheint die letzten Sonnentage mit aller Macht vertreiben zu wollen.

Aus dem Stall dringt mir ein bekanntes Lachen entgegen und lässt mich innehalten. Die kühlen Regentropfen sind mir plötzlich egal. Langsam gehe ich weiter auf die Stalltür zu, halte mich aber im Hintergrund, sodass ich von drinnen nicht gleich zu sehen bin.

„Das würdest du machen?", höre ich Nessas Stimme und noch nie zuvor kam sie mir so kokett vor. Flirtet sie etwa? Mit wem?

„Klar, wenn du das gerne möchtest." Jonathan. Angespannt lausche ich ihrem Gespräch, während sich der Regen allmählich durch meine Kleidung arbeitet.

„Das wäre super toll!" Sie lacht noch einmal und alles in mir stellt sich auf Abneigung ein. Alleine ihre Stimme zu hören, macht mich wütend. Das Gespräch zwischen Monia und mir kommt mir wieder in den Sinn. *„Nessa hat recht."*

Macht sie das absichtlich? Will sie einen Keil zwischen Monia und mich treiben? Aber wieso sollte sie das wollen? Ich war immer nett zu ihr.

Durch einen Spalt in der Tür sehe ich, wie sie aus Hercules' Box heraustritt und Jonathan strahlend anlächelt. „Also treffen wir uns morgen Abend hier wieder, ja?"

Er nickt und lächelt ebenfalls. Er lächelt! „Hoffentlich ist dann besseres Wetter. Ansonsten müssen wir in die Halle gehen."

Mit einem Winken verabschiedet sie sich von ihm und ich kann mich gerade noch rechtzeitig von der Tür wegbewegen, als sie auch schon hinaustritt.

„Oh, hallo", begrüßt sie mich. Für einen Moment scheint sie überrascht von meinem plötzlichen Auftauchen, doch dann fängt sie sich und zieht einen Mundwinkel hoch. „Ekliges Wetter, nicht wahr?"

„Was machst du hier?", frage ich und höre selbst den Argwohn aus meiner Stimme heraus.

„Ich hab mich mit Jonathan unterhalten", erklärt sie unbeeindruckt. „Er lässt mich morgen mal auf Hercules reiten." Sie zögert und betrachtet mich von oben bis unten, während ich mit vor der Brust verschränkten Armen im Regen stehe. „Alles klar bei dir?"

Für einen Moment überlege ich, sie mit meinen Vorwürfen zu konfrontieren. Vielleicht sollte ich sie hier und jetzt zur Rede stellen und fragen, was für ein falsches Spiel sie spielt. Aber tut sie das wirklich? Jetzt, wo sie vor mir steht und mich auf diese Weise ansieht, weiß ich nicht, ob das richtig wäre. Vielleicht ist einfach alles nur ein großes Missverständnis.

Zögernd nicke ich. „Ja, alles in Ordnung. Ich wollte nur mal kurz nach Lilith schauen."

Jonathan tritt ebenfalls aus dem Stall heraus. Seine Augenbrauen ziehen sich kurz zusammen, als er mich sieht. „Hi", murmelt er und ich nicke ihm zu, bevor ich mich an ihm vorbei in den Stall schiebe.

In der Box begrüßt Lilith mich mit einem sanften Stupser ihrer weichen Nase in den Bauch. Ich streiche ihr über die Blesse und lehne dann meine Stirn an ihre. Normalerweise überträgt sich ihre Ruhe auf mich, doch heute scheint das nichts zu bringen. In meinem inneren tobt ein Sturm aus Worten und Gefühlen.

Seufzend ziehe ich mein Handy aus der Tasche meiner Strickjacke und wähle die Nummer der einzigen Person, die mich jetzt noch aufmuntern kann. Es tutet dreimal, dann erklingt die freudige Stimme meiner Mutter.

„Hallo Juli-Schatz."

„Hi Mama", erwidere ich und schon steigen mir Tränen in die Augen. Alleine ihre Stimme reicht aus, um alles aus mir heraus zu spülen. Aber ich reiße mich zusammen, schlucke den Kloß hinunter und lausche ihren Worten.

„Dein Papa ist leider gerade nicht da. Heute ist ja Kegelabend."

„Ach ja", erinnere ich mich. „Klar. Hatte ich vergessen. Wie geht es euch?"

„Gut, gut", meint sie. Im Hintergrund höre ich das Klappern von Geschirr. „Der Tag war ein bisschen stressig. Ich glaube, der Wetterumschwung macht den Leuten zu schaffen. Die Kunden waren unausstehlich."

„Sind sie das nicht immer?" Meine Mutter arbeitet in einer Anwaltskanzlei. Schlecht gelaunte Menschen sind dort an der Tagesordnung.

Sie lacht und lässt offensichtlich Wasser in die Spüle ein. Das Rauschen klingt so vertraut, dass ich mir vorstellen kann, ich wäre zuhause, wenn ich die Augen schließe.

„Und wie war es bei dir?"

Ich schlucke noch einmal. Das wäre meine Chance. Ich könnte mir alles von der Seele reden. Mama würde es wollen. Aber ich kann nicht. Ich schaffe es einfach nicht. Also zwinge ich mich, zu lächeln und sage: „Super. Vielleicht darf ich beim Theaterstück die Belle spielen."

„Das ist ja klasse!", freut sich meine Mama für mich. „Wann wird das sein? Ich muss es mir noch in den Kalender eintragen."

„Im Dezember. Ist noch ein bisschen hin. Wenn ich den genauen Termin weiß, sage ich euch nochmal bescheid."

„Okay. Und wie geht es Monia?"

Ich brauche zwei Sekunden länger als üblich für meine Antwort, aber dann kommt mir die Lüge so locker herüber, als wäre es gar keine. „Gut. Ich muss jetzt auch mal wieder zurück. Wir wollen gleich noch eine Folge von unserer Serie schauen."

„Aber doch wohl nicht die Eklige mit den Dämonendingern, oder? Ich weiß nicht, ob du die überhaupt schon sehen darfst."

„Die ist nicht eklig. Das Blut nimmt man irgendwann gar nicht mehr richtig wahr."

„Umso schlimmer", murrt meine Mutter und im selben Moment scheint uns beiden die Erinnerung an sehr reales Blut zu kommen. Denn sowohl sie, als auch ich schweigen einige Sekunden zu lang. Ihre Stimme klingt zittrig, als sie wieder spricht.

„Ich hab dich lieb, mein Schatz."

„Ich dich auch, Mama." Ich hole tief Luft und streiche über Liliths Blesse. „Grüß Papa von mir, okay?"

„Mache ich. Bis bald."

Die Stille, die auf unser Telefonat folgt, ist fast noch schlimmer als zuvor. Nur hin und wieder wird sie durch das Schnauben eines Pferdes oder das Rascheln von Stroh durchbrochen. Ich lasse mich zu Boden sinken und lehne mich mit dem Rücken gegen die Boxenwand. Ich will nicht wieder zurück.

Kapitel 10

Neuer Tag. Neues Glück.

Mein Wecker klingelt, bevor die Sonne überhaupt aufgegangen ist. Leise ziehe ich mich an und schlüpfe in meine Laufschuhe. Ich sehe nicht mehr zurück zu Monias Bett. Dass sie schläft, höre ich an ihrem ruhigen, gleichmäßigem Atmen. Mich zieht es hinaus. Auch, wenn es mich bereits an der großen Eingangstür fröstelt. Um die Kälte zu vertreiben, beginne ich mit meinen Aufwärmübungen, dann laufe ich los.

Meine Schuhe knirschen über Kies, patschen durch Pfützen, schlurfen durch nasses Gras. Bald schon sind meine Waden mit Schlammspritzern bedeckt. Aber das ist mir egal. Ich laufe. Laufe. Laufe. Immer schneller. Immer weiter. Niemals stehen bleiben. Ich renne, bis meine Lungen brennen und ich die Nässe und Kälte auf meiner Haut nicht mehr spüre. Ich renne, bis meine Muskeln schmerzhaft zu ziehen beginnen. Und auch dann halte ich nicht an. Ich umrunde die alte Eiche, streiche im Vorbeilaufen mit der Hand über ihre Rinde. Renne weiter zum See und einmal drumherum. Zweimal. Dreimal. Bis die Sonne aufgeht und alles in mir streikt.

Irgendwann werde ich langsamer, fahre das Tempo herunter und mäßige mein Herz, das mir so kraftvoll gegen die Brust springt, als wolle es daraus entkommen. Mein Herz. So lebendig. So lebendig wie ich.

Schwer atmend bleibe ich schließlich stehen und betrachte das im Sonnenlicht glitzernde Wasser vor mir. Die zitternden Hände stütze ich an meinen

Hüften ab. Selbst meine Arme sind nun schwer wie Blei. Aber es geht mir gut. Besser. Und der kommende Tag macht mir nicht mehr ganz so viel Angst.

„Vor wem läufst du denn davon?"

Erschrocken fahre ich herum und mache im Nebel des Morgens eine Gestalt aus. Leon kommt langsam auf mich zu, um seinen Hals hängt eine wuchtige Kamera. Er trägt knallrote Gummistiefel zu Shorts, was irgendwie gleichzeitig befremdlich und sympathisch wirkt.

„Vor niemandem", antworte ich und fixiere seine Kamera. „Hast du mich etwa fotografiert?"

Leon lacht leise und verschließt das Objektiv. „Nun sein mal nicht so von dir eingenommen. Ich fotografiere nur sehr selten Menschen. Morgens gibt es hier viel interessantere Dinge zu sehen."

Er deutet an mir vorbei zum See hin und ich halte die Luft an, als ich ein struppiges, fast katzengroßes Tier sehe, das gerade ins Wasser eintaucht. „War das eine Ratte?"

„Ein Nutria", verbessert mich Leon. „Davon gibt es einige hier."

„Und das sagst du mir erst jetzt? Ich war da vor zwei Wochen noch drin."

Leons Mund verzieht sich zu einem schiefen Grinsen. „Und? Hat dich eins von ihnen gefressen?"

Ich reagiere lediglich mit einem Augenrollen auf seinen Spruch. Allmählich dringt die Kälte wieder in meine Haut ein und ich muss einen Schauer unterdrücken. Nach einem Blick auf die Uhr atme ich tief ein und deute in Richtung Internat. „Ich laufe wieder zurück. Gleich gibt's Frühstück."

Ich will gerade los, da hält Leon mich am Arm zurück. „Gehst du mir aus dem Weg?"

„Was?" Überrascht schaue ich ihn an.

„Na ja, seit dem Tag am See hast du kaum noch ein Wort mit mir gesprochen. Und ich weiß nicht, wieso."

„Ich...", beginne ich, doch ich habe keine Ahnung, wie ich es ihm erklären kann, ohne wieder Monia in die Sache hineinzuziehen. „Ich hab einfach keine Zeit."

„Schade", meint Leon und schraubt den Deckel wieder vom Objektiv, als er eine weitere Wasserratte entdeckt.

Ich sollte jetzt zurücklaufen. Aber ich zögere. Schade? Was meint er damit? Dass ich keine Zeit habe? Dass ich sie nicht mit ihm verbringen kann? Ein warmes Gefühl breitet sich in meinem Bauch aus, aber ich ignoriere es.

„Ja", erwidere ich und laufe los.

Als ich den Frühstücksraum betrete, sitzen Monia und Nessa bereits am Tisch. Monia sieht mich kurz an, als ich näher komme, versenkt ihren Blick dann aber wieder in ihrer Müslischüssel. Nessas Haarschopf ist strubbelig wie eh und je. Und heute bin ich mir ziemlich sicher, dass sie tatsächlich im Schlafanzug frühstückt. Ein Dutzend kleiner Einhörner verzieren die rosa Baumwollhose. Gegen meinen Willen beschleicht mich wieder dieses Gefühl der Bewunderung für sie. Ich wünschte, ich hätte den Mut, mich so in die Öffentlichkeit zu wagen. Die Blicke der anderen scheinen ihr ganz egal zu sein. Doch inzwischen achtet niemand mehr wirklich auf ihr skurriles Äußeres. Im Gegenteil. Manche scheinen sich sogar ein Beispiel an ihr zu nehmen. Ein paar Mädchen am

Nachbartisch tragen seit Neuestem zu ihrer Schuluniform Glitzerspangen und auffälligen pinken Lidschatten.

Etwas unsicher bleibe ich ein paar Schritte vor unserem Tisch stehen. Kann ich mich einfach so setzen? Oder sollte ich mir lieber einen anderen Platz suchen? Ich weiß nicht, wie Monia heute zu unserem gestrigen Gespräch steht. Zögernd schaue ich mich im Raum um, bis Nessa sich zu mir herumdreht und auf den Stuhl neben sich klopft.

„Worauf wartest du? Setz dich endlich."

Mein Blick huscht zu Monia, die nun auch aufschaut und den linken Mundwinkel zu einem kleinen Lächeln verzieht. Erleichterung durchströmt mich. Sie scheint nicht mehr allzu wütend zu sein.

Als ich mich setze, sieht sie wieder in ihr Müsli und räuspert sich leise. „Warst du schon laufen?"

Eigentlich ist klar, dass ich schon laufen war, aber ich bin froh, dass sie überhaupt mit mir spricht, also nicke ich. „Ja, etwa eine Stunde."

„Du warst schon weg, als ich aufgewacht bin, deshalb konnte ich nicht mehr mit dir reden. Ich wollte..." Sie räuspert sich wieder und sieht mich an. „Ich wollte mich bei dir entschuldigen. Das war echt blöd, was ich da gestern gesagt habe."

Das Lächeln breitet sich fast von alleine auf meinem Gesicht aus. „Ist schon okay. Ich bin nicht sauer oder so."

„Wir wollen heute nochmal in die Stadt", meint Nessa. „Kommst du mit?"

Ohne zu zögern, nicke ich. „Klar. Gerne." Plötzlich komme ich mir so dumm vor, dass ich die schwarzen Gefühle wieder zugelassen habe. Es gibt keinen Grund zur Sorge. Monia ist meine Freundin. Und auch Nessa ist nicht so übel, wie ich sie in

Erinnerung habe. Ich muss aufhören, immer alles schlecht zu reden. Mich selbst schlecht zu reden. Alles ist gut.

Aus ein paar Metern Entfernung spüre ich Alinas Blick auf mir ruhen. Doch ich erwidere ihn nicht. Stattdessen lächele ich Monia an.

Mit Genehmigung unserer Klassenlehrerin dürfen Monia, Nessa und ich am Nachmittag das Internatsgebäude verlassen und mit dem Bus in die Stadt fahren. Solche Ausflüge sind zweimal im Monat erlaubt, sofern man vorher einem Lehrer Bescheid gibt.

Schon im Bus ist unsere Stimmung ausgelassen. Nessa verteilt Kaugummis und wir kauen so viele, bis uns die Wangen schmerzen. Dann starten wir einen Kaugummiblasenkontest. Nessa ist ungeschlagene Meisterin und beeindruckt uns mit ihrer riesigen Blase, bis Monia ihren Finger hineinkiekt und das Meisterstück zum Platzen bringt.

An der nächsten Haltestelle steigt ein hübsches, junges Mädchen ein. Ihre braunen Haare glänzen in der Nachmittagssonne. Sie nimmt in der Bank vor uns Platz und wirft ihre Haare grazil über die Schulter. Leider trifft sie Nessa damit an der Wange, die ein empörtes „Hey!" ausruft. Das Mädchen dreht sich beiläufig zu uns herum und zieht eine Augenbraue hoch. „Oh, entschuldigung", meint sie halbherzig, wendet sich wieder ab und steckt sich Knöpfe in die Ohren, aus denen laute Musik dringt.

Monia und ich wechseln einen Blick, ziehen die Augenbrauen hoch und lachen leise, als Monia mit ihrer Strubbelmähne die haarewerfende Geste des Mädchens imitiert. Doch Nessa scheint keineswegs belustigt zu sein. Finster starrt sie auf den Hinterkopf des Mädchens.

Als wir aussteigen müssen, huscht Monia als Erste aus dem Gang. Ich will ihr gerade folgen, als ich mich noch einmal zu Nessa herumdrehe und sehe, wie sie der Fremden ihr Kaugummi in die überhängenden Haarsträhnen klebt. Ich öffne den Mund, um etwas zu sagen, doch sie legt einen Finger an die Lippen, packt mich am Arm und zieht mich aus dem Bus.

Draußen weiß ich nicht, was ich sagen soll. Nessa scheint nicht mehr darüber sprechen zu wollen, denn sie hüpft aufgeregt vor uns herum und klatscht in die Hände. „Also, wo geht's zuerst hin? Ich brauche unbedingt neue Schminke. Und ihr?"

Hinter uns schließen sich die Türen und ich schaue dem Bus hinterher, als er losfährt. Nessa boxt mich gegen den Oberarm. „Aufwachen! Los geht's!"

Zögernd nicke ich und sehe zu Nessa, die sich gerade bei Monia unterhakt und fröhlich drauf los plaudert. Es scheint, als hätte das Kaugummi im Haar des Mädchens ein regelrechtes Hochgefühl bei ihr ausgelöst. Ein mulmiges Gefühl beschleicht mich, als ich den beiden ins Einkaufszentrum folge. Auf einmal fühle ich mich unwohl und würde am liebsten wieder zurückfahren. Viel lieber als hier wäre ich jetzt im Stall. Ein kleiner Ausritt mit Lilith wäre nicht schlecht gewesen.

Doch ich schüttele diese Gedanken ab und versuche, mich wieder auf das Hier und Jetzt zu konzentrieren. Als Monia mir einen fröhlichen Blick über die Schulter zuwirft, erwidere ich ihr

Lächeln und ergreife ihre Hand, die sie mir entgegenstreckt.

Nessa zieht uns in die nächste Drogerie und durchwühlt gleich darauf die Regale auf der Suche nach dem perfekten Lippenstift, während ich mich etwas zögerlicher nach Wimperntusche umschaue.

„Was haltet ihr von dem hier?", fragt Nessa und hält einen knallpinken hoch.

„Mir wäre das etwas too much. Aber dir steht er bestimmt gut", meint Monia und dreht den Lippenstift auf. Nessa nickt, nimmt ihn ihr wieder ab und fährt sich damit zweimal kräftig über die Lippen. Dann formt sie einen pinken Kussmund und drückt ihn mir auf die Wange.

„So, jetzt bist du auch nicht mehr ganz so farblos."

„Uäh. Danke", murre ich, schaue in den schmalen Spiegel neben dem Regal und versuche, die Farbe mit dem Handrücken von meiner Wange zu streichen. Damit mache ich es allerdings nur noch schlimmer und sehe nun aus, als hätte ich mir pinkes Rouge auf die linke Wange geschmiert. „Na toll. Das geht nicht mehr ab."

Nessa lacht amüsiert. „Da hilft nur eins. Mehr Farbe." Ehe ich es mich versehe, hat sie mir mit dem Lippenstift auch noch einen Strich auf die rechte Wange gemalt und rubbelt daran herum, bis sie genauso verunstaltet ist, wie die Linke.

„Na, siehst du", bemerkt sie zufrieden. „Sieht schon viel besser aus."

Mit gerunzelter Stirn starre ich in den Spiegel. Doch mein Blick gilt nicht meinem Spiegelbild, sondern Nessa, die mir dort entgegensieht. Im Spiegel liefern wir uns ein Blickduell und ein Schauer fährt mir den Rücken hinab, als ich bemerke, dass in ihren Augen nichts Schalkhaftes

111

mehr liegt. Viel mehr scheint sie mich herausfordern zu wollen. Doch als ich mich von ihr abwende, lacht sie wieder und reicht mir ein Feuchttuch aus ihrer Tasche. „Hier. Damit sollte es gehen."

Monia hilft mir, den Lippenstift von meinen Wangen zu entfernen und lächelt mich aufmunternd an. Offensichtlich hat sie meine aufkommende schlechte Laune bemerkt. „Sie meint das nicht böse", versucht sie, mich zu beruhigen, als Nessa außer Hörweite ist. „Sie denkt halt manchmal nicht nach, bevor sie etwas tut."

„Ach ja?" Ich sehe Nessa hinterher, die nun vor den Parfüms steht. „Ich glaube, sie denkt sehr wohl darüber nach."

„Kommt mal her!", ruft sie uns zu sich. Sie deutet auf ein Parfüm mit dem Namen „Poison Princess". „Das klingt gut." Gleich darauf hält sie es in der Hand und sprüht mich damit ein. Hustend weiche ich vor der Duftwolke zurück.

„Nessa!", ruft Monia und drückt deren Hand runter. „Juli ist doch allergisch gegen solche Düfte."

Während ich immer noch huste und die aufkommende Übelkeit zu unterdrücken versuche, schlägt Nessa sich die Hand vor den Mund. „Oh je", meint sie, „das hatte ich ganz vergessen. Was passiert denn jetzt?"

Vergeblich versuche ich dem aufdringlichen Duft zu entkommen, der sich bereits in meiner Kleidung und meinen Haaren festgesetzt hat. Die Übelkeit kam nur vom Schrecken, aber ganz hinten in meinem Kopf spüre ich bereits einen pochenden Schmerz aufwallen.

„Sie bekommt Kopfschmerzen", erklärt Monia.

Nessa winkt ab. „Ach, kein Problem. Ich habe Tabletten dabei. Kannst dich gerne bedienen."

Ich schüttele den Kopf, als sie mir eine einzelne, weiße Pille entgegenhält. „Nein, danke. Es geht schon. Ich muss nur mal an die frische Luft."

Monia und Nessa begleiten mich nach draußen, wo ich die kühle Herbstluft einatme wie eine Ertrinkende. Am liebsten würde ich mir die stinkenden Klamotten vom Körper reißen.

„Gehen wir eine Currywurst essen?", fragt Nessa. „Ich habe riesigen Kohldampf." Mitfühlend blickt sie mich an. „Du kannst ja Pommes essen. Und wir setzen uns draußen hin, damit du nicht umkippst."

Ich schlucke und versuche, den aufkommenden Schmerz zu ignorieren. „Nein, ich glaube, ich fahre lieber wieder zurück."

Monia greift nach meiner Hand. „Dann kommen wir natürlich mit."

„Schade." Nessas Schultern sacken hinunter. „Ich hatte mich so auf den Ausflug mit euch gefreut. Jetzt habe ich alles verdorben."

Auch Monia scheint enttäuscht zu sein. Deshalb schüttele ich den Kopf. „Ihr könnt ruhig bleiben. Ihr könnt mir ja später ein paar Pommes mitbringen."

„Echt? Es würde mir nichts ausmachen, mit dir zurückzufahren", beteuert Monia und ich drücke dankbar ihre Hand. „Ich weiß. Aber die Fahrt hierher war ja auch nicht umsonst und es wäre schade, wenn wir jetzt alle zurückmüssten. Mit mir ist gleich eh nicht mehr viel anzufangen. Ich will nur schnell duschen und mich dann ins Bett legen."

„Super!" Nessa klatscht begeistert in die Hände und zieht Monia dann von mir weg. „Wir könnten uns ja auch gleich noch einen Film anschauen. Das wäre dann ja eh nichts für dich gewesen, Juli. Tut mir leid."

Ich muss mich zusammenreißen, um trotz allem noch ein Lächeln zustande zu bringen. „Kein Problem. Wir sehen uns dann später."

Ehe Monia sich noch einmal richtig von mir verabschieden kann, zieht Nessa sie mit sich und plaudert fröhlich auf sie ein. Ich höre die beiden noch lachen, als ich mich schon wegdrehe und Richtung Bushaltestelle schleiche.

Kapitel 11

Monias Kichern vor der Zimmertür weckt mich aus meinem unruhigen Schlaf. Die Sonne ist noch nicht ganz untergegangen. Es kann also nicht allzu spät sein. Trotzdem kommt es mir wie eine Ewigkeit her vor, dass ich alleine zurückgefahren bin.

Ich höre ihre und Nessas Stimmen, die sich aufgeregt über den Film und ein paar Jungs im Kino unterhalten. Dann wird die Tür aufgerissen und Monia erstarrt in der Bewegung, als sie mich im Bett sieht. „Oh, entschuldige. Haben wir dich geweckt?"

Seufzend richte ich mich auf und reibe mir über die müden Augen. „Nein, kein Problem. Ich war nur kurz weggenickt. Wollte eigentlich gar nicht schlafen."

Als Nessa das Zimmer betritt, fällt mir auf, dass sie noch nie hier drin war. Sie wirkt wie ein Fremdkörper in unserer kleinen, heilen Welt. Interessiert schaut sie sich die Poster an Monias Zimmerwänden und meine Disneyfiguren in den Regalen an. Mit einem Finger tippt sie den Wackelkopf von Peter Pan an. „Ich wusste gar nicht, dass du auf so etwas stehst."

„Das ist die einzige Sammelleidenschaft, die Juli sich gestattet", erklärt Monia. „Alles andere ist für sie nur Unordnung."

„Stimmt doch gar nicht", murre ich.

„Ach? Und was ist dann mit meiner Lippenpflegestift-Sammlung? Wie war nochmal deine Meinung dazu?"

Ich schnaube amüsiert. „Das ist Müll, Monia. Die sind alle leer. Es sind nur noch leere Plastikröllchen."

„Aha", kommentiert sie lediglich und nickt Nessa vielsagend zu. Nessa lässt sich auf mein Bett fallen und verschränkt die Arme hinter dem Kopf. Ihr Shirt rutscht dabei so weit rauf, dass ich ihren kleinen Bauchnabel sehen kann. „Geht es dir wieder besser?"

„Ja, geht wieder. Nach dem Duschen war der Geruch fast komplett verschwunden."

„Hast du deine Tabletten heute nicht genommen?"

Zwischen Mittelfinger und Daumen reibe ich ein Stück meiner Decke. „Doch. Aber die helfen bei so etwas nicht allzu sehr."

„Mmm", brummt Nessa. Dann fügt sie überraschend hinzu: „Wann wolltest du uns eigentlich erzählen, dass Alex dich wegen dem Winterball gefragt hat?"

„Was?" Monia lässt die Einkaufstüte sinken, die sie gerade durchwühlt hat. „Er hat dich gefragt?"

Statt zu antworten, frage ich Nessa: „Woher weißt du das?"

Sie zuckt mit den Schultern, während sie weiter an die Decke starrt. „Er hat es mir erzählt. Wir reden ab und zu mal miteinander. Ich dachte, du bist nicht an ihm interessiert. Wieso gehst du dann mit ihm hin?"

„Natürlich ist sie an ihm interessiert", geht Monia dazwischen. Als ich zu ihr aufschaue, sehe ich die Enttäuschung in ihren Augen. Ich hätte es ihr doch erzählen sollen. So fühlt sie sich jetzt sicher hintergangen.

„Warum lügst du mich dann an?", will Nessa wissen. Ihre Stimme klingt plötzlich kühl und lauernd. Hilfesuchend schaue ich zu Monia, doch die sieht mich auch nur abwartend an.

„Ich... Ich weiß auch nicht."

Nessa setzt sich auf und fährt sich mit einer Hand durch die kurzen Stachelhaare. „Lügen finde ich ziemlich scheiße. Wolltest du mich lächerlich machen?"

„Was?" Perplex starre ich sie an. „Nein, natürlich nicht."

„Weißt du, ich bin immer ehrlich zu dir gewesen. Von Anfang an. Ich weiß, dass das nicht immer gut ankommt. Aber ich lüge nicht. Und eigentlich hatte ich dasselbe von dir erwartet."

Ich will mich verteidigen, will irgendetwas sagen. Aber meine Stimme versagt. Nessa schnalzt mit der Zunge, steht auf und verabschiedet sich mit einer Umarmung von Monia, die immer noch wie zur Salzsäule erstarrt dasteht. „Wir sehen uns morgen", sagt sie und klingt dabei so liebevoll, wie ich sie noch nie gehört habe. Mir wirft sie lediglich noch einen vernichtenden Blick zu.

Als sie die Tür hinter sich geschlossen hat, löst sich die Klammer, die sich bis eben um meinen Körper gelegt hat. Ich fahre zu Monia herum. „Was war das denn?"

Auch meine Freundin kann sich jetzt wieder bewegen. Sie legt die Tüte auf ihrem Bett ab und geht stumm zu ihrem Kleiderschrank.

„Hat sie sie noch alle?", rege ich mich auf. Eine wütende Hitze steigt mir ins Gesicht. „Warum schaukelt sie sich so daran hoch?"

„Ich finde nicht, dass sie das tut." Monias Stimme ist kaum mehr als ein Flüstern.

„Was?"

Einen Moment bleibt sie mit dem Gesicht vor dem offenen Kleiderschrank stehen, dann dreht sie sich zu mir herum. „Du hast dich ziemlich verändert."

„Was?", wiederhole ich noch einmal.

„Vor den Sommerferien warst du noch nicht so ... so von dir eingenommen." Sie runzelt die Stirn und wendet sich wieder von mir ab, um ihren Hygienebeutel aus dem Schrank zu holen. „Oder ich habe es nicht bemerkt."

„Von mir eingenommen? Was redest du denn da?" In der entstehenden Stille rasen meine Gedanken, rechnen eins und eins zusammen. Ich schnappe nach Luft, als mir die Erkenntnis kommt. „Das hat sie dir eingeredet, oder? Zwischen uns ist es doch erst so komisch, seit sie sich zwischen uns drängt."

Monia fährt so plötzlich zu mir herum, dass ich die Worte, die mir noch auf der Zunge lagen, herunterschlucke. „Du warst doch diejenige, die gesagt hat, wir sollten ihr eine Chance geben. Aber das galt wohl nur solange, wie sie dich nicht von deinem Thron verdrängt, nicht wahr?"

Verblüfft starre ich sie an. „Wie bitte?"

„Solange du die Bestimmerin bist, ist alles in Butter. Aber wehe, ich will auch mal etwas zu sagen haben. Oder Nessa. Und nur damit du es weißt: Sie hat mir heute Morgen gut zugeredet, dass ich dir verzeihen soll. Dass ich dir noch eine Chance geben soll. Deshalb haben wir dich in die Stadt mitgenommen. Also mach sie jetzt nicht schlecht."

Ich weiß nicht, was gerade vor sich geht. Oder wann das alles seinen Anfang nahm. Mit welchem Wort habe ich es versaut? Ich spüre den unwiderruflichen Bruch, der sich durch unsere Freundschaft zieht fast körperlich.

„Moni, ich ..." Meine Stimme klingt erstickt. „Du bist doch meine beste Freundin."

119

Sie schnaubt verächtlich. „Ich vielleicht deine. Aber du nicht meine." Bevor ich noch etwas erwidern kann, schnappt sie sich ihre Duschsachen und verlässt den Raum.

Zurück bleibe ich. Mit einem Kopf voller Worte, die auf mich einstechen wie tödliche Waffen.

Es ist dunkel und kalt. Über den Feldern liegt der erste Frost. Und bald sind meine Socken durchnässt. Aber ich renne. Renne. Renne. Renne. Meine Lungen brennen seit etwa zehn Minuten, aber ich höre nicht auf. Auch nicht, als ich in eine Gegend komme, in der ich noch nie zuvor war. Der Wald ist dicht und finster. Ein Nadelwald, der auch jetzt im Herbst noch das Licht der Welt verschluckt. Äste knacken unter meinen Schuhen. Tannennadeln knirschen. Dornengestrüpp, das über den Weg wuchert, verhakt sich in meiner Kleidung. Aber ich renne. Renne. Renne. Renne.

Meine Oberschenkel krampfen sich schmerzhaft zusammen. Ich beiße die Zähne aufeinander und laufe weiter. Weiter. Schneller. Bis nichts mehr da ist, außer Schmerz. Bis das Blut in meinen Adern kocht und sein Rauschen die sich im Kreis drehenden Gedanken übertönt.

Erst, als kleine schwarze Punkte wie vorbeihuschende Fliegen durch mein Sichtfeld rasen, werde ich langsamer. Fast muss ich mich zwingen am nächsten Baum stehen zu bleiben. Kaum stehe ich, ist der Schwindel so stark, dass ich mich mit beiden Händen an der rauen Rinde festklammern muss. Keuchend lasse ich den Kopf zwischen die Schultern sinken und starre auf meine nassen Schuhe hinab. Atemwölkchen steigen empor und nehmen mir fast die Sicht. Ich zähle bis zehn. Dann noch einmal. Dann lässt der Schwindel allmählich nach und ich lockere meine Muskeln, um einen Krampf zu verhindern.

Sämtliche Glieder fühlen sich auf dem Rückweg wie Gummi an. Ab und zu verfalle ich wieder in einen leichten Laufschritt, um sie warm zu halten.

Als ich in unser Zimmer zurückkehre, schläft Monia noch. Ich packe meine Duschsachen zusammen und schleiche wieder hinaus. Die Flure sind noch leer, aber zu meiner Überraschung läuft das heiße Wasser in einer der Duschen bereits. Als ich eintrete, kommt mir Alina mit einem Handtuch um den Körper gewickelt, entgegen. Die nassen Haare zu einem Dutt auf dem Kopf festgedreht.

„Guten Morgen", begrüßt sie mich. „Du bist ja auch schon so früh wach."

„Ja", erwidere ich und weiche ihrem Blick aus. Schnell schlüpfe ich aus den nassgeschwitzten Klamotten und unter die Dusche. Das heiße Wasser lockert meine verspannte Nackenmuskulatur.

„Wie war es gestern in der Stadt?", will sie aus dem angrenzenden Waschraum wissen.

Ich schließe die Augen und lehne den Kopf zurück, um das Wasser über mein Gesicht laufen zu lassen. Als meine Antwort zu lange auf sich warten lässt, fügt sie hinzu: „Ich hab gestern Abend noch mit Nessa gesprochen. Ich glaube, ich habe mich in ihr getäuscht. Sie ist ja doch sehr nett. Hat mir sogar ein paar Sachen aus der Drogerie mitgebracht."

Fast hätte das rauschende Wasser ihre Worte übertönt, aber das, was ich verstanden habe, lässt mich aufschrecken. „Was?"

„Ja", ruft Alina nun über das Dröhnen des Föhns hinweg. „Echt süß von ihr, oder nicht? Ein Parfüm. *Poison Princess* heißt es, glaube ich. Willst du gleich mal riechen?"

Trotz des heißen Dampfes um mich herum, läuft mir ein Schauer den Rücken hinunter. „Nein, danke."

Ein böser Gedanke schießt durch meinen Kopf. Warum sollte Nessa Alina Geschenke mitbringen? Und warum ausgerechnet dieses Parfüm? Absicht?

Langsam drehe ich den Wasserhahn wieder zu und steige aus der Dusche. Kann es sein, dass das Berechnung ist?

„Hast du schon deinen Text für die Belle auswendig gelernt?", wechselt Alina das Thema, als ich mit einem Handtuch bekleidet zu ihr ans Waschbecken trete.

Ich schüttele den Kopf. „Nein, noch nicht."

„Ich auch noch nicht. Wir können ja zusammen lernen, wenn du willst. Wäre doch cool, wenn wir beide die Erst- und Zweitrolle bekommen würden, oder?"

Ich wünschte, ich könnte mehr auf sie eingehen. Ich wünschte, ich könnte mich darüber freuen, dass sie normal mit mir spricht und Pläne schmiedet. Aber ich kann an nichts anderes denken, als an Nessa und was sie wohl mit ihren Geschenken bezweckt.

„Hat Nessa gestern auch etwas über mich gesagt?", frage ich deshalb und ernte einen überraschten Blick von Alina.

„Über dich? Nein. Wieso?"

Ich zucke mit den Schultern. „Wir haben uns gestritten. Monia und ich auch."

„Oh. Warum das denn?"

„Ehrlich gesagt weiß ich es gar nicht so genau. Vielleicht, weil Alex mich zum Winterball eingeladen hat und ich es den beiden noch nicht erzählt habe."

Alina legt den Kopf schief. Die frisch geföhnten Haare fallen wie Seide über ihre linke Schulter. „Aber das ist doch kein Grund sich zu streiten. Hast du heute schon mit ihnen gesprochen? Das war bestimmt ein Missverständnis."

Ich nicke wenig überzeugt. „Ja, vielleicht."

Zum wiederholten Mal betrete ich den Frühstücksraum mit einem mulmigen Gefühl im Magen. Schon von Weitem sehe ich, dass unser Tisch voll besetzt ist. Lediglich mein Platz ist noch frei. Alle sind in ein Gespräch vertieft. Hin und wieder klingt ihr lautes Lachen durch den Raum. Auch Monia lacht. Hell und ausgelassen. Erst, als sie mich entdeckt, wird sie still und wirft Nessa einen vielsagenden Blick zu. Nessa dreht sich nicht einmal herum, richtet sich stattdessen an Alex, der ihr schräg gegenübersitzt. „Reichst du mir mal das Salz?"

Er nickt lächelnd und mir entgeht nicht, wie ihre Finger über seine streichen, als sie den Streuer entgegennimmt. Auch Alina sitzt schon am Tisch und lächelt mir aufmunternd zu. Langsam lasse ich mich neben Nessa sinken und versuche vergeblich, Blickkontakt zu Monia aufzunehmen, die sich voll und ganz auf ihr Müsli konzentriert.

Leon, der von der angespannten Stimmung nichts mitzubekommen scheint, stößt ihr den Ellbogen in die Seite, sodass ihr die Milch vom

Löffel schwappt. Ein paar Spritzer gelangen bis an ihre weiße Bluse.

Ihren bösen Blick ignorierend, flötet er: „Herzallerliebste Monia. Seit Wochen möchte ich dir schon diese eine Frage stellen."

Mein Kopf ruckt zu ihm herum. Oh nein. Bloß nicht jetzt. Nicht hier. Alle werden denken, er fragt sie nur, weil ich ihn dazu gedrängt habe. Monia wird blass. Ihre Hände liegen flach links und rechts von ihrer Müslischale. Eine gespenstische Stille entsteht am Tisch.

Leon lässt sich davon nicht beeindrucken. „Würdest du mir die Ehre erweisen und mit mir zum Winterball gehen?"

Schweigen. Alle starren Monia an, der die Hitze langsam ins Gesicht steigt. Ihre rechte Hand krampft sich um den Löffel, als wollte sie ihn als Waffe einsetzen. Fragt sich nur, ob gegen mich oder gegen Leon.

Mein Herz schlägt mir fest gegen die Brust. *Bitte sag einfach Ja und nimm es hin. Bitte.*

„Nein."

Alex verschluckt sich an seinem Saft und Alina muss ihm mehrmals auf den Rücken klopfen, bis er sich glucksend und prustend wieder erholt.

„Nein?" Leon zieht eine Augenbraue hoch.

Ich möchte am liebsten unter dem Tisch versinken.

„Nein", wiederholt Monia noch einmal etwas deutlicher. „Weil ich weiß, dass ich nicht deine erste Wahl bin."

Nun lacht er amüsiert, doch ich sehe das angespannte Flackern in seinen Augen. „Okay? Und wer soll meine erste Wahl gewesen sein?"

Zum ersten Mal an diesem Tag sieht Monia mir direkt in die Augen. „Sie."

Mein Herz bleibt stehen. Ich wünschte, Alex würde sich noch einmal verschlucken, um die Stimmung aufzulockern. Doch er starrt mich genauso an, wie alle anderen. Dann wandert sein Blick zurück zu Leon. „Sie?"

„Aber sie kann jeden haben und hat deshalb Alex gewählt. Und deshalb bin ich deine zweite Wahl. Und: Nein, danke. Ich möchte nicht mehr die zweite Wahl sein." Mit diesen Worten steht sie auf, hebt mit einem Ruck ihr Tablett an und lässt uns sitzen. Nessa räuspert sich etwas verlegen, als wollte sie ihren Teil zum Gespräch beitragen. Dann entscheidet sie sich anders und folgt Monia.

Ich bewundere Leon dafür, dass er nicht einmal in dieser Situation rot anläuft. Er sitzt einfach nur da und starrt vor sich hin. Alex' Stimme durchbricht das Schweigen:

„Du wolltest mit Juli gehen?"

„Nein!", fahre ich dazwischen. „Nein, wolltest du nicht. Oder?"

Leon atmet tief aus, dann greift er zu seinem Messer und bestreicht in aller Seelenruhe sein Brot mit Butter. „Nein. Selbstverständlich nicht."

Das Mittagessen lasse ich aus. Ich kann es nicht ertragen, noch einmal mit allen am Tisch zu sitzen. Schon die gemeinsamen Stunden mit Nessa und Monia im Unterricht waren die reinste Folter. Wie ein Störkörper saß ich zwischen ihnen, während sie sich Zettelchen hin und her schoben.

Stattdessen gehe ich in den Stall und schaue bei Lilith. Doch ihre Box ist leer. In der Stallgasse kommt mir Frau Jörgens entgegen. „Suchst du jemanden?"

„Lilith", antworte ich und deute auf ihre leere Box.

„Ich habe eben alle Pferde auf die Koppel gebracht. Außerdem ist doch Mittagszeit, oder nicht? Warum bist du nicht beim Essen?"

„Ich habe keinen Hunger."

Frau Jörgens betrachtet mich kritisch. „Drei Mahlzeiten am Tag sind wichtig. Du solltest keine einfach ausfallen lassen. Spätestens heute Nachmittag kannst du dich nicht mehr konzentrieren, weil du Hunger hast. Also, ab mit dir in den Speisesaal." Mit wedelnden Handbewegungen scheucht sie mich aus dem Stall.

Doch anstatt zum Essen gehe ich zurück in mein Zimmer und lasse mich auf meinen Schreibtischstuhl sinken. Mein Blick wandert zum Kalender an der Wand. Noch drei Wochen bis zu den Herbstferien. Es ist das erste Mal an dieser Schule, dass ich mich freue, wenn die Ferien beginnen. Ja, ich möchte nach Hause. Ich möchte das hier hinter mir lassen. Bei dem Gedanken an mein eigenes Zimmer und mein Bett macht sich ein verräterisches Brennen in meinen Augen breit. Ich atme tief ein und vergrabe das Gesicht in meinen Händen. Was geht hier vor sich? Was passiert mit mir?

Kapitel 12

Monia und ich begegnen uns an diesem Tag erst abends wieder im Zimmer. Als sie den Raum betritt, versuche ich, sie zu ignorieren und mich weiter auf meine Textstellen für die Belle zu konzentrieren. Doch mein verräterischer Körper lauscht auf jedes Geräusch, das Monia verursacht. Ich versuche, herauszufinden, ob sie noch genauso wütend ist, wie heute Morgen. Oder hat sie sich inzwischen wieder beruhigt? Ich müsste mich umdrehen, um das genau herauszufinden. Aber dazu fehlt mir der Mut.

Ich kralle die Finger in meine Haare und stütze mich auf den Ellbogen ab. Vor meinen Augen verschwimmen die Wörter zu einem einzigen unleserlichen Kauderwelsch. Keine einzige Passage kann ich bisher auswendig. Und morgen ist das Vorsprechen. Wenn ich keinen Streit mit Monia hätte, würde ich sie bitten, mir zu helfen. Aber das ist ausgeschlossen.

Hinter mir kramt Monia in ihrem Schrank. Aus dem Augenwinkel sehe ich ein paar Tops auf ihr Bett fliegen. Ich kaue auf meiner Lippe herum, kann mich kaum noch zusammenreißen. Dann drehe ich mich endlich herum und sehe sie fragend an.

„Hast du noch was vor?"

Monia schweigt. Und ihr Schweigen ist Antwort genug. Ja, sie ist noch sauer. Unbeholfen sehe ich ihr zu, wie sie weiter Outfits zusammenstellt. Dabei weicht sie meinem Blick gekonnt aus.

Ich räuspere den Frosch aus meinem Hals und setze noch einmal neu an. „Es tut mir leid, wie das heute Morgen gelaufen ist. Aber ich wollte nochmal klarstellen, dass weder Leon etwas von mir will, noch ich etwas von ihm."

Weiteres Schweigen.

„Keine Ahnung, wieso du das denkst. Ich wusste nicht, dass es den Anschein macht..."

„Ich weiß, dass du nichts von ihm willst", blafft sie mich auf einmal an. „Dir geht es nur darum, mit jedem Typen hier so zu sein." Sie überkreuzt Zeige- und Mittelfinger und zieht dazu eine verächtliche Grimasse. „Du flirtest mit jedem von ihnen, selbst mit Jonathan. Keine Ahnung, wieso du das tust. Vielleicht einfach nur, weil du es kannst."

Sprachlos starre ich sie an. „Ich ... Das stimmt doch gar nicht."

„Ach, nein? Es hat dich doch halb wahnsinnig gemacht, dass Jonathan nie auf deine Anmache eingegangen ist."

„Anmache?" Langsam werde ich wütend. „Ich habe ihn nie angemacht. Ich wollte einfach nur, dass er sich nicht ausgestoßen vorkommt."

„Ja, ja. Klar!", erwidert Monia gereizt. „Du bist immer die Gute. Zu gut für diese Welt."

Mein Hals schnürt sich zusammen, als würde Monia mich nicht bloß mit Worten angreifen, sondern ihn mit ihren Händen zudrücken. Woher kommt plötzlich all dieser Hass gegen mich? Das kann sich doch nicht innerhalb der letzten Tage entwickelt haben. Warum hat sie nie etwas gesagt?

An der Tür ertönt ein Klopfen. Monia presst die Lippen aufeinander und schnappt sich ein Oberteil und eine Hose von ihrem Bett, bevor sie öffnet. Ganz kurz blitzt mir Nessas Wuschelkopf entgegen, dann nimmt Monia mir die Sicht. „Kann ich mich bei dir umziehen?" Dann knallt sie die Tür hinter sich zu und lässt mich alleine.

Alleine. Seit Jahren habe ich mich nicht mehr so einsam gefühlt. Ein altbekannter Druck macht sich in mir breit. Eine Last, die mein Herz langsamer schlagen lässt. Ein Prasseln auf dem Dachfenster lässt mich aufblicken. Der wolkenverhangene Himmel lässt den Regen frei. Nicht das beste Wetter, um zu laufen. Aber trotzdem stehe ich auf und ziehe meine Sportsachen an.

Ein paar Minuten später quietschen meine Schuhe über den Gang. Aus dem Playroom dringen Musik und Stimmen. Ich höre Monias Lachen, das sich über alles andere erhebt. Fröhlich und ausgelassen. Ich schließe die Augen, als ich an der offenen Tür vorbeieile, weil ich den Anblick meiner Freunde ohne mich nicht ertragen kann. Dann verfalle ich in einen schnelleren Laufschritt und haste die Treppe nach unten.

„Juli?" Alex' Stimme lässt mich beinahe die Stufen hinunterstolpern. Im letzten Moment halte ich mich am Geländer fest und drehe mich zu ihm herum. Er trägt ein schwarzes Shirt mit der Aufschrift *Winter is coming*. Doch das dazugehörige Bild mit Schwert und Ranken hat so gar nichts weihnachtliches an sich. Eine Anspielung auf die neue Staffel Game of Thrones. Mehr nicht.

Ich schaue zu ihm, der einige Stufen über mir steht, auf und fühle mich dadurch klein und unbedeutend. Seine Hand liegt ebenfalls auf dem Geländer, als er einen Schritt auf mich zumacht. Dann scheint er es sich anders zu überlegen und bleibt wieder stehen.

„Juli, wegen heute Morgen...", setzt er an und meine Ohren knacken, als ich schlucke. „Ich wusste nicht, dass Leon... also, dass er was von dir will. Sonst hätte ich dich nie gefragt."

„Okay?" Macht es Sinn, ihn noch einmal darauf hinzuweisen, dass diese ganze Sache nur ein Hirngespinst von Monia ist? „Und jetzt?"

Er weicht kurz meinem fragenden Blick aus und zieht die Unterlippe zwischen die Zähne. „Ich fühle mich nicht gut dabei, mit dir hinzugehen. Leon ist einer meiner besten Kumpels. Das wäre nicht fair."

„Nicht fair?", wiederhole ich. „Aber mich erst zu fragen und dann hängen zu lassen, das findest du fair? Leon will doch gar nichts von mir. Das hat er selbst gesagt."

Sobald ich die Worte ausgesprochen habe, komme ich mir blöd vor. Als würde ich um das Date mit Alex betteln. Ich schüttele den Kopf über meine eigene Dummheit und füge hinzu: „Weißt du was? Es ist schon okay. Mach, was du meinst."

Bevor er noch etwas erwidern kann, drehe ich mich um und haste die Treppe hinunter, immer zwei Stufen gleichzeitig nehmend.

Draußen peitschen mir kalter Wind und Regen entgegen, aber ich halte nicht an. Stattdessen ziehe ich bloß den Reißverschluss meiner Jacke hoch und renne los. Das erste Mal seit Langem lasse ich das Aufwärmen ausfallen. Dafür bleibt mir keine Zeit. Mein Körper drängt mich zur Eile. Ich muss laufen. Rennen. Fliegen. Damit ich nicht sehe, wie hinter mir alles in sich zusammenbricht. Doch schon nach einem Kilometer merke ich, dass diese Strategie mich diesmal nicht weiterbringt. Das Gedankenkarussell hört nicht auf, sich zu drehen. Nicht nur Wind und Regen schlagen auf mich ein, sondern auch alle die Worte, die in letzter Zeit ausgesprochen wurden. Wo ist die Juli, die ich noch vor ein paar Wochen im Spiegel gesehen habe? Die

Juli, die sich nicht unterkriegen ließ? Die Juli, die nicht weint? Die neue Juli?

In diesem Moment scheint sie fort zu sein. Und ich fühle mich zurückversetzt in eine Zeit vor zwei Jahren. Kurz vor Lauras Selbstmord. Erinnerungen kommen auf. Sie und ich auf ihrem Bett. Ihr Blick, als ich ihr alles offenlege. Ihre Augen, die vom vielen Weinen ganz rot waren.

Ein Ast knackt unter meinem Tritt, schleudert hoch und bringt mich dabei fast zu Fall. Ich stolpere weiter und keuche auf, als ich die raue Rinde der Eiche berühre. Über uns grollt ein Donnern hinweg und ich presse mich eng an den Stamm. Das Holz reibt an meiner Wange, als ich die Tränen nicht länger zurückhalten kann und vom Schluchzen durchgeschüttelt werde. Langsam sinke ich am Stamm hinunter, halte ihn immer noch umschlungen. Wünschte, jemand würde dasselbe bei mir tun. Aber ich bin allein. Wieder einmal. Oder war ich es immer?

Als ich eine Stunde später zum Internat zurückkehre, ist es bereits dunkel. Der Hausmeister erwischt mich an der Eingangstür, als ich tropfnass hereinkomme und scheucht mich die Treppe hinauf, bevor er die Tür hinter mir abschließt. Ich lasse mir Zeit beim Aufstieg. Ich habe es nicht eilig, zurück ins Zimmer zu kommen. Das Zimmer, das ich mir mit Monia teile, die mich so sehr verabscheut.

Ein Zittern läuft durch meinen Körper. Die Kälte dringt durch sämtliche Poren. An der obersten Stufe mache ich halt, umklammere das Geländer und schließe kurz die Augen. Wenn ich das Zimmer gleich betrete, will ich nicht aussehen, wie ein Häufchen Elend. Das will ich nie wieder. Doch so sehr ich mich auch bemühe, das Zittern hört nicht auf.

Schritte hinter mir lassen mich herumfahren. Leon kommt von der linken Seite des Korridors aus auf mich zu. Als er mich entdeckt, verschwindet das Lächeln ganz schnell von seinem Gesicht und macht einem ungläubigen Ausdruck platz. Er sieht von mir zur Eingangstür hinunter und dann wieder zurück. „Warst du etwa draußen?"

„Nein, ich habe in meinen Klamotten geduscht", entgegne ich patzig und obwohl ich weiß, dass es unfair ist, tut es gut, meine Wut an ihm auszulassen. Er zögert einen Moment und tritt dann näher. „Alles klar bei dir?" Seine blauen Augen tasten mich von oben bis unten ab. Vermutlich wundert er sich über den Dreck, der an meinem ganzen Körper haftet, als hätte ich mich im Schlamm gewälzt.

„Ja, sicher doch", grummele ich und wende mich von ihm ab, um zurück in mein Zimmer zu gehen. Mit einer schnellen Bewegung greift er nach meinem Handgelenk und dreht mich zu sich um. „Du hast geweint."

Für einen Moment bin ich zu überrumpelt von dem warmen Druck, den seine Hand auf meiner durchfrorenen Haut auslöst, um etwas zu sagen. Er steht nun viel dichter vor mir, als noch vor wenigen Sekunden. Sodass ich die letzten Sommersprossen auf seiner Nase bemerke. Sein Blick ist gleichzeitig durchdringend und sanft. Als er fragend eine Augenbraue hebt, schaffe ich es endlich, mich von ihm loszumachen und seinem Blick auszuweichen. „Habe ich nicht. Das ist nur der Regen."

„Bist du dagegen auch allergisch?"

Eine Mischung aus Schnauben und Schluchzen entkommt mir und ich schlage mir erschrocken eine Hand vor den Mund, bevor ich ihn wütend anfahre: „Lass mich einfach in Ruhe, okay?"

Als ich schon ein paar Schritte entfernt bin, ruft er mir hinterher: „Und wie werde ich jetzt diesen verdammten Ohrwurm los?" Dann beginnt er einen bekannten Titel der Band *Echt* zu summen.

Ich gebe es nur ungern zu, aber Leon hat es tatsächlich geschafft, das Zittern in meinem Körper zu beenden. Es ist viel besser, wütend zu sein, als traurig. Und es tut gut, zu wissen, dass ich wenigstens einem Menschen nicht ganz egal bin.

Beim Vorsprechen am nächsten Tag versage ich auf ganzer Linie. Aber das ist kein Wunder, da ich in der Nacht über dem Text eingeschlafen bin. Ich bekomme nicht einmal die Zweitrolle. Stattdessen spiele ich nun das Hausmädchen. Mir entgeht nicht der zufriedene Ausdruck auf Nessas Gesicht und wie überschwänglich sie Alina und Alex zu den Hauptrollen gratuliert.

„Was war denn da mit dir los?", will Paul anschließend von mir wissen, als bereits alle ihre Sachen zusammenpacken und den Theatersaal verlassen. Ich zucke mit den Schultern. „Keine Ahnung. War einfach nicht mein Tag."

Er sieht mich besorgt an. „Ich bin Besseres von dir gewohnt. Ist alles in Ordnung bei dir? Du wirkst heute etwas blass."

„Ich habe mir nur eine kleine Erkältung eingefangen", sage ich und das ist nicht einmal gelogen. Schon am Morgen bin ich mit Schnupfen und leichtem Husten aufgewacht. Die logische

Konsequenz nach meiner gestrigen Laufrunde im Regen.

„Tut mir leid, dass dich das jetzt so ausgebremst hat. Aber das Hausmädchen ist ja auch keine schlechte Rolle. Ich bin sicher, das machst du ganz prima."

Ich nicke wenig überzeugt und verziehe die Lippen zu einem Lächeln. „Ja, sicher."

Nachdem auch Paul seine Sachen gepackt und den Raum verlassen hat, fällt mir auf, dass nur noch Nessa und ich zurückgeblieben sind. Sie kommt auf mich zu und beobachtet, wie ich meinen Text sortiere. „Blöd gelaufen, nicht wahr?"

Ich schaue nicht auf. Brumme nur ein „mmm".

Sie nimmt auf dem Klavierhocker platz und lässt mich dabei nicht aus den Augen. „Ist man ja gar nicht gewohnt von dir, dass es bei dir auch mal schlecht laufen kann. Oder?"

Ihr herausfordernder Tonfall ist nicht zu überhören. Doch ich versuche, sie zu ignorieren, und stopfe den Text hastig in meine Tasche.

„Saublödes Gefühl, nicht wahr?" Als ich aufstehe, bleibt sie lässig sitzen und sieht mit einem schiefen Grinsen im Gesicht zu mir auf.

„Was meinst du?"

„Wenn die Rolltreppe auf einmal abwärts läuft. Vor allem, wenn man eine andere Richtung gewohnt ist."

Ich sehe sie lange an, versuche, ihre Masche zu durchschauen. „Das gefällt dir, oder?"

Sie zieht die Schultern hoch und macht ein unschuldiges Gesicht. „Ich weiß nicht, was du meinst."

„Wieso tust du das? Wieso spielst du die anderen gegen mich aus?"

Nessa schlägt sich empört die flache Hand vor die Brust und formt ein o mit ihren Lippen. „Was? Das tue ich doch gar nicht. Im Gegenteil. Ich versuche doch nur, dir zu helfen."

„Indem du Monia gegen mich aufhetzt?"

„Ich bin sicher, sie hat dir verraten, dass ich sogar diejenige war, die dir noch eine Chance verschafft hat. Aber du hast es versaut." Nun steht sie doch auf, wirft sich ihren kleinen Rucksack über die Schulter und lächelt mich von der Seite an. „Aber keine Sorge. Ich werde noch einmal mit ihr sprechen. Das bekommen wir schon wieder hin. Wäre doch schade, wenn so schnell alles in die Brüche ginge, oder?"

Ich kann nicht anders, als sie anzustarren. Was hat sie bloß vor?

Kapitel 13

Ich muss noch einmal mit Monia sprechen. So unangenehm dieser Gedanke auch ist. Aber ich werde mich nicht so schnell unterkriegen lassen. Zwei Jahre sind wir nun schon die besten Freundinnen. Und so schnell soll das alles vergessen sein?

Während ich vor den Duschen auf sie warte, zupfe ich nervös an einem losen Faden, der aus meiner Bluse hängt. Doch statt sich zu lösen, ribbelt er sich noch weiter auf. Also lasse ich die Finger davon und verschränke die Hände hinter meinem Rücken. Endlich öffnet sich die Tür und Monia und Nessa kommen lachend heraus. Sofort sinkt mein Mut in den Keller. Ich versuche, Nessa zu ignorieren und stattdessen nur Monia anzuschauen, deren Lächeln sich schnell verflüchtigt, als sie mich bemerkt.

„Können wir zwei mal in Ruhe sprechen?", frage ich geradeheraus. Das Herz schlägt mir dabei bis zum Hals. Ich fühle mich elender als vor einer schwierigen Matheklausur.

Sie verzieht unwillig den Mund. „Ich wüsste nicht, worüber."

„Ich weiß da aber sehr viel. Und ich würde das alles gerne mit dir klären." Nach einer kurzen Pause füge ich ein leises „Bitte?", hinzu. Während ich Monias Mauer langsam bröckeln sehe, steht Nessa abwartend, fast lauernd daneben. Sie rührt sich kaum, aber ihr Blick gleitet aufmerksam zwischen Monia und mir hin und her. Als Monia sie schließlich fragend ansieht, sprießt ein Lächeln in ihrem Gesicht, das ich ihr am liebsten gleich herunterkratzen würde. „Ich finde, das ist eine großartige Idee", stimmt Nessa zu. „Wir sollten in euer Zimmer gehen und noch einmal alles durchkauen. Vielleicht war ja alles nur ein großes Missverständnis."

Mein Blick verfinstert sich. „Nein. Ich meinte nur Monia und mich."

„Oh. Okay." Selbst ihre Enttäuschung scheint gespielt zu sein. Hatte sie etwa genau mit dieser Reaktion gerechnet? Hatte sie darauf gehofft? Warum bemerkt Monia nicht das falsche Spiel?

Abwartend schauen wir beide zu Monia, die ihre Duschsachen wie ein Schutzschild vor die Brust geklemmt hält. Schließlich atmet sie tief aus und nickt, ohne mich anzusehen. „Also gut. Lass uns gehen."

Auf dem Weg in unser Zimmer sprechen wir noch kein einziges Wort miteinander. Die Stille ist so unangenehm, aber jeder beiläufige Kommentar könnte den zerbrechlichen Frieden zwischen uns gefährden. Also halte ich den Mund und lasse ihr den Vortritt. Im Zimmer löst sie den Handtuchturban aus ihren Haaren und wuschelt mit einer Hand durch die wilde Mähne.

Ich stehe etwas unschlüssig im Raum, bis sie mich auffordernd ansieht. „Also? Was möchtest du mit mir besprechen?"

Ich bin es nicht gewohnt, ihr gegenüber eine devote Haltung anzunehmen. Bisher war immer ich diejenige, die den Ton angegeben hat. Und ich vermute, dass das eines unserer Probleme war. Stundenlang habe ich mich auf diesen Moment vorbereitet und doch fehlen mir jetzt die richtigen Worte. Als ich endlich ein „Ich vermisse dich", herausbekomme, klingt es selbst in meinen Ohren einstudiert.

Monia schweigt, also fahre ich fort. „Ich weiß nicht, wie das alles so aus dem Ruder laufen konnte. Ich wollte dir nie wehtun. Und ehrlich gesagt, habe ich immer noch keine Ahnung, was ich getan habe, dass dich so wütend macht. Du musst mir glauben, dass ich mit allem nur das Beste für dich wollte. Ich wusste nicht, dass die letzten Jahre so schlimm für dich waren. Wirklich nicht."

Etwas in Monias Augen ändert sich. Ihr Ausdruck wird weicher. Milder. „Sie waren nicht schlimm", gibt sie schließlich leise zu und ich sehe sie stumm an. Ich habe Angst, etwas zu sagen und damit den Keim der Hoffnung zu zerstören, der langsam in mir heranwächst.

„Aber in letzter Zeit habe ich bemerkt, dass ich bei uns oft nur die zweite Geige spiele. Ich meine, du bist die Hübsche, die Perfekte. Alle Jungs stehen auf dich. Jeder wäre gerne dein Freund. Vorher ist es mir nicht so aufgefallen, aber du scheinst dich regelrecht in dieser Aufmerksamkeit zu baden. Und seit ich darauf achte, macht es mich wahnsinnig. Es nervt."

Ich lasse mich auf mein Bett sinken, die Hände unter die Oberschenkel geklemmt. Hat sie recht? Bade ich mich darin? Plötzlich sehe ich mich selbst mit ganz anderen Augen. Und ich fühle mich jämmerlich. Lächerlich. „Das wollte ich nicht", murmele ich. „Ich hab das nicht gemerkt."

Eine Weile ist sie still und ich kann ihre Reaktion nicht abschätzen, weil ich mich nicht traue, sie anzusehen. Dann höre ich ihr Seufzen und sie setzt sich neben mich auf die Matratze.

„Das glaube ich dir sogar."

Ich schlucke, den Blick starr auf meine Beine gerichtet. „Und jetzt?"

Die Sekunden vergehen, ohne dass eine von uns etwas sagt. Schließlich atmet Monia schwer aus. „Wir könnten es noch einmal versuchen. So tun, als hätte es das alles nicht gegeben. Aber ich weiß nicht, ob unsere Freundschaft jemals wieder wie zuvor sein kann. Ich glaube, ich werde immer an deine negativen Seiten denken. Das ist wie bei diesen Trugbildern. Zum Beispiel das mit der alten und der jungen Dame. Wenn man einmal beide entdeckt hat, scheint es unmöglich, dass eine von beiden vorher nicht zu sehen war."

Trotz ihrer Skepsis durchströmt mich ein wenig Erleichterung. Sie gibt mir noch eine Chance. Ich muss sie nur nutzen. Und mich grundlegend ändern. Aber wie soll ich das machen, wenn ich nicht weiß, was genau an meinem Verhalten sie so stört? Trotzdem nicke ich und lächele sie schwach an. „Ich ändere mich. Versprochen. Hauptsache, wir bleiben Freunde."

Der Friede zwischen uns ist eine wackelige Angelegenheit. Vor jedem Wort, das ich laut ausspreche, überlege ich fünfmal, ob es richtig ist. Wenn jemand in der Gruppe etwas Lustiges sagt, warte ich ab, bis auch die anderen lachen, um anschließend mit einzustimmen. Ich halte mich im Hintergrund, passe mich an. Tue alles, um nicht aufzufallen. Und währenddessen nimmt Nessa meinen alten Platz ein. Mit jedem Tag strahlt sie etwas mehr. Ich sehe sie neben Alex, der ihr lachend durch das kurze Haar wuschelt. Und bei Leon, der sie liebevoll „Miss Lilliput" oder „Fräulein Zwerg" nennt und dann grinsend ihre zarten Fausthiebe einsteckt. Ich sehe sie mit Alina bei den Theaterproben. Belausche ihre intimen Gespräche und wie sie gemeinsam für Alinas Rolle lernen. Ich sehe, wie sie unterschwellig mit Jonathan flirtet, der bei ihren Worten rot anläuft, aber gleichzeitig daran zu wachsen scheint. Und ich sehe ihr falsches Spiel.

Im Gegensatz zu den anderen entgehen mir nicht ihr aufgesetztes Lachen und das vorgetäuschte Interesse. Mehr und mehr Wut wächst in mir heran. Und gleichzeitig fühle ich mich machtlos gegen sie. Tag für Tag wickelt sie die anderen enger um ihren Finger. Und ich rücke immer weiter in den Hintergrund.

Dass Alex sich einmal für mich interessiert zu haben scheint, kommt mir Lichtjahre her vor. Manchmal überlege ich, ob er mich überhaupt wirklich zum Ball eingeladen hat. Oder ob ich mir das nur eingebildet habe.

Noch drei Tage bis zu den Herbstferien. Drei Tage, bis ich nach Hause kann. Als ich gestern meine Eltern anrief, um ihnen zu sagen, dass ich doch nach Hause komme, waren sie genauso überrascht wie erfreut. Den wahren Grund für meinen Besuch habe ich ihnen allerdings nicht verraten.

Als ich nun in Liliths Box stehe und mein Gesicht eng an ihren warmen Hals drücke, entschlüpft mir ein zittriges Schluchzen. Die letzten zwei Wochen habe ich zwar nicht im Streit verbracht. Aber unsichtbar zu sein, fühlt sich nicht viel besser an. Das Ducken und sich verstellen zehrt an meinen Kräften. Nichts macht mir mehr Spaß. Selbst im Unterricht bin ich unkonzentriert. Aber Monia scheint es gut zu gehen. Sie blüht neben Nessa regelrecht auf. Plötzlich glättet sie ihre Haare und trägt ihre Kleidung mit so viel

Selbstbewusstsein wie nie zuvor. Ein Junge aus der Parallelklasse, Mirco, hat sie vor zwei Tagen gefragt, ob sie mit ihm zum Ball gehen möchte. Das Lächeln scheint inzwischen in ihr Gesicht eingemeißelt zu sein.

Und die einzige Frage, die ich mir stelle: Warum ging es ihr mit mir so schlecht? Ich muss ein furchtbarer Mensch sein, dass ich das bisher übersehen habe. Egoistisch. Nach Aufmerksamkeit heischend. Genau wie Monia es gesagt hat.

Kapitel 14

Herbstferien. Endlich. Seit zehn Minuten stehe ich mit gepacktem Koffer vor dem Internatsgebäude und warte auf meine Eltern. Ein Blick auf die Uhr verrät mir, dass ich immer noch zu früh dran bin. Aber ich konnte nicht mehr länger drinnen warten. Der Abschied vor den Ferien, und seien sie auch noch so kurz, ist immer eine große Angelegenheit. Alle liegen sich in den Armen und Monia und ich habe sogar regelmäßig ein paar Tränchen verdrückt. Diesmal ist es anders. Ich möchte mich von niemandem verabschieden. Möchte nichts vorheucheln, was doch nicht wahr ist. Ich will hier einfach nur weg.

Ein paar Jungs trampeln lachend hinter mir die Treppe hinunter. Einer von ihnen rempelt mich an, doch er dreht sich nicht einmal herum, um sich bei mir zu entschuldigen. Pikiert zupfe ich meine Strickjacke zurecht und umklammere dann wieder den Griff meines Koffers.

„Juli, hier bist du." Ich atme tief aus und schließe kurz die Augen, als ich Leons Stimme hinter mir höre. „Ich hab dich schon gesucht."

Ich drehe mich nicht zu ihm herum, als er näher kommt. Schließlich tritt er neben mich und starrt mit mir gemeinsam die Einfahrt bis zum Tor entlang. „Da kann es wohl Eine kaum erwarten, nach Hause zu kommen."

Als ich ihm eine Antwort verwehre, richtet er seinen Blick von der Einfahrt zurück auf mein Gesicht. „Juli." Seine Stimme klingt ungewohnt ernst. „Was ist los?"

Ich atme zittrig ein, sehe ihn an, öffne den Mund und ... höre Monias und Nessas Stimmen hinter uns. Schnell wende ich mich von ihm ab und räuspere mich leise, um den Knoten aus meinem Hals zu entfernen. Ich spüre, dass Leon mich noch ansieht, aber ich kann jetzt nicht mit ihm sprechen. Ich will keine Aufmerksamkeit. Nicht von ihm. Das würde das dünne Band, das ich noch zu Monia halte, zerstören.

„Okay", meint Leon zögernd. Ein Hupen erklingt und er hebt die Hand, um seinen Eltern zuzuwinken. „Ich muss dann mal los. Wir sehen uns in zwei Wochen."

Monia und Nessa laufen an mir vorbei und ich starre auf ihre Rücken, als sie sich endlich entsinnen, dass das da am Treppenabsatz ich bin.

„Ach!", entfährt es Monia und sie klatscht sich vor die Stirn, als hätte sie lediglich ihre Zahnbürste vergessen. Dann dreht sie sich zu mir herum und winkt mir aus ein paar Metern Entfernung. „Tschüß, Juli!"

Ich zwinge ein Lächeln in mein Gesicht. „Tschüß."

Nessas Lächeln sieht nicht weniger falsch aus. „Wir sehen uns dann nach den Ferien."

Für mich klingt das mehr wie eine Drohung, als ein Versprechen.

Die Fahrt nach Hause läuft überwiegend schweigend ab. Auf die Fragen meiner Mutter reagiere ich mit Lügen oder Ausflüchten. Ihr die Wahrheit über die letzten Wochen zu erzählen, bringe ich nicht über mich. Als sie endlich aufgibt und ich mich auf die vorbeiziehende Landschaft konzentriere, spüre ich immer wieder den prüfenden Blick meines Vaters im Innenspiegel. Mir entgeht auch nicht, dass er und meine Mutter sich hin und wieder besorgt ansehen. Ich sollte ihnen etwas vorspielen. Sollte so tun, als wäre alles in Ordnung, um sie zu beruhigen. Aber ich kann mich gerade nicht dazu überwinden. Schweigen ist mein Weg, ihnen meine Probleme zu ersparen. Also schließe ich die Augen und tue so, als würde ich schlafen, bis wir zuhause sind.

Eine Sache, die ich schon als Kind gerne getan habe, war, die Fahrt nach Hause blind nachzuverfolgen. Ich spürte den Kurven und Schlaglöchern nach und stellte mir im Kopf die Straße vor, die wir gerade befuhren. Dann öffnete ich hin und wieder die Augen, um zu überprüfen, ob ich richtig lag. Auch jetzt zähle ich jede Unebenheit, jedes Blinkersetzen und Halten vor roten Ampeln mit, ohne hinzusehen. Hin und wieder spähe ich durch schmale Augenschlitze nach draußen und überzeuge mich, ob Vorstellung und Realität übereinstimmen. Dann biegen wir schließlich in unsere Einfahrt ein und ich atme noch einmal tief durch, bevor ich mich abschnalle und aus dem Auto steige.

„Ich nehm' den schon", sagt mein Vater, als ich meinen Koffer aus dem Kofferraum holen will. Ich lächele ihn müde an und folge meiner Mutter in unser kleines Einfamilienhaus. Immer, wenn ich im Internat war und dann zurückkomme, bin ich überrascht, wie sehr unser Haus nach zuhause riecht. Eine Mischung aus dem Orangenputzmittel, das meine Mutter gerne benutzt und dem herben Aftershave meines Vaters. Es riecht weder nach mir noch nach Laura. Nach all dieser Zeit scheint das Haus Lauras Existenz vergessen zu haben. Nur die Bilder an den Wänden erinnern noch an sie. Aber es sind lediglich farbige Ausdrucke, die ich bereits auswendig kann. Vor zwei Jahren habe ich die Fotos angesehen und wusste, welche Bewegung, welches Gesicht, welchen Kommentar Laura unmittelbar nach der Aufnahme gemacht hat. Nun betrachte ich sie und sehe nur ihr steifes Lächeln. Ein Lächeln, das immer gleich bleibt. Das ist nicht die echte Laura. Es ist lediglich Farbe auf Glanzpapier.

Ich frage mich, ob es meinen Eltern genauso geht, wenn sie sich die Fotos ansehen. Ich frage mich, ob sie sich deshalb heimlich alte Videos von Laura ansehen. Weil sie Angst haben, den Klang ihres Lachens und das Timbre ihrer Stimme zu vergessen. Aber selbst die Videos geben meine Schwester nicht so wieder, wie sie einmal war. Es sind nur Momentaufnahmen. Falsche noch dazu. *Lächele mal für die Kamera.* Danach war sie meist wieder traurig und in sich gekehrt. Davon haben wir keine Aufnahmen. Dabei ist das die Laura, die mir am meisten in Erinnerung geblieben ist. Die echte Laura. Die Laura, die zu schwach für diese Welt war.

Gleich nach dem Abendessen verziehe ich mich hinauf in mein Zimmer, setze meine Kopfhörer auf und drehe die Musik so laut, dass sie meine Gedanken übertönt. Flach auf dem Bett liegend starre ich an die weiße Decke. Auf den einen kleinen Fleck, wo mein Vater mal eine riesige Motte für mich erschlagen musste. Je länger ich den Fleck ansehe, desto größer wird er. In meiner Vorstellung verwandelt er sich zurück in die Motte.

Ich zwinkere und fantasiere, wie die Motte dreimal um mich herumflattert und schließlich aus dem offenen Fenster verschwindet. Lebendig.

Aber in Wirklichkeit wurde sie vor einigen Jahren platt gequetscht und die Toilette hinuntergespült. Was für ein trauriges Ende.

Die Tür öffnet sich. Vielleicht hat meine Mutter geklopft und ich habe es nicht gehört. Vielleicht auch nicht. Jedenfalls steht sie plötzlich da und ich sehe, wie ihre Lippen sich bewegen. Die Augenbrauen besorgt zusammengezogen.

Mit einer knappen Bewegung schiebe ich die Kopfhörer von meinen Ohren, die Musik plärrt nun laut an meinem Hals. „Was?"

„Ob bei dir alles in Ordnung ist?", will meine Mutter wissen. Seit ihrem Eintreten wischt sie sich die Hände an einem Trockentuch ab. Sie sind jetzt trocken. Aber Mama hört nicht auf, bis ich antworte.

„Ja, wieso?"

Sie zieht hilflos die Schultern hoch und lässt sich dann neben meinen Knien auf der Matratze nieder. „Du wirkst bedrückt. Und ich wundere mich immer noch ein wenig, dass du über die Herbstferien nach Hause kommen wolltest. Ich meine, Papa und ich, wir freuen uns natürlich. Papa hat schon ein paar schöne Ausflüge geplant. Aber was ist denn aus deinem ursprünglichen Plan geworden? Du wolltest die Zeit doch mit Monia verbringen. Oder nicht?" Sie redet so schnell, dass sie am Ende ihres Monologs ein wenig atemlos ist.

Ich beiße mir auf die Unterlippe und überlege, was ich ihr sagen soll. Schließlich entscheide ich mich für einen Teil der Wahrheit. „Monia und ich haben uns gestritten. Nichts Schlimmes. Aber..."
Ich höre auf zu sprechen. Teils, weil ich nicht weiß,

wie ich es ihr erklären soll. Teils, weil ich Angst habe, dass ich losheule, wenn ich weiterrede.

Mama legt eine Hand auf meinen Oberschenkel und drückt sanft zu. „Das tut mir leid. Willst du sie vielleicht mal anrufen? Mit ein wenig Distanz lässt sich meist besser über Unstimmigkeiten sprechen."

Ich schüttele den Kopf, die Hände an meinen Kopfhörern, um meiner Mutter zu zeigen, dass das Gespräch sich dem Ende zuneigt. „Nein, ich warte lieber noch ein bisschen."

Sie nickt und presst die Lippen aufeinander. Das Trockentuch in ihrer linken Hand hat sie zu einem kleinen Knäuel zusammengedrückt. „Okay. Aber wenn irgendetwas ist, dann sprich bitte mit uns, ja? Verschweig uns bitte nichts. Ich will nicht, dass..." Sie unterbricht sich. Ich weiß, wieso.

„Ich bin nicht wie sie", antworte ich, was meine Mutter kurz aus dem Konzept bringt. Eine Weile starrt sie mich an, dann schlägt sie die Augen nieder. „Das hat leider nichts zu bedeuten."

Kapitel 15

Das Badezimmer, in dem Laura sich das Leben genommen hat, gibt es nicht mehr. Das heißt, grundsätzlich ist es noch da. Aber die Badewanne, in der sie lag, existiert nicht mehr. Und auch die Fliesen, über die ihr Blut floss, wurden nur wenige Wochen nach ihrem Tod ausgetauscht. Alles ist neu. Und doch auch wieder nicht. Es ist wie bei der Autofahrt. Wenn ich im Raum stehe und die Augen schließe, sehe ich das alte Bad vor mir. Und Lauras Arm, der schlaff über den Rand der Wanne hängt. Aber wenn ich die Hände ausstrecke und mich vorantaste, ist alles fremd. Und die Fliesen unter meinen Füßen fühlen sich rau an und nicht glatt. Sie sind aus schwarzem Schiefer. Nicht mehr glänzend weiß. Laura hätte das neue Bad sicherlich gefallen. Aber wenn sie hier wäre, wäre das Bad nicht da. Vieles wäre anders. Das Bad. Unsere Urlaube. Mama und Papa. Ich.

Ich öffne die Augen wieder und trete an das kleine Dachfenster, das zum Wald hinüber zeigt. Die Sonne geht gerade erst auf. Aber die ersten Strahlen erleuchten schon den Waldrand und sicherlich auch die Hütte, die dahinter versteckt liegt. Ich öffne das Fenster und atme die frische Morgenluft ein.

Ein Klopfen an der Tür schreckt mich hoch und ich stoße mit dem Kopf gegen den Fensterrahmen. „Autsch!"

„Alles in Ordnung da drin?", höre ich die dumpfe Stimme meines Vaters.

„Ja", antworte ich. „Ja, alles in Ordnung. Ich komme jetzt runter."

Sie werden mich wohl nie wieder unbesorgt dieses Badezimmer betreten lassen. Tief in ihnen vergraben liegt die Angst, mich ebenfalls tot in der Wanne vorzufinden.

Der Frühstückstisch ist so reichlich gedeckt, dass ich kurz überlege, ob heute Muttertag oder etwas ähnliches ist. „Erwarten wir Besuch?"

„Nein, wieso?", flötet meine Mutter aus der Küche. In einer Pfanne auf dem Herd braten Speck und Rührei.

Ich betrachte die aufgeschnittenen Orangenscheiben, die hübsch drapiert auf meinem Teller liegen. „Wozu dann die Mühe?"

Sie lacht und fast hätte ich ihr die Unbekümmertheit abgenommen. Hätte sie mir dabei nicht immer noch den Rücken zugedreht. „Können wir uns nicht einfach nur freuen, dass unsere Tochter bei uns ist?"

Mein Vater betritt das Esszimmer, die aufgeschlagene Zeitung in der Hand. „Morgen ist Tag der offenen Tür im Heimatmuseum. Wie wäre es? Hättet ihr Lust darauf?"

„Heimatmuseum?", erwidere ich und ziehe die Augenbrauen hoch.

Sein tiefes Lachen dröhnt über den Tisch, als er sich setzt. „Okay. Das hört sich nicht allzu begeistert an. Was würdest du lieber unternehmen? Zoo? Aquarium?"

„Papa, ich bin nicht mehr zehn Jahre alt."

„Wie wäre es mit Schwimmen gehen? Das haben wir schon lange nicht mehr gemeinsam gemacht", mischt meine Mutter sich aus der Küche ein.

Papa sieht mich abwartend an, bis ich schließlich mit den Schultern zucke. „Ja, klingt gut. Von mir aus."

Er nickt zufrieden. „Schön. Und heute ist Flohmarkt in der Stadt. Da müssen wir unbedingt hin. Ich bin immer noch auf der Suche nach einem neuen Sessel."

„Aber doch nicht vom Flohmarkt", wirft Mama ein. „Du weißt doch gar nicht, was alles in den Polstern steckt."

„Geschichte, meine Liebe. Geschichte."

Langsam gewöhne ich mich wieder an das fröhliche Geplapper meiner Eltern. Und solange sie so aufgedreht sind, lenken sie mich wenigstens von meinen eigenen Gedanken ab.

In den nächsten Tagen gehen wir nicht nur auf den Flohmarkt und schwimmen, sondern auch ins Kino, sehen uns ein Musical an, besuchen einen Freizeitpark und Mama schleppt mich zum Friseur und ins Nagelstudio. Meine Eltern bombardieren mich mit Aktionen und Sehenswürdigkeiten und ich bin ihnen dankbar dafür. Zwischen all den Erlebnissen bleibt mir kaum Zeit, über meine eigentlichen Sorgen nachzudenken. Endlich fühle ich mich wieder etwas leichter und kann wieder frei lachen.

Doch je näher der erste Schultag nach den Ferien rückt, desto mehr drückt dieser Tag auf meine Stimmung. Und immer öfter finde ich mich vor Lauras Zimmertür wieder, eine Hand auf der Klinke. Aber nie wage ich es, sie hinunterzudrücken. Zu sehr ängstigt mich der Gedanke an das, was dahinter liegt. Kurz nach

Lauras Tod haben meine Eltern das Zimmer leer geräumt. Die wichtigsten Erinnerungsstücke an ihre ältere Tochter haben sie in Kartons auf dem Speicher gelagert. Alles andere wurde vernichtet. Hauptsächlich war es mein Vater, der so hart durchgriff, um meine Mutter nicht mehr jeden Tag weinend in Lauras Zimmer vorzufinden. Sie hörte danach tatsächlich auf zu weinen. Aber besser ging es ihr dadurch nicht.

Lange überlegten meine Eltern, ob sie das Haus verkaufen sollten, um endlich wieder frei durchatmen zu können. Aber sie haben es nie getan. Denn mit dem Haus hätten wir auch Laura zurückgelassen. Wir hätten nicht nur Räume verkauft, sondern die Macke in der frischgestrichenen Wand, in die meine Schwester mit den Skiern gekracht ist, als wir probehalber damit die Treppe hinunter gefahren sind. Verloren wäre ihr Handabdruck im Rauputz ihres Zimmers, den sie verbotenerweise dort hinterlassen hat, als sie vier Jahre alt war. Und der herzförmige Brandfleck, in der Küche, der entstand, weil sie meinte, sie könnte Knäckebrot toasten. All diese kleinen Erinnerungen wären verschwunden, wenn wir das Haus verkauft hätten. Und deshalb leben wir mit dem Fluch, der auf ihm lastet. Der Fluch, den wir uns selbst auferlegen, weil er uns niemals vergessen lässt.

Meine Hand rutscht von der Klinke und mit einem leisen Seufzer lehne ich die Stirn an das kühle Holz des Türrahmens. Ich stelle mir vor, dass ich hinter der Tür Musik höre. Musik und Lauras schiefes Summen. Ich stelle mir vor, ich könnte einfach eintreten und sie mit Kleinigkeiten nerven, bis wir uns streiten. Nur um später vor Mama und Papa wieder eine Einheit zu bilden. Ich gönne mir diesen kurzen Moment der Fantasie, bevor ich mich wieder gerade aufrichte und die Müdigkeit weg blinzele, die mich dabei jedes Mal überkommt.

Es ist Freitag. Noch zwei Tage, dann fahren meine Eltern mich zurück ins Internat. Ich weiß nicht, was mich dort erwartet. In den ganzen Ferien habe ich keinen Mucks von Monia gehört. Durch Facebook weiß ich, dass sie mit Nessa unterwegs war. Das Foto ihrer eng aneinandergedrückten grinsenden Wangen hat sich in meine Netzhaut gebrannt. *Spaß mit der Besten* lautete die Beschreibung des Bildes. Die Beste. Die Beste war einmal ich. Die Eifersucht frisst sich durch mein Inneres und hinterlässt üble Magenschmerzen. Keine Ahnung, wieso ich mir dieses Foto trotzdem immer wieder ansehen muss. Es ist wie ein Zwang. Und jedes Mal versuche ich, geheime Botschaften hinter ihren grinsenden Gesichtern zu erkennen. Spotten sie damit über mich? Haben sie gleich im Anschluss daran gesagt: „Ha! Mal sehen, was Juli dazu sagt?" In Gedanken sehe ich die beiden in einem Schnellrestaurant sitzen, Pommes essen und über mich lästern.

Meine Hände ballen sich zu Fäusten. Und wie von alleine tragen mich meine Füße die Treppe hinunter. Heute ziehe ich keine Laufkleidung an. Ich renne einfach los. Zuerst über den Asphalt der Straße, quer durch die Nachbarschaft. Vorbei an Menschen, die meinen mich zu kennen, und es in Wahrheit nicht mal ansatzweise tun. Entlang der kleinen Mauer über die Laura und ich an Sommertagen balanciert sind. Über die schmale Holzbrücke, die unter meinen schnellen Schritten knirscht. Entlang dem Feldweg, der mich immer näher zu ihr führt. Immer weiter auf den Wald zu. Hüfthohes Gras peitscht gegen meine

Oberschenkel und hinterlässt feuchte Spuren auf meiner Jeans. Aber erst wenige Meter vor dem Wald werde ich langsamer, bleibe schließlich stehen und streiche sanft über die Nadeln einer Fichte. Sie sind hart und pieksig, aber ich nehme es dem Baum nicht übel. Zu lange war ich nicht mehr hier. Zu lange habe ich Lauras und mein Geheimnis verdrängt.

Langsam übertrete ich die Grenze zwischen Wiese und Wald. Der Boden wird weicher, sanfter. Obwohl er so viel kläglicher wirkt. Braun und leblos. Aber das ist er nicht. Hier und da sprießen Pilze, Moos überwuchert Wurzeln und Steine. Unser Wald lebt und in ihm auch ein Stück von Laura.

Unsere Hütte ist erst auf den zweiten Blick als solche zu erkennen. Nach den vielen Jahren, die sie alleine war, ist sie zu einem Teil des Waldes geworden. Auch sie ist von Moos bedeckt. Ein paar der provisorisch angebrachten Holzbalken wurden von neu wachsenden Büschen zur Seite gedrängt. Das Dach aus Ästen hängt windschief. Aber es ist noch als Solches zu erkennen.

Ich muss mich bücken, um eintreten zu können und bin überrascht, wie klein mir die Hütte auf einmal vorkommt. In meiner Erinnerung konnte ich mich freier darin bewegen. Doch tatsächlich kann ich sie mit zwei Schritten durchmessen. Es ist dunkel und feucht. Damals war das hier so etwas wie unser zweites Wohnzimmer. Ich streiche über die morsche Holzkiste, die uns als Tisch diente. Darauf liegen die Überreste alter Pferdezeitschriften. Lächelnd hebe ich eine davon an. Ihre Seiten sind wellig und zerfleddern zwischen meinen Fingern. Aber ich sehe Laura und mich noch genau vor mir. Wie wir darin blätterten und die Pferde markierten, die wir uns später kaufen würden. Außerdem wollten wir auf eine Kutsche sparen, damit wir später mit den Pferden zur Arbeit fahren könnten. Natürlich auch der Umwelt zuliebe. Ein leises Lachen rutscht mir über die Lippen, das ungehört in den vier krummen Wänden verklingt.

Behutsam lege ich die Zeitschrift wieder zurück und öffne eine weitere Kiste, die uns damals als Stuhl diente. Darin finde ich allerhand unnützes Zeug. Eine gesprungene Tasse, zwei alte Teller, Plastikspielzeug aus Überraschungseiern. Und ganz unten ein Buch. Unser Schwesternbuch. Ich atme tief ein und aus, als ich seinen Einband an meinen Fingerspitzen spüre. Genau wie damals. Als hätte sich seitdem nichts verändert. Fast ehrfurchtsvoll hebe ich es heraus, setze mich auf die Kiste, die Knie fast unter dem Kinn und schlage das Buch auf. Es ist voller Träume. Träume und Wünsche zweier kleiner Mädchen, die das Leben noch nicht wirklich kennen. Auf den bunt gestalteten Seiten springen mir Hoffnungen entgegen, die so fernab der Realität sind, dass sie mich zum Lachen bringen.

Aber von Seite zu Seite werden die Beiträge ernster, düsterer. An diese Seiten kann ich mich kaum noch erinnern. Ich weiß nur, dass ich aufgehört habe, zu schreiben, als Laura mir mit ihren Sätzen Angst einjagte.

Mit zitterndem Atem blättere ich weiter. Sehe getrocknete Tränen, die ihre Botschaften verwischen. Und dann ... ein allerletzter Eintrag. Mir stockt der Atem, als ich das Datum erkenne. Der Tag von Lauras Tod.

Für Juli: Als ich klein war, dachte ich, Mama und Papa hätten dich wirklich nach dem Sommer benannt. Und für mich warst du das auch. Du hast die schönste, lebendigste aller Jahreszeiten verkörpert. Du hast ihn gelebt, diesen wunderbaren Monat. Warm und liebevoll. Aber auch stark. Stärker als ich. Denn ich bin der Herbst. Schwach und vergänglich. Bitte sei niemals wie ich. Sei stärker. Sei der Sommer. Sei Juli.

Eine frische Träne tropft auf das Papier. Mit ein wenig Verzögerung wische ich mir über die Wange. Verwundert, als mir auffällt, dass es meine war und nicht Lauras.

„Oh, Laura", flüstere ich und drücke das Buch eng an meine Brust. Mein Blick wandert hinaus aus der Hütte, in diesen jahreszeitlosen Wald. Vielleicht war Laura deshalb so gerne hier, weil der Herbst hier keine großen Veränderungen vorantreiben konnte. Die Nadeln der Tannen sind immer grün. Im Frühling wie im Winter. Im Sommer wie im Herbst.

Kapitel 16

Es ist Sonntag. Tag der Abreise. Ich versuche, meine zitternden Hände in meinen Hosentaschen zu verstecken, als mein Vater meinen Koffer ins Auto lädt. Und als meine Mutter mir diesen besorgten Blick zuwirft, den sie in den letzten zwei Wochen mindestens dreimal täglich gezeigt hat, lächele ich sie munter an. „Ich hoffe, ihr habt diesmal gute Musik eingepackt. Ich höre mir ganz sicherlich nicht nochmal Helene Fischer an."

„Ich weiß gar nicht, was du gegen sie hast", erwidert Papa und schüttelt schmunzelnd den Kopf. „Und ich hab genau gesehen, wie du letztens mit dem Fuß gewackelt hast, als sie lief."

„Das waren nervöse Zuckungen!", verteidige ich mich und bin selbst überrascht von meinem schauspielerischen Talent. Endlich scheint meine Mutter überzeugt und steigt ins Auto ein. Ich rutsche auf den Rücksitz, schnalle mich an und warte darauf, dass mein Vater das Garagentor schließt. Noch bin ich hier. Noch sehe ich unser Haus. Noch geht es mir gut. Mit einer Hand taste ich nach dem Schwesternbuch in meiner Umhängetasche. Wie ein kleiner Schatz liegt es dort drin begraben. Oh ja. Ich werde stark sein. Für Laura.

Mit gestrafften Schultern und erhobenem Kinn betrete ich das Internatsgebäude. Lautes Lachen und wildes Plappern klingen durch die Flure und übertönen mein Erscheinen. *Klack klack klack* rollt der Koffer über die alten Fliesen. Neuer Schultag, neues Glück. Die letzten zwei Wochen haben mich nicht vergessen lassen, mit welch schlechtem Gefühl ich gegangen bin. Aber sie haben meine Emotionen etwas abgemildert. Die Erinnerungen sind ein wenig blasser geworden. Und als ich nun Monias Stimme höre, weckt sie nicht nur negative Gefühle in mir, sondern auch einen Hauch Hoffnung.

Lächelnd trete ich auf die kleine Gruppe zu, die sich in der großen Eingangshalle versammelt hat. Es dauert drei verstörende Sekunden, bis sie mich bemerken und mir Platz in ihrem Kreis machen. Drei Sekunden, die mich innerlich wanken lassen. Dann lächele ich wieder so sicher wie zuvor und sehe Monia direkt in die Augen.

„Wie waren die Ferien?"

Monia verfällt in wildes Gegacker und sieht Nessa an, die sich bei Alex untergehakt hat. „Toll, oder?", presst sie mit Lachtränen in den Augen hervor. Nessa fällt in das Lachen mit ein, wenn auch etwas gekünstelter und stupst Alex in die Seite. „Einmalig."

Ein Stich. Ein Stich und sie ist wieder da. Die Eifersucht. Leon steckt sich einen Finger ins rechte Ohr und verzieht das Gesicht. „Geht das auch ein bisschen leiser? Ich bekomme gleich einen Hörsturz."

„Habt ihr die Ferien alle zusammen verbracht?" Mist. Ich wollte die Frage nicht stellen. Auf keinen Fall wollte ich das wissen. Das heißt: Doch, ich will es wissen. Aber ich will nicht, dass sie wissen, dass ich es wissen will. Sofort beiße ich mir auf die Lippe und schaue die einzige Person an, die mich wirklich verletzt. Monia.

„Wir haben uns ab und zu mal getroffen", meint sie und wickelt eine ihrer nun geglätteten Strähnen um ihren Zeigefinger. Den lila Lidschatten, den sie aufgetragen hat, habe ich noch nie zuvor an ihr gesehen. „Wir hätten dich ja gefragt, ob du mitkommst. Aber du wohnst so weit weg. Und ihr seid ja sowieso in den Ferien meistens anders beschäftigt."

Das stimmt beides. Aber die Frage an sich wäre trotzdem nett gewesen. Auch, wenn ich wenig Lust gehabt hätte, etwas mit Nessa zu unternehmen.

Mein Blick haftet einen Moment zu lange an Nessas Händen, die immer noch Alex' Arm umklammern. Die nächste selbstverbotene Frage liegt mir auf der Zunge. Sie platzt fast aus mir heraus, aber ich presse die Lippen aufeinander und zwinge mich zu einem Lächeln. „Stimmt. Ich hatte eh keine Zeit."

„Was hast du denn so gemacht?", will Nessa wissen und aus ihrem Mund klingt diese einfache Frage für mich wie das Züngeln einer Schlange.

„Ach, so einiges. Ich war im Kino und Schwimmen. Beim Friseur..." Ich deute auf meine Haare, die sich tatsächlich nur minimal verändert haben und Nessa nickt. „Hat ja auch nicht viel gebracht, oder?"

Monia lacht. Und dieses Lachen. Dieses Lachen. Es lässt mich ungewollt zucken. Als hätte sie mir eine Ohrfeige verpasst.

„Ich gehe dann mal und pack meinen Koffer aus", meint Leon. Eine Sekunde länger als üblich sieht er mich an. Die blauen Augen wissend. Dann wendet er sich ab und trägt seine Sporttasche die Treppe hinauf.

Ich kann nicht sprechen. Plötzlich ist mein Mund wie zugeklebt. Zu gerne würde ich es ihm gleich tun und einfach verschwinden.

„Wollen wir noch ein bisschen raus?", fragt Nessa. Und es ist eindeutig, dass sie damit nur Alex und Monia meint. Monia nickt sofort, dabei würdigt sie mich keines Blickes mehr. Alex befreit sich endlich aus Nessas Griff und winkt einem Mitschüler zu. „Keine Zeit. Aber wir sehen uns ja nachher noch."

Sie lächelt. Und es wirkt irgendwie ... echt. „Klar. Bis später."

Kurz zögern die beiden und sehen mich an. Ich schlucke den Kloß hinunter und zwinge mir ebenfalls ein Lächeln auf. Wieso lächele ich? „Ich gehe auch schon aufs Zimmer. Auspacken und so."

„Schön", meint Monia und als die beiden sich von mir abwenden, beginnen sie unverhohlen zu kichern.

Es tut weh. Es tut wirklich, wirklich weh. Aber ich muss stark bleiben. Mich nicht verletzen lassen. Das Schwesternbuch stecke ich unter mein Kissen. Dort wird es auf mich warten und mich in den Nächten trösten.

Am nächsten Morgen, nach meiner Laufrunde, machen Monia und ich uns schweigend fürs Frühstück fertig. Es ist eine Qual, gemeinsam im Zimmer zu sein. Obwohl es ihr offensichtlich weniger ausmacht, als mir. Sie ignoriert mich gekonnt. Wenn wir uns in die Quere kommen, weicht sie mir geschickt aus. Trotzdem komme ich mir vor wie Luft.

Ich warte ein paar Minuten nachdem sie das Zimmer verlassen hat, bevor ich auch hinunter in den Frühstücksraum gehe. Erleichtert stelle ich fest, dass mein Platz am Tisch noch frei ist. Auch, wenn sich dieser direkt neben Nessas befindet.

Schweigend setze ich mich und beginne mit dem Essen, während Monia, Nessa und Alina fröhlich miteinander plaudern. Die Jungen stoßen ein wenig später dazu und werden mit überschwänglichem Jubel begrüßt. Ich schweige weiter, achte aber darauf, dass ich gerade sitze. Keine Schwäche zeigen. Ihre Worte perlen an mir ab, wie das Wasser an meinen frisch imprägnierten Laufschuhen.

„Du hast die Haare heute sehr schön", bemerkt Nessa an Alina gewandt und Monia stimmt ihr mit vollem Mund nickend zu.

„Findest du?" Alina streicht sich eine blonde Strähne über die Schulter und kichert geschmeichelt. „Ich weiß ja immer noch nicht, ob ich für unser Theaterstück eine Perücke tragen soll, oder nicht."

„Quatsch! Wieso denn?", widerspricht ihr Monia. „Die sind doch viel zu schön zum Verstecken." Erstaunt sehe ich meine ehemals beste Freundin an, die meinen Blick offensichtlich bemerkt und fast verschämt in ihr Müsli schaut. Noch vor wenigen Wochen konnte sie Alina und ihr übermäßig hübsches Äußeres nicht ausstehen.

„Na ja, aber sie sind halt blond. Sie müssten braun sein. So wie Julis."

„Rasier ihr doch den Schädel." Nessas Stimme klingt so kühl und ernst, dass das Gespräch und auch das allgemeine Kauen und Besteckklimpern für einen Moment erstirbt. Leon starrt sie unverhohlen an. Alex räuspert sich. Schließlich lacht Nessa und löst die unangenehme Situation damit auf. Für alle außer mich. Ich blicke auf meinen Teller. Der Appetit ist mir vergangen.

„Ach, ich frage einfach mal Paul", meint Alina und beißt in ihren Apfel. „Ich glaube, mit Perücke sähe ich auch doof aus. Braune Haare stehen mir nicht."

Als die Glocke das Ende des Frühstücks ankündigt, bin ich die Erste, die aufspringt und den Tisch verlässt. Die anderen lassen sich mehr Zeit. Das Lachen in meinem Rücken tut fast körperlich weh.

Eine Hand greift nach meinem Arm und ich lasse vor Schreck beinahe das Tablett fallen. Dann merke ich, dass es Leon ist. Allmählich entspanne ich mich wieder.

„Was ist denn da bei euch los?", will er mit gedämpfter Stimme wissen und schiebt sein Tablett unter meins in die Ablage.

Ich atme ein. Und wieder aus. „Was meinst du?"

„Das ist doch nicht normal. Habt ihr euch gestritten?"

Ich zucke mit den Schultern. „Kann sein. Ich weiß nicht."

„Willst du drüber sprechen?" Er macht dem nächsten Schüler Platz, der die Reste seines Essens in den Mülleimer zwischen uns schiebt. Dabei lässt er mich nicht aus den Augen.

„Mit dir?", frage ich und schüttele schnell den Kopf. „Damit du deine Witze darüber reißen kannst?"

Für einen kurzen Moment scheint er von meinen Worten verletzt zu sein, dann setzt er ein schiefes Grinsen auf und zuckt mit den Schultern. „Wie du meinst." Als er sich von mir abwendet und den Speisesaal verlässt, würde ich ihm am liebsten hinterherrennen. Mich lechzt es nach jeder Form von Anerkennung. Nach ein wenig Freundlichkeit. Aber was ich auf keinen Fall will, ist Mitleid.

Im Unterricht sitze ich zwischen Nessa und Monia. Eine Wahl, die ich vor nicht allzu langer Zeit selbst getroffen habe. Und über die ich mich jetzt maßlos ärgere. Hätte ich doch bloß nicht die Hand gehoben. Hätte ich sie bloß nicht so freundlich aufgenommen. Nun sitzt sie hier, direkt neben mir und alleine ihre Ausstrahlung reicht aus, dass ich mich minderwertig fühle. Ein schiefer Blick von ihr genügt und ich frage mich, ob ich einen sichtbaren Popel an der Nase oder verwischte Wimperntusche habe. Andauernd betaste ich mein Gesicht, ziehe meinen Rock zurecht oder zupfe an meinen Haaren herum. Nervöse Gesten, die ich mir lange abgewöhnt hatte, die aber nun mit einer Selbstverständlichkeit wieder zu Tage treten, wie ich sie nie erwartet hätte.

Monias ständiges Kichern macht es auch nicht besser und ich bin froh, als Frau Jörgens sie endlich ermahnt, still zu sein. Auch, wenn unsere Lehrerin offenbar nicht bemerkt, dass ich nicht zur Störung des Unterrichts beitrage. Denn auch mich bedenkt sie mit einem strengen Blick. Wer würde auch erwarten, dass ausgerechnet ich es bin, die zu Monias Erheiterung beiträgt. Unfreiwillig. Nur der aufmerksame Beobachter bekommt mit, dass zwischen uns kein Band mehr existiert. Da ist nichts mehr, dass Monia noch an mich binden würde.

Ich erkenne sie kaum wieder. Ich weiß nicht, ob diese gemeine Monia schon immer in ihr schlummerte und nur auf ihren großen Tag gewartet hat. Oder ob Nessa sie erschaffen hat. Aber ich weiß, dass Monia recht hatte. Es wird nicht mehr wie vorher sein. Nie wieder. Denn diesen Ausdruck in ihren Augen und dieses fremde Lachen, das werde ich nicht mehr vergessen. Es brennt sich ein. Wie glühendes Eisen auf rohem Fleisch.

Sportunterricht. Endlich. Und zu meiner Freude geht es raus auf den Platz. Etwas abseits der anderen atme ich die kühle Herbstluft ein und dehne mich ausgiebig. Ich versuche, Nessa und Monia zu ignorieren, die nichts von meinen Aufwärmübungen halten und sich lieber, am Geländer lehnend, über die Form von Alex' Hintern unterhalten. Dieser schüttelt über ihre Kommentare hin und wieder den Kopf, während er sich gemeinsam mit Leon und Jonathan streckt.

Herr Mattheo bläst in seine Trillerpfeife und lässt sie anschließend einfach aus seinem Mund fallen. Das Band, an dem sie hängt, lässt sie locker vor seiner Brust pendeln. „Alle an die Startlinie!", brüllt er über den Platz, obwohl die meisten Schüler so nah bei ihm stehen, dass das gar nicht nötig wäre. „Auch die beiden Damen da hinten!", ergänzt er streng und deutet auf Nessa und Monia, die sich kichernd vom Geländer lösen. Wie eine Einheit. Als wären sie schon immer die besten Freundinnen gewesen.

Schnell schaue ich weg und schüttele die Arme aus. Endlich wieder laufen. An nichts anderes denken. Nur laufen.

Als Herr Mattheo das Startsignal gibt, federe ich los. Das hier bin ich. Das ist mein Element. Schnell begebe ich mich an die Spitze der Gruppe. Der Pferdeschwanz peitscht mir locker um die Schultern. Links. Rechts. Links. Rechts. Wie ein steter Takt. Beruhigend und anspornend zugleich. Ich überhole Jonathan und Leon, die sich während des Laufens in ruhigem Ton unterhalten. Dann hole ich zu Alex auf, der mir einen Blick über die Schulter zuwirft. Ein kleines Lächeln erscheint in seinem Mundwinkel.

„Nicht heute, Juli. Heute kriegst du mich nicht."

Ich lache amüsiert auf. „Wollen wir wetten?"

Sofort zieht er sein Tempo an und ich muss mich anstrengen, um mit ihm mitzuhalten. Glückshormone rauschen durch meinen Körper. Je schneller ich werde, desto besser fühle ich mich. *Tap tap tap tap.* Meine Füße berühren den Boden kaum. Sie stampfen nicht. Sie gleiten. Federleicht. Nun in einem schnelleren Stakkato. Ein Lachen entweicht meinen Lungen, als Alex die Zunge zwischen die Zähne schiebt. Ein Grinsen im Gesicht. Gleich. Gleich habe ich ihn. Nur noch drei Meter. Zwei. Einer. Dann trifft mich etwas Raues, Hartes in der Ferse. Genau über meiner Achillessehne. Mein Schuh löst sich von meinem Fuß und im selben Moment stolpere ich nach vorne. Ich bin zu schnell, kann nicht bremsen. Verzweifelt versuche ich, mich aufrecht zu halten. Aber meine Arme rudern vergeblich durch die Luft. Dann pralle ich auf den roten Fallschutzboden, der seinen Namen nicht wirklich verdient hat.

Im ersten Moment spüre ich nur einen Druck auf meinem Kinn und wie meine Zähne hart aufeinander knallen. Dann liege ich still, spüre den Schmerzen in meinem Körper nach. Es ist nicht nur das Gesicht. Es sind auch die Hände, die Unterarme, die Schulter und die Brust. Meine Knie. Ich wage es nicht, mich zu bewegen und als Hände nach mir tasten und versuchen, mich hochzuheben, winsele ich wie ein geprügelter Hund und versuche, mich ihnen zu entziehen. Noch nicht. Ich will noch nicht aufstehen. Will der Schmach entgehen.

„Scheiße!", flucht Leon. „Herr Mattheo! Schnell!" Schritte sind zu hören. Alex kommt zurück, hockt sich vor mich. Ich kann nur seine nackten Knie und einen Teil seiner grünen Shorts sehen. „Alles in Ordnung?"

„Was ist denn passiert?", will Alina wissen, die wahrscheinlich über die Wiese abgekürzt hat. Sonst wäre sie nie so schnell bei uns gewesen.

Leon, der neben mir hockt und immer noch versucht, mich aufzusetzen, stößt einen weiteren Fluch aus. Ich sehe Blut an seinen Händen. Mein Blut.

„Wie ist das passiert?", will nun auch Herr Mattheo wissen, der mich weniger sanft auf die Füße zieht. Sein Blick gleitet prüfend über meinen Körper und dann in die Runde.

Leon zeigt auf Nessa, die sich bestürzt eine Hand vor den Mund presst. „Sie ist ihr in die Hacken getreten."

„Das stimmt", beteuert sie. „Aber es war keine Absicht. Wirklich nicht. Ich wollte überholen. Aber sie hat mir keinen Platz gemacht. Da bin ich versehentlich in sie hineingelaufen."

Mit einer Hand taste ich nach meiner Unterlippe, die sich bereits jetzt ungewohnt dick anfühlt. Meine Zähne. Habe ich noch alle meine Zähne?

Herr Mattheo greift mit einem Arm um meinen Rücken und schiebt mich in Richtung Hausmeisterhäuschen. „Wir brauchen den Erstehilfekasten. Und danach gehst du gleich zur Krankenschwester. Monia, würdest du sie bitte begleiten?"

Ein Moment des Schweigens. Ich wage es nicht, mich umzudrehen, um ihre Reaktion zu sehen. Dann höre ich Leons Stimme: „Ich mache das."

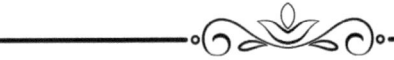

Auf dem Weg zum Schwesternzimmer sprechen wir kein Wort. Ich versuche, mich nicht allzu sehr auf die Schmerzen zu konzentrieren. Aber immerhin lenken sie mich ein wenig ab. Ich will nicht über den Grund meines Sturzes nachdenken.

Erst, nachdem die Schwester meine Wunden gereinigt und verbunden hat, und mich und Leon wieder zurück zum Unterricht schickt, findet Leon seine Sprache wieder.

„Sie hat das absichtlich gemacht."

Ich weiß. „Woher willst du das wissen?"

„Es war genug Platz, um dich zu überholen. Und ... ich habe den Blick in ihren Augen gesehen. Und das Grinsen, als dein Sturz nicht mehr zu vermeiden war."

Ich schweige. Was soll ich auch sagen? Leon atmet hörbar aus. „Du solltest mit Frau Jörgens oder Herrn Rügen darüber sprechen."

„Worüber? Dass ich gefallen bin? Ich kann Nessa nicht nachweisen, dass sie es absichtlich gemacht hat."

Er schüttelt den Kopf, den Blick auf seine Füße geheftet, die im Gegensatz zu meinen humpelnden Schritten, ruhig und gleichmäßig über den Boden schlurfen. „Nicht nur das. Ich meine über alles. Du weißt schon."

Ich bleibe stehen und verziehe kurz das Gesicht, als ich unbeabsichtigt das verletzte Knie durchstrecke. „Nein, ich weiß nicht. Und ich bin keine Petze."

„Das sagt ja auch keiner. Aber ich finde das irgendwie bedenklich. Du solltest dir das nicht gefallen lassen."

„Und deshalb soll ich mich bei den Lehrern ausheulen? Was meinst du, was dann passiert? Sie und ich, wir werden zu einem Gespräch gerufen. Sie wird entweder abstreiten, dass jemals etwas in der Art vorgekommen ist oder beteuern, dass sie nichts davon mit böser Absicht getan hat. Und dann? Dann wird es schlimmer. Dann wird sie mir das Leben zur Hölle machen." Ich schnaube und schüttele den Kopf. „Nein, danke. Ich kann damit umgehen."

Leon starrt mich an, als würde er mich gerade zum ersten Mal erblicken. Und mir wird bewusst, dass ich viel zu viel von mir preisgegeben habe. Ich ziehe die Schultern hoch, ignoriere den Schmerz und humpele weiter. Nach wenigen Sekunden folgt er mir. „Ist dir das schon mal passiert?"

Ich sehe ihn kurz von der Seite an und schaue schnell wieder weg. Mein Schweigen ist Antwort genug.

Kapitel 17

Die Verletzungen an sich sind nicht das Schlimme. Klar, die Schürfwunden brennen, wenn ich unter der Dusche stehe und ziehen, wenn ich meine Gelenke zu unbedacht bewege. Das Schlimmer aber ist der Bewegungsentzug. Ich darf fürs Erste weder am Sportunterricht, noch am Schwimmen oder Reiten teilnehmen. Und meine Joggingrunden entwickeln sich auch sehr unzufriedenstellend. Humpelnd und so langsam wie noch nie bewege ich mich vorwärts. Und wenn ich an der Eiche angekommen bin, muss ich schon wieder umdrehen, weil ich sonst zu spät zum Frühstück komme.

Nachts kann ich nicht richtig schlafen. Meine Beine zittern, wollen laufen. Hellwach liege ich da und lausche Monias friedlichem Schnarchen. Wie sorgenlos sie schläft. Wie wenig es ihr ausmacht, dass es mir schlecht geht. Kenne ich sie überhaupt? Habe ich sie jemals gekannt? Alles, was wir bisher gemeinsam erlebt haben, scheint in den Hintergrund zu rücken. Es sind nur noch blasse Erinnerungen. Wie aus einem Traum, den man sich nicht mehr richtig vorstellen kann.

Stattdessen sehe ich jetzt nur noch die neue Monia in ihr. Die fremde Monia. Die, die sich die Haare glättet und die Augen schminkt. Die, die über mich lacht und sich dadurch stärker fühlt.

In der Sicherheit der Nacht gewähre ich mir einen vereinzelten zitternden Schluchzer, bevor ich mich zur Seite drehe und die Augen zusammenpresse. Meine Hand tastet nach dem

Schwesternbuch unter meinem Kissen. Schlaf. Schlaf doch endlich ein.

Wenigstens kann ich Lilith besuchen. So liebevoll wie eh und je begrüßt sie mich, als ich ihre Box betrete. Sanft schnuppert sie an meinen Verbänden und knabbert an meinen Haarspitzen. Ihr Schnauben in meinem Gesicht lässt mich kichern.

„Liebe, gute Lilith", flüstere ich in ihr Ohr und flechte ihre Mähne. Lilith gibt mir Sicherheit. Ein Gefühl von Beständigkeit. Denn sie ist niemals falsch. Es gibt nur eine Lilith und die zeigt sich offen und verständnisvoll. Mein Herz schlägt etwas kräftiger, als sie ihren Hals über meine Schulter legt und ich mich an ihre starke Brust schmiege. Wärme und Geborgenheit. All das gibt sie mir.

In der Box nebenan scharrt Hercules mit den Hufen und macht mich so auf das Kommen seines besten Freundes aufmerksam. Ich schaue auf und entdecke Jonathan am Stalleingang. Sein Blick ruht lange auf mir, bis er sich aufrafft und an mir vorbei zu Hercules' Box geht. Er reicht dem Wallach etwas Heu durch die Klappe, bevor er die Tür öffnet und eintritt.

Wir grüßen uns nicht. Wozu auch? Höflichkeitsfloskeln wären hier fehl am Platz. Jonathan ist mir nach wie vor fremd. Aber ich bemerke, dass er mich durch die Gitter, die die Boxen unserer Pferde trennen, immer wieder ansieht. Wenn ich zurückschaue, wendet er seinen Blick allerdings schnell wieder ab.

Mit kräftigen Bewegungen fängt er an, Hercules' Fell zu putzen. Die Bürste schrubbt über die glänzenden, schwarzen Haare. Die Muskeln an

Jonathans Armen treten hervor, so viel Kraft legt er hinein.

„Alles in Ordnung?", frage ich leise, doch er antwortet mir nicht. Hercules weicht vor der Bürste zurück und schüttelt die Mähne aus, wie um eine lästige Fliege abzuwimmeln. Jonathan strahlt eine Wut aus, die ich noch nie an ihm gesehen habe.

„Jonathan?" Ich trete an die Trennwand heran und umgreife eine der Stangen. Doch als er sich zu mir herumdreht, weiche ich sofort einen Schritt zurück. Seine Augen sind zu wütenden Schlitzen verengt. „Was?", faucht er.

„Ich...", setze ich an, schüttele dann aber den Kopf. „Schon gut." Dann verlasse ich den Stall.

Die Tage vergehen und ich fühle mich immer mehr wie ein Stück Treibgut im Meer. Kämpfe verzweifelt darum, an der Oberfläche zu bleiben und nicht unterzugehen. Aber egal, was ich tue, in Monias Augen scheint es verkehrt zu sein. Bin ich still, ignoriert sie mich. Sage ich etwas, bekommt sie es in den falschen Hals. Mache ich ihr ein Kompliment, verdreht sie genervt die Augen. Sie entgleitet mir immer mehr und ich treibe alleine vor mich hin, kann nichts weiter tun, als den Dingen ihren Lauf zu lassen.

Im Theaterunterricht habe ich mich mit meiner Rolle als Babette oder auch Madame Federwisch, dem Staubwedel, abgefunden. Während den Proben hallt meine Stimme klar und deutlich durch den Saal. Danach verschwinde ich so schnell es geht hinter der Bühne.

„Juli!", ruft Alina mir hinterher. Sie trägt bereits das typische blaue Kleid der Belle. Und es steht ihr fantastisch. „Du hast echt toll gespielt", lobt sie mich.

Ich lächele schwach, während ich meine Tasche packe. „Dankeschön. Ist ja auch nicht allzu viel Text."

„Tut mir leid, dass das mit der Belle damals nicht geklappt hat." Sie setzt sich auf eine der Kostümkisten und lächelt Alex zu, dem Vivienne gerade das Biest-Köstüm über zwingt.

Ich winke ab und hänge mir die Tasche um. „Nicht schlimm. Du passt sowieso besser in die Rolle."

„Findest du?" Sichtlich geschmeichelt fährt sie sich durch die blonde Mähne und zwirbelt sie anschließend zu einem seitlichen Zopf zusammen. „Vielleicht sollte ich ja doch eine Perücke aufsetzen. Das wirkt authentischer, weißt du?"

Ich bin heute nicht in der Stimmung, ihr Honig ums Maul zu schmieren. Und bevor ich weiß, was ich sage, ist es auch schon hinausgerutscht. „Ja, das wäre vielleicht besser."

Alina sieht mich an, als hätte ich ihr gerade eine Ohrfeige verpasst. Dann rümpft sie für eine winzige Sekunde ihr kleines Näschen und wendet leicht beleidigt das Gesicht ab. „Mal sehen."

Ich hole Luft, will mich schon entschuldigen. Aber wozu? Warum muss ich mich bei allen immer gut stellen? Also schweige ich und verlasse als Erste den Theatersaal.

Endlich darf ich wieder reiten. Es ist eine Wohltat, im Sattel zu sitzen und Liliths ruhiges Wesen unter mir zu spüren. Auch, wenn wir aufgrund des herbstlichen Regens in die Halle ausweichen mussten. Im Leichttrab drehen wir unsere Runden. Frau Jörgens scheint heute mit den Gedanken woanders zu sein, deshalb läuft die Stunde relativ ruhig ab.

Alina absolviert ihre Übungen mit kleineren Hängerchen und reiht sich hinter mir und Jonathan wieder ein.

„Also gut, Juli. Du bist dran", fordert mich Frau Jörgens auf und ich treibe Lilith noch etwas mehr an, sodass sie in einen leichten Galopp verfällt. Mit jedem federnden Schritt schnaubt sie entspannt. In den Zirkel hinein, ganze Bahn, durch die ganze Bahn wechseln, noch ein Zirkel. Jonathans Blick ausweichen, als er mir im Hufschlag entgegen trabt und nun nur noch durch die Länge der Bahn wechseln, um mich hinter den anderen wieder einreihen zu können.

Lilith meistert alles mit Bravour. Ich brauche lediglich ein paar kleine Zeichen, um ihr den rechten Weg zu weisen. Als wir an der offenen Bande vorbeikommen, entdecke ich Nessa. Innerhalb einer Sekunde werden mir mehrere Dinge gewahr: Ihr Grinsen, das Kaugummi, das dabei an ihrem linken Backenzahn aufblitzt, die offene Wasserflasche in ihrer Hand und ihre Augen, die mich direkt ansehen, als ich näherkomme. Dann schwappt das Wasser aus ihrer Flasche gegen Liliths Flanke. Meine Stute bricht zur Seite aus, der Ruck reißt mich beinahe aus dem Sattel, doch im letzten Moment bekomme ich ihre Mähne zu fassen, liege halb auf ihrem Hals und schiebe mich schnell zurück auf ihren Rücken. „Brrr ... Schon gut", versuche ich, sie zu beruhigen, lenke sie wieder in die Bahn und streichele sanft über ihren Hals. Dann schnellt mein Kopf zu

Nessa herum, doch die Bande ist leer. Niemand mehr zu sehen.

„Juli!", herrscht Frau Jörgens mich an, die erst jetzt wieder richtig anwesend zu sein scheint. „Was war das denn?"

„Ich..." Mein Blick huscht zu Alina und Jonathan, die mich beide wenig verständnisvoll ansehen. Hat überhaupt jemand gesehen, was wirklich passiert ist? Noch einmal schaue ich zurück zur Bande, dann schüttele ich den Kopf. „Ich hab kurz nicht aufgepasst."

Ich bin sauer. Ich bin wirklich sauer. Und das war ich schon lange nicht mehr. Kaum habe ich Lilith versorgt, pfeffere ich meinen Helm in die Sattelkammer und stampfe in Reitkleidung Richtung Haupthaus. Doch so weit brauche ich gar nicht laufen. Ich finde Nessa zusammen mit Alex auf einer überdachten Bank gleich neben dem Reitplatz. Sie erzählt ihm offensichtlich gerade eine ausführliche, witzige Geschichte, über die er immer wieder lacht. Seine Augen blitzen amüsiert auf und sind gespannt auf ihre rot geschminkten Lippen gerichtet. Sein Arm liegt hinter ihrem Rücken. Ganz locker. Wie selbstverständlich.

Direkt vor ihnen bleibe ich stehen, gerade weit genug unter dem Dach, dass ich nicht mehr nass werde, die Beine fest in den Boden gestemmt. Nessa verstummt augenblicklich, die Hände sinken in ihren Schoß und beide sehen mich erwartungsvoll an. Alex hebt fragend eine Augenbraue. Aber ich sehe nur Nessa an, die Wangen heiß vor Wut.

„Ich weiß, dass du das absichtlich getan hast. Und jetzt versuche nicht wieder, dich herauszureden."

„Was?" Sie lacht leise. „Was ist denn mit dir los?"

„Weißt du, wenn du etwas gegen mich hast. Dann los, sag es mir. Ist mir scheißegal, was du über mich denkst. Es interessiert mich nicht. Okay? Weil du eine hinterhältige, kleine Mistratte bist."

„Wow!" Alex hebt beschwichtigend die Hände. „Wie gehst du denn ab?"

„Mit dir rede ich nicht!", fauche ich ihn an. Ich habe meine Gefühle kaum noch unter Kontrolle. Sie entgleiten mir. Aber es tut gut. Es tut so gut, ihr endlich die Wahrheit ins Gesicht zu sagen. „Du spielst ein falsches Spiel. Noch sieht das niemand. Aber das wird sich bald ändern, glaub es mir. Denn ich lasse mir nichts mehr gefallen. Erst recht nicht, wenn du dich an meinem Pferd vergreifst."

Diesmal lacht Nessa lauter. Doch es klingt wenig amüsiert. Eher bösartig. „An deinem Pferd vergreifen? Wofür hältst du mich? Außerdem ist es ja nicht einmal dein Pferd. Genauso gut könnte ich darauf reiten. Und weißt du was? Vielleicht mache ich das auch. Vielleicht wechsele ich einen meiner Kurse. Pferde haben mich schon immer interessiert. Und deine Lilith, die gefällt mir besonders gut. Wir können uns die Pflege für sie ja teilen. Was meinst du dazu?"

Das Blut rauscht in meinen Ohren. Ich höre die Drohung so klar und deutlich aus ihren Worten heraus. Aber damit scheine ich die Einzige zu sein, denn Alex sieht mich immer noch an, als hätte ich den Verstand verloren.

„Wag es nicht", knurre ich. „Du legst dich mit der Falschen an."

Nessa schnalzt mit der Zunge und wirft Alex einen kurzen irritierten Blick zu, bevor sie sich wieder mir zuwendet. „Ich lege mich mit überhaupt niemandem an. Um ehrlich zu sein dachte ich bis vor ein paar Minuten, wir beide würden uns gut verstehen. Ich weiß nicht, was plötzlich in dich gefahren ist."

Mein Atem geht schwer. Allmählich weicht meine Wut einer unbändigen Verzweiflung. Warum sieht Alex ihre Lügen nicht? Warum sieht er mich an, als wäre ich die Böse? Er müsste mich doch besser kennen.

Dann erkenne ich, dass ich einen schweren Fehler gemacht habe. Ich habe mich ihr ausgeliefert. Ab sofort werden die anderen Verständnis für sie haben, wenn sie mich meidet oder in der Öffentlichkeit schlecht macht. Denn immerhin habe ich ihr den Weg bereitet. Ich habe ihr einen Grund dafür geliefert. Und Alex ist ihr Zeuge.

Ich beiße mir auf die Zunge, nun viel wütender auf mich selbst, als auf sie. „Weißt du was?", murmele ich erschöpft. „Lass mich einfach in Ruhe."

„Nichts lieber als das", entgegnet sie. „Aber du bist doch zu mir gekommen, wenn ich mich recht erinnere. Also bitte." Sie wedelt mit der Hand, als wolle sie eine lästige Fliege verscheuchen. Und ich folge dieser Geste. Mit schlaffen Schultern wende ich mich von den beiden ab und trete zurück in den Regen.

Kapitel 18

Trotz Kälte und Nieselregen mache ich mich am Abend auf den Weg zur alten Eiche. Meine Schritte patschen schwer über den matschigen Weg. Ich bekomme die Füße kaum angehoben. Als hätte jemand sämtliche Kraft aus meinen Muskeln gezogen. Vielleicht war es der Wutausbruch am Vormittag. Dieser dämliche Gefühlsausbruch, der für mich alles nur noch schlimmer gemacht hat. Ich hätte schweigen sollen. Wenn ich eines aus meiner Vergangenheit gelernt habe, dann, dass Worte nicht viel helfen. Sie können nur verletzen. Ich hätte die Augen verschließen sollen. Sehe ich sie nicht. Sehen sie mich nicht. Was als Kind funktioniert hat, sollte doch auch jetzt noch Bestand haben, oder? Aber ich konnte ja meine Klappe nicht halten. Es war nur Wasser. Es hat Lilith nicht verletzt, nur erschreckt.

Aber es hätte sie verletzen können. Wenn sie umgeknickt wäre, zum Beispiel. Und es hätte mich verletzen können.

Aber es ist nichts passiert. Und ich habe mir durch einen dummen Fehler nun auch mein letztes Bisschen an Ruhe zerstört. Sie hat mir gedroht. Ganz deutlich. Ganz offen. Und niemand außer mir hat es bemerkt.

Sie mag ein falsches Spiel spielen. Aber sie ist geschickt darin. So geschickt, dass sich mir der Gedanke aufdrängt, dass sie darin viel Übung haben muss. War sie wirklich nur ein Opfer an all den anderen Schulen, die sie bisher besucht hat? Ich kann sie mir nicht als Opfer vorstellen. Aber was macht ein Solches aus? Ab wann ist man Opfer und wann Täter?

Als ich endlich an der alten Eiche ankomme, sinke ich erschöpft daran herab. Um mich herum segeln braune Blätter zu Boden. Die Eiche ist bald nackt. Kahl und trostlos ragen ihre Äste über mir auf. Gegen den dunkler werdenden Himmel wirken sie wie knochige Arme, die sich hilfesuchend ausstrecken. Ich dränge mich eng gegen ihren Stamm. Wer spendet hier wem Trost?

Platschende Schritte lassen mich aufhorchen. Ist sie mir etwa gefolgt? Die Vorstellung, dass sie hierherkommen könnte, zu meiner Eiche, jagt mir einen Schauer den Rücken hinunter. Doch aus dem dichter werdenden Nieselregen tritt Leon hervor. Die blonden Haare hängen ihm in dicken, nassen Strähnen in die Stirn.

Er pustet die Luft aus, beugt sich vor und stützt sich mit den Händen auf den Knien ab. „Meine Güte. Wie kann man nur freiwillig joggen gehen?"

Ich starre ihn an, unfähig, zu antworten. Bis er mich wieder ansieht und ein schiefes Lächeln aufsetzt.

„Was tust du hier?", frage ich ihn. Ich ziehe die Knie an den Körper und umschlinge sie mit den Armen. Der Regen kommt nun von der Seite und auch der letzte Schutz, den der Baum mir gewährte, ist nun dahin.

„Dich vor einer Lungenentzündung bewahren", meint er trocken und kommt langsam auf mich zu. Durch den Regen kann ich ihn kaum noch erkennen. Erst, als er vor mir in die Hocke geht und mich unter gerunzelter Stirn anschaut, bemerke ich die Sorge in seinem Blick. „Es ist arschkalt und nass. Und ich kann mir beim besten Willen nicht vorstellen, dass du das hier gemütlich findest."

177

Ich schweige und weiche seinem Blick aus. Seufzend kommt er neben mich und hockt sich ebenfalls gegen den Stamm der Eiche. „Alex hat mir von heute Mittag erzählt", meint er ruhig. „Was war denn da los?"

„Ach ja?" Ich schnippe mit dem Finger über die Dreckklumpen an meiner Leggins. „Was hat er denn gesagt?"

„Dass du irgendwie ... ausgeflippt bist." Er beobachtet, wie ich vergeblich versuche, meine Hose zu reinigen. „Aber das kann ich mir nicht so richtig vorstellen."

Ich schnaube leise, sage aber nichts.

„Was hat sie getan?", fragt er und ich schaue ihn an.

„Das glaubt mir doch eh keiner. Alex hält mich ja offensichtlich auch schon für irre."

Unbeirrt sieht Leon mich weiter an. „Erzähle es mir einfach. Erst dann kann ich sagen, ob ich dir glaube, oder nicht."

Ich atme tief ein und lehne den Hinterkopf an die raue Rinde hinter mir. „Es ist eigentlich lächerlich."

„Anscheinend ja nicht. Sonst wärst du ja nicht *ausgeflippt*." Er setzt Alex' Ausdruck mit Zeige- und Mittelfingern in Klammern.

„Sie hat Lilith erschreckt, als ich geritten bin. Mit Absicht. Und ... Na ja, ich bin einfach wütend geworden."

„Warum hast du Alex das nicht gesagt?"

„Weil es nichts zur Sache tut", fahre ich ihn an, lauter als beabsichtigt. „Es ist egal, was ich sage. Sie gewinnt."

Leon lacht leise. „Sie gewinnt? Was sollte sie denn gewinnen wollen?"

Ich schüttele den Kopf. „Ich weiß es nicht. Meine Freunde vielleicht. Keine Ahnung, was ihr Ziel ist. Aber sie erreicht es."

„Ich dachte, du bist die Gewinnerin", sagt Leon und ich sehe ihn irritiert an. Erklärend fährt er fort: „Du hast noch nie verloren. Jedenfalls nicht, seit du hier bist. Und ich erwarte von dir, dass du nicht so leicht klein beigibst. Das passt nicht zu dir. Du musst nicht hier draußen im Regen sitzen. Geh rein und tritt ihr in den Arsch. Offensichtlich hat sie es ja verdient. Oder noch besser. Zieh sie hier raus und ihr startet eine kleine Schlammschlacht. Lass mich nur kurz vorher noch meine Kamera holen."

Ich kann mir ein Lachen nicht verkneifen und boxe ihm gegen den Oberarm. „Du bist ein Idiot."

„Danke", erwidert er strahlend. „Das wollte ich schon immer mal aus deinem Mund hören."

Mein Lachen verklingt, aber ein kleines Lächeln bleibt, als wir uns weiter ansehen. Kaum hat er das Wort „Mund" ausgesprochen, starre ich auf seinen. Er hat schöne Lippen. Weich gerundet und immer ein kleines, schelmisches Grübchen in der Wange. Ich schlucke und wende den Blick ab, doch Leon kommt mir zuvor, fasst sanft nach meinem Kinn und dreht mein Gesicht wieder so, dass er mich ansehen kann. Ich spüre seinen warmen Atem auf meinen Lippen. Und dann seine Nase an meiner. Wir sind uns so nah. So nah war mir noch nie jemand. Ich atme seinen Duft ein, warte auf seinen Kuss. Doch seine Lippen wandern zunächst über meine Wangen. Ganz sanft. Wie kleine Schmetterlingsflügel. Ich höre ihn an meinem Ohr fast erleichtert ausatmen, dann tastet er sich wieder zurück und küsst mich. Wir halten beide still. Wie ein Bild in Stein gehauen sitzen wir dort vor der Eiche. Seine Hand an meiner Wange, meine

179

verkrampft in meinem Schoß. Dann entspanne ich mich und ich spüre nicht nur ihn, sondern auch den Regen, der zwischen uns hinab tropft. Leon streicht mir die nassen Haarsträhnen aus dem Gesicht, betupft meine Lippen immer wieder mit leichten Küssen. Bis ich mich schließlich nicht mehr zurückhalten kann und meine Arme um seinen Hals schlinge. Ich presse mich so eng es geht, an ihn. Spüre seinen Brustkorb an meinem. Seinen Atem, der warm über meine Haut streicht. Sein Herz, das an meiner Brust schlägt.

Als wir uns irgendwann wieder voneinander lösen, stößt er ein leises, fast unsicheres Lachen aus und streicht sich die nassen Haare zurück, sodass sie an seinem Kopf anliegen, wie gegelt. „Okay. Vielleicht sollte ich es dir jetzt sagen. Ich stehe doch auf dich."

Ich lache ebenfalls und mein Herz macht einen Sprung. „Irgendwie wurde mir das auch gerade klar."

Kapitel 19

Erst zurück in meinem Zimmer wird mir richtig bewusst, was ich gerade eben getan habe. Ich habe Leon geküsst. Er hat mich geküsst. Und zu dem Gefühl des Glücks schleicht sich das schlechte Gewissen. Wie sage ich es Monia? Sage ich es ihr überhaupt? Sollte es mich noch interessieren, was sie davon hält? Immerhin interessiert sie sich auch nicht mehr für mich.

Aber dann kommt die Angst. Sie wird es erfahren. Früher oder später. Spätestens, wenn Leon und ich morgen beim Frühstück sitzen. Oder wird er so tun, als wäre nichts gewesen? Wie soll ich mich ihm gegenüber verhalten, wenn die anderen dabei sind? Tausend Fragen werfen sich auf und ich ärgere mich, dass ich sie nicht eben schon mit Leon geklärt habe.

Als sich die Tür öffnet und Monia hereinkommt, bin ich besten Willens ihr sofort alles zu erzählen. Doch dann bleibt sie stehen, betrachtet mich in meinen nassen Klamotten und stößt einen leisen Zischlaut aus, begleitet von einer angehobenen Augenbraue. Und ihr Blick alleine reicht aus, um mich verstummen zu lassen.

Statt sie aufzuklären, schlüpfe ich aus meinen nassen Klamotten und wickele mich in ein großes Handtuch ein, bevor ich mich auf den Weg zu den Duschen mache. Ich werde es ihr nicht sagen. Es geht sie nichts an. Es geht niemanden etwas an. Nur mich und Leon.

Die Duschen sind zum Glück leer. Ich hänge mein Handtuch auf und drehe das heiße Wasser auf. Es ist eine Wohltat, es über meinen ausgekühlten Körper fließen zu spüren. Mit geschlossenen Augen stehe ich da und spiele in Gedanken Leons und meinen Kuss immer wieder ab. Ich kann das Lächeln nicht mehr aus meinem Gesicht vertreiben. Am liebsten würde ich laut lachen. Für einen Moment scheint das Glück mein Herz zu sprengen. Dann trifft mich eiskaltes Wasser. Wie Nadeln pikst es auf meinen Rücken und ich mache keuchend einen Schritt nach vorne und reiße die Augen auf. Direkt vor mir steht Nessa, die Arme vor der Brust verschränkt. Im Gegensatz zu mir ist sie voll bekleidet. Selbst die Schuhe hat sie noch an. Ein kühles Grinsen verzieht ihre Lippen.

„Na, abgekühlt?", fragt sie. Ich bemerke ihren nassen Ärmel und zähle eins und eins zusammen. Das Wasser drehe ich nicht wieder warm. Stattdessen versuche ich, meine Scham zu bedecken.

„Was willst du hier?"

„Ach", sie lächelt und winkt ab. „Nichts Wichtiges. Nur mal kurz mit dir die Fronten klären."

Ich starre sie an, stumm.

„Damit du es weißt: So was wie heute lasse ich mir nicht noch einmal von dir bieten. Bis jetzt waren wir Freundinnen, okay? Aber das willst du ja offensichtlich nicht. Also ist die nette Nessa Vergangenheit." Sie betrachtet fast gelangweilt ihre grün lackierten Fingernägel. „Und damit eines klar ist: Du hast keine Chance."

„Warum?", frage ich, und meine damit nicht ihren letzten Satz, sondern das große Ganze. „Warum tust du das? Warum ich?"

Sie schnaubt amüsiert und betrachtet meinen nackten Körper, den ich vergeblich hinter meinen

Händen zu verstecken versuche. „Weil ich Mädchen wie dich hasse."

„Mädchen wie mich?"

Sie zieht die Nase kraus, als wäre ich nicht mehr als eine Kakerlake, die sie zu zerquetschen gedenkt. „Du kotzt mich an. Mit deiner Pferktheit. Deinen guten Noten. Deinen ach so tollen Freunden, die alle nur Speichellecker sind. Ein Fingerschnipp und sie springen für dich. Aber weißt du, was das Tolle ist? Sie mögen nicht dich, sondern nur das Rampenlicht, in dem du stehst. Geht das Licht aus, sind sie schnell verschwunden. Und rate mal, wer jetzt ihr Star ist."

Ich ziehe die Mundwinkel hinunter und weiche einen Schritt vor Nessa zurück, auch wenn das bedeutet, wieder unter dem kalten Wasser zu stehen. Ihre Worte sind unangenehmer. „Du bist doch krank", sage ich leise.

Doch sie lacht nur. „Findest du? Ich finde mich genial. Viel zu lange haben Leute wie du mich schikaniert. Weil ich anders bin. Jetzt ändere ich meine Taktik. Ich schwimme immer noch gegen den Strom. Aber ich reiße alles um dich herum mit. Bis du die Einzige bist, die hier anders ist."

„Aber ich war doch von Anfang an nett zu dir. Ich hab dich aufgenommen und dir alles gezeigt."

„Oh ja." Sie verdreht die Augen. „Du hast mir wirklich eine Gunst erwiesen. Weil du ja gut bist. Ich habe ein paar Tage gebraucht, um herauszufinden, wer hier die Macht hat. Alina oder du. Aber Alina ist nur ein dummes, kleines Blondchen. Und sie ist wirklich lieb. Von Herzen. Aber du ...", sie tritt näher an mich heran und deutet mit einem ihrer grünen Finger auf mich. „Du spielst nur. Ich sehe das. Du bist nicht wirklich gut. Du wärst es nur gerne. Aber jetzt spielst du nicht mehr alleine." Sie lächelt und es wirkt fast echt. „Auf eine gute Partie würde ich sagen, nicht wahr?" Sie streckt mir die Hand entgegen, doch ich rühre mich nicht von der Stelle. Unter dem kalten Wasser beginnt mein Körper gegen meinen Willen zu zittern.

Nessa seufzt und zieht die Hand wieder zurück. „Und du bist eine furchtbar schlechte Verliererin."

Ihre Worte gehen mir nicht mehr aus dem Kopf. Wie oft habe ich das jetzt schon gehört? Ich sei perfekt. Sie ist nicht die Erste, die das sagt. Monia meinte das auch schon. Warum denken sie das alle?

Und dann wird es mir klar. Sie kennen mich nicht. Nicht wirklich. Sie sehen nur das, was ich sie sehen lasse. Sie sehen die große Sportlerin, die Einser-Schülerin, die ewig Helfende, die Ordentliche. Sie sehen das perfekte Bild von mir. Aber niemand sieht, wer ich wirklich bin. Ich habe ein Trugbild erschaffen, das mir nun zum Verhängnis wird.

Nessa hat also in gewisser Weise recht. Ich spiele ebenfalls. Seit zwei Jahren spiele ich, ich wäre jemand anderes. Und plötzlich wird mir bewusst, dass meine Freunde nie wirklich meine Freunde waren. Sie waren die Freunde einer Fremden. Denn mich haben sie nie gekannt.

Nackt und zitternd sinke ich an der Duschwand herab. Obwohl ich das Wasser wieder warm gedreht habe, vermag es mich nicht zu wärmen. Mein Atem stockt, als ich versuche, ein Schluchzen zu unterdrücken. Ich presse beide Hände vor den Mund und schließe kurz die Augen. Das ist ein

Albtraum. Und ich hoffe, dass ich bald daraus erwache.

„Ich möchte mein Zimmer tauschen." Monia sieht mich nicht an, als sie das sagt. Sie nimmt einen Pulli aus dem Schrank, faltet ihn umständlich vor der Brust zusammen und stopft das Knäuel anschließend in ihre Tasche.

„Was?" Überrascht, dass sie überhaupt wieder mit mir spricht, starre ich sie einen Moment lang an.

„Ich ziehe zu Nessa ins Zimmer. Sie hat es bisher für sich alleine gehabt, deshalb steht da noch ein Bett frei." Sie verstummt, während sie ihre Unterwäscheschublade ausräumt. „Ich habe schon mit Frau Jörgens darüber gesprochen. Sie ist einverstanden."

„Oh." Ich drehe mich auf meinem Stuhl wieder in Richtung Schreibtisch und starre meine Textaufgaben an. „Okay."

Schweigend packt sie weiter ihre Sachen zusammen. Ich höre es knistern, als sie sich an das Süßigkeitenversteck begibt.

Das war es also. Der letzte Schnitt, der das dünne Band trennt. In mir tobt eine Mischung aus Trauer, Eifersucht, Wut, Enttäuschung und Erleichterung. Zwei Jahre habe ich mir das Zimmer mit Monia geteilt. Hier haben wir uns kennengelernt und gleich auf den ersten Blick gemocht. Das heißt, ich mochte sie, mit ihren Strubbelhaaren und den ewig schief sitzenden Klamotten. Sie war so herrlich echt und unperfekt. So wie ich mich selbst gerne gezeigt hätte. Stattdessen habe ich meine Rolle gespielt. Und ich hätte so weitergemacht. Bis zum Schulabschluss. Und auch danach. Ich wäre nie mehr die alte Juli gewesen. Ich wollte nie mehr die alte Juli sein. Nie mehr das Opfer. Und nun bin ich es doch.

„Lügen haben kurze Beine", sagte meine Oma früher immer. Und sie hat recht. Weit bin ich nicht gekommen.

Eine halbe Stunde später bin ich alleine. Ich hocke auf der Kante meiner Matratze und starre hinüber zu Monias leerem Bett. So aufgeräumt habe ich es noch nie gesehen. Der Anblick beruhigt und verstört mich gleichermaßen. Ich weiß nicht, wie lange ich da sitze und vor mich hinstarre. Aber irgendwann klopft es an der Tür.

„Ja?", will ich rufen, aber meine Stimme versagt mir den Dienst. Also räuspere ich mich und setze noch einmal neu an: „Ja!"

Die Tür öffnet sich einen Spalt und Frau Jörgens steckt ihren Kopf zu mir herein. „Juli, schön, dass ich dich treffe."

Ich verkneife mir den Kommentar, dass es nicht allzu schwer ist, mich auf meinem Zimmer anzutreffen und sehe sie nur fragend an. Etwas unsicher tritt sie ein und streicht ihren grauen Bleistiftrock zurecht. Ihr Blick wandert hinüber zu Monias leerer Zimmerhälfte. „Ich sehe, Monia hat schon gepackt."

Ich nicke und starre auf meine Knie.

Frau Jörgens räuspert sich. Ich kann ihre Unentschlossenheit regelrecht spüren. Schließlich tritt sie einen Schritt näher. „Ich wollte nur fragen, ob bei dir alles in Ordnung ist."

Wieder nicke ich. „Ja. Ja, sicher. Warum auch nicht?"

„Na ja. Ich war etwas überrascht, als Monia und Nessa mir mitteilten, dass du gerne alleine wohnen würdest."

Ich sehe so ruckartig zu ihr auf, dass ein Muskel in meinem Nacken schmerzhaft zieht. „Was?"

Nervös knetet Frau Jörgens ihre Finger. Als sie die Geste selbst bemerkt, streicht sie noch einmal über ihren Rock und zieht sich dann meinen Schreibtischstuhl heran, um sich darauf zu setzen. „Ihr wart ja immer so gute Freundinnen, du und Monia. Ist da etwas vorgefallen?"

Lange sehe ich ihr in die Augen und hoffe, dass sie den Sturm bemerkt, der hinter meinen tobt. *Bitte*, flehe ich in Gedanken, *bitte lies einfach daraus. Sieh dir alles an. Ich will es nicht aussprechen.* Dann schüttele ich den Kopf. „Wir haben uns wohl einfach auseinander gelebt."

Sie nickt, als hätte sie schon mit dieser Antwort gerechnet. „Ja, das kommt leider manchmal vor. Aber dir geht es gut, ja?" Nun liegt in ihren Augen ein Flehen. Und ich kann es nur allzu deutlich sehen. *Bitte,* scheint sie zu sagen, *bitte sag einfach ja.*

Also tue ich es. „Ja."

Frau Jörgens bläst kurz die Backen auf und nickt anschließend lächelnd. „Schön." Noch einmal schaut sie sich im Zimmer um und wiederholt: „Schön." Dann tätschelt sie mein Bein und steht auf. „Wir sehen uns dann morgen im Unterricht."

Eine Last scheint von ihren Schultern abgefallen zu sein. Dafür liegt sie nun auf meinen und drückt mich stetig hinab. Als meine Lehrerin bereits die Tür erreicht hat, hole ich tief Luft. „Frau Jörgens..." Sie erstarrt und dreht sich zaghaft lächelnd zu mir um. „Ja?"

„Ich ..." Ich muss es ihr sagen. Ich darf nicht schweigen. Ich muss das alles im Keim ersticken.

Mein Blick fällt auf meine aufgeschürften Handgelenke. Über den Wunden haben sich bereits Krusten gebildet. Ich knibbele daran, höre aber sofort auf, als ich frisches Blut sehe. Mit dem Handballen wische ich es weg, sehe auf und lächele. „Ich freue mich auf das Reiten morgen."

Stille. Frau Jörgens starrt auf meine Hände. Schließlich sehe ich sie schlucken und ebenfalls lächeln. „Ich mich auch."

Kapitel 20

Um das gestrige Abendessen konnte ich mich drücken. Aber am Frühstück komme ich nicht vorbei. Nun stehe ich hier, mitten im Speisesaal. Das Tablett vor meinem Bauch und starre aus sicherer Entfernung auf den Tisch, an dem ich seit zwei Jahren dreimal täglich sitze. Mein Stuhl ist weg. Seit Nessa da ist, saßen wir etwas beengter. Nun ist die normale Sitzordnung wieder hergestellt. Aber mein Platz fehlt.

„Was ist los?", höre ich Leons Stimme hinter mir. Ich atme ein. Ich atme aus. Dann schlucke ich und nicke hinüber zu unserem Tisch. „Ich denke, ich sitze heute woanders."

Leon schnaubt empört. „Was? Auf keinen Fall. Ich hab doch gestern gesagt, du sollst ihr in den Arsch treten. Hab extra über Nacht den Akku meiner Kamera geladen."

Ich würde gerne auf seinen Witz eingehen, aber ich schaffe es nicht, so locker zu reagieren, wie er. Stattdessen lenke ich auf einen anderen Tisch zu. Doch Leon packt mich am Ellbogen und zieht mich hinter sich her. „Wir machen dir Platz."

Mein Saft schwappt über das Tablett, als ich versuche, mich von ihm zu befreien. „Nein, bitte nicht."

Schon jetzt bemerke ich die Blicke der anderen. Monias gerümpfte Nase. Nessas überhebliches Lächeln. Alex' zusammengezogene Augenbrauen. Nur Alina und Jonathan scheinen mich noch nicht entdeckt zu haben. Aber es ist zu spät, mich noch unauffällig aus der Affäre zu ziehen.

„Wo ist Julis Stuhl?", will Leon wissen. Dabei richtet er seinen Blick hart auf Nessa.

Sie zuckt mit den Schultern. „Woher soll ich das wissen? Ist ja auch kein Namensschild drauf, oder?"

Er starrt sie in Grund und Boden, doch sie zeigt sich wenig beeindruckt. Deshalb wendet er sich an Monia. „Warum ist der Stuhl weg?"

Meine ehemals beste Freundin beißt sich verlegen auf die Unterlippe und weicht seinem Blick aus. „Keine Ahnung."

Ihm entfährt ein wütendes Schnauben. „Wo sind wir hier? Im Kindergarten? Alter", wendet er sich an Alex, „Was soll der Scheiß?"

Alex zuckt ebenfalls mit den Schultern. „Er war schon weg, als ich kam. Was machst du so einen Aufriss? An den anderen Tischen ist noch genug Platz."

Während Leon neben mir immer wütender zu werden scheint, versuche ich, im Erdboden zu versinken. Inzwischen haben wir nicht nur die Aufmerksamkeit unseres eigenen Tisches sicher, sondern auch die des restlichen Speisesaals. Alinas Wangen laufen rot an, als sie kurz meinem Blick begegnet. Ich presse mein Tablett enger vor meinen Bauch und entziehe mich endlich Leons Griff. „Ich setze mich da hinten hin", erkläre ich ihm und nicke zu einem Platz am Fenster.

„Das ist doch scheiße!", flucht Leon noch ein letztes Mal und folgt mir dann zu dem leeren Tisch. Er knallt sein Tablett so wuchtig darauf, dass das Geschirr klirrt und lässt sich dann auf den Stuhl mir gegenüber fallen.

Obwohl ich nicht zurückschaue, spüre ich die Blicke der anderen in meinem Rücken.

„Sie fragen sich bestimmt, warum du dich so für mich einsetzt."

Er starrt über meine Schulter zu ihnen zurück. „Weil ich kein Idiot bin. Ich verstehe nicht, was der Scheiß soll."

„Nicht so laut", flüstere ich. „Du machst alle auf uns aufmerksam."

„Na und?", erwidert er patzig. „Sollen ruhig alle merken, was für Arschgeigen sie sind."

Er versteht das Problem nicht. Nicht die anderen stehen nun schlechter da. Sondern ich. Ich. Die ihre Probleme nicht alleine lösen kann. Ich. Die sich Verstärkung ins Boot holen muss. Ich. Die nun gezeigt hat, wie schwach sie wirklich ist.

„Läuft da was zwischen dir und Leon?", will Nessa kurz nach dem Frühstück von mir wissen. Ich bin wieder alleine. Leon und Monia sind bereits draußen. Zum Naturkundeunterricht. Und Nessa hat mich auf kaltem Fuß erwischt. Obwohl der Flur mit Schülern gefüllt ist, sind wir unter uns. Und das weiß sie.

Ich will sie ignorieren, will einfach weiter gehen. Doch sie folgt mir und durchbohrt mich mit ihrem Blick. „Echt fies von dir, wo du doch weißt, dass Monia..."

Abrupt bleibe ich stehen und fahre zu ihr herum. „Es ist mir egal, was Monia denkt. Warum sollte mich das noch interessieren? Warum sollte ich da noch Rücksicht drauf nehmen? Sie kann mir gestohlen bleiben."

Erst Nessas siegessicheres Lächeln und ihre verschränkten Arme verraten mir, dass ich gerade einen schlimmen Fehler begangen habe. Langsam drehe ich mich wieder herum und entdecke Alina ein paar Meter weiter. Mit offenem Mund starrt sie mich an. Dann presst sie die Lippen aufeinander und schüttelt enttäuscht den Kopf.

Scheiße. Dass Nessa Monia das Schlimmste über mich erzählt, bin ich ja nun inzwischen gewohnt. Aber wenn Alina ihr berichtet, dass ich so über sie gesprochen habe ... Schnell versuche ich, die Situation zu retten. „Ich meine, sie hat mir doch die Freundschaft gekündigt."

„Na, warum wohl?", sinniert Nessa und tippt sich mit einem Finger an die Unterlippe. „So hinterfotzig wie du dich benimmst, kann ihr das ja wohl keiner verübeln, oder?"

„Aber es ist doch ..." Ich stoppe mich. Es bringt nichts. Die Karre ist vor die Wand gefahren. Erschöpft sacken meine Schultern hinab. Ein letzter flehentlicher Blick zu Alina, doch sie hat sich bereits abgewandt.

Diese Runde geht an Nessa.

Jeden Tag rechne ich mit der nächsten Gemeinheit. Selbst, wenn Nessa mich in Ruhe lässt, bin ich angespannt, in Erwartung eines Anschlags. Manchmal sind es nur Kleinigkeiten. Dass sie mich im Schwimmunterricht vom Beckenrand stößt und ich Ärger von Herrn Mattheo bekomme, weil Sprünge ins Wasser nur vom Sprungbrett erlaubt sind. Manchmal reicht es auch, wenn sie mich anstarrt. Wie im Theaterunterricht, in dem ich mich beim Einüben meiner Rolle immer und immer wieder verhaspele. Einfach, weil sie da sitzt und mir mit einem schiefen Grinsen im Gesicht zusieht.

Nachts träume ich von ihr. Von ihr und Laura. Ich träume, dass nicht ich es bin, die ihren Gehässigkeiten zum Opfer fällt, sondern meine Schwester. Ich träume von Lauras Tod. Wieder und wieder und wieder. So oft, dass ich die Bilder auch am Tag nicht mehr vergesse.

Der einzige Lichtblick sind meine Treffen mit Leon. Täglich treffen wir uns an der alten Eiche. Manchmal sitzen wir einfach nur da, mit nassen Hosen und kalten Füßen. Aber glücklich. Für ein paar Minuten kann ich wieder lächeln.

„Du musst es einem Lehrer sagen", redet er heute wieder auf mich ein. Das Lächeln schwindet von meinem Gesicht. „Können wir bitte über etwas anderes sprechen?"

Seine Finger tippen in meinem Schoß auf meine, als würde er darauf eine Melodie spielen. „Wenn du es nicht machst, mache ich es."

Ich entziehe ihm meine Hand und sehe ihn direkt an. „Auf keinen Fall."

Seine Augen wirken traurig, als er meinen Blick erwidert. „Du musst es sagen."

„Warum?"

„Weil es dich kaputt macht. Weil *sie* dich kaputt macht."

Ich schüttele den Kopf. „So schnell gehe ich nicht kaputt. Außerdem, was soll ich schon groß sagen? Herr Rügen, Nessa ist mir in die Hacken getreten und hat mich vom Beckenrand geschubst. Außerdem hat sie mir meine Freundin geklaut. Bitte schmeißen sie sie von der Schule?" Ich verstelle meine Stimme extra albern und Leon verdreht wenig amüsiert die Augen, doch ich schüttele noch einmal den Kopf. „Ich habe es dir schon einmal gesagt. Das bringt nichts. Alles, was kommt, ist ein *klärendes* Gespräch." Ich setze das

Wort in Anführungszeichen, dann sinken meine Hände wieder in meinen Schoß.

„War es damals auch so?" Er stellt seine Frage vorsichtig, leise, und sieht dabei hinab auf meine im Schoß gefalteten Hände.

Ich folge seinem Blick und lasse absichtlich ein paar Haarsträhnen vor mein Gesicht fallen, sodass er wenigstens den Ausdruck in meinen Augen nicht sieht.

„Damals ...", setze ich an, das erste Mal, dass ich überhaupt mit jemandem außer meinen Eltern und dem Therapeuten darüber spreche. „Damals ging es hauptsächlich um meine Schwester."

„Deine ...", beginnt er, stoppt sich aber schnell selbst und wartet darauf, dass ich weiterspreche.

„Es wurden Gespräche mit den Schülern geführt, Konferenzen anberaumt, Elterngespräche angesetzt, noch einmal Konferenzen. Die ganze Klasse saß beisammen. Jeder beteuerte seine Unschuld oder gelobte Besserung. Und dann ... Dann wurde alles schlimmer. Mit jedem Lösungsansatz kam ein neues Problem. Mit jeder Hoffnung neue Rückschläge."

„Und jetzt?", fragt Leon.

„Jetzt ist sie tot."

Schweigen. Ich höre Leon schlucken. Langsam tastet sich seine Hand zu meiner vor, fahren seine Finger zwischen meine und halten sie fest.

„Hast du Angst, dass es bei dir ...", er zögert, „bei dir genauso läuft?"

Ich schüttele den Kopf. „Nein. Weil ich es nicht zulasse. Weil ich das alleine durchstehe. Ich will nie wieder Erwachsene sehen, die hilflos zuschauen. Ich will meine Mama nie wieder weinen sehen."

„Aber du hast mich. Ich bin dein Zeuge. Ich ..."

„Du hast nichts davon selbst mit angesehen. Wie kannst du dich dann Zeuge nennen?"

„Weil ich dir glaube."

Mein Lachen klingt kalt und hässlich. „Und alle anderen glauben Nessa. Und nun?"

Seine Hand krallt sich etwas fester um meine. „Aber wir können doch nicht einfach nur dasitzen und zusehen."

„Doch. Das können wir. Denn irgendwann wird ihr das Spiel zu langweilig sein. Irgendwann wird sie mich vergessen. Und du hast recht. Ich habe dich. Das reicht."

Ein Knacken im Unterholz hinter uns lässt uns aufschrecken. Leon streckt den Rücken durch und schaut über die Schulter zurück.

„War da jemand?", frage ich.

Er schüttelt den Kopf. „Nein. Wahrscheinlich ein Eichhörnchen oder so."

Endlich legt er seinen Arm wieder um mich und ich schmiege mich eng an seine Brust. Seine Wärme und Nähe tun gut. So gut.

Kapitel 21

Es herrscht Ruhe. Und diese Ruhe macht mich nervös. Leon und ich sitzen nun jeden Tag zu zweit an unserem neuen Tisch. Er scheint damit zufrieden und auch mir gefällt es gut. Aber ich schaffe es nicht einen Tag, in den Speisesaal zu gehen, ohne einen Blick zu den anderen hinüber zu werfen. Für sie scheint das Leben weiterzugehen. Sie plaudern und lachen, als hätte es nie eine Zeit mit mir gegeben. Als wäre Nessa schon von Anfang an dabei gewesen. Als wäre Nessa ich.

„Guck nicht hin", sagt Leon leise und beißt von seinem Brot ab. „Das sind sie nicht wert."

Ich seufze leise und rühre in meinem Kakao. „Ich weiß."

„Willst du heute wieder zu Lilith?", fragt er.

„Ja, heute Abend."

„Soll ich mitkommen?"

Ich schüttele den Kopf. „Nein, brauchst du nicht. Ich weiß, dass dir das zu langweilig ist."

Er schmunzelt hinter seinem Saftglas hervor. „Quatsch, ich schaue dir gerne zu, wenn du Wendy spielst."

„Du kennst Wendy?"

Er trinkt einen Schluck. „Nur, weil meine kleine Schwester mich zuhause täglich damit volllabert. Wenn du mich fragst, ist dieser Sven ein schmieriger Schnösel."

„Sven?" Ich hebe fragend eine Augenbraue und Leon winkt sofort ab. „Ach, nicht so wichtig."

Draußen ist es bereits dunkel und der Wind weht ein paar Herbstblätter in die Stallgasse, die ich seit ein paar Minuten fege. Seufzend kehre ich sie wieder hinaus und schließe die große Schiebetür.

So alleine im Stall ist es gleichzeitig gemütlich und gruselig. Ich liebe das müde Schnauben der Pferde und die Kaugeräusche, die sie von sich geben, während sie ihren Hafer fressen. Aber ich vernehme auch Laute, die mir vorher nie aufgefallen sind. Zum Beispiel das Ticken des Stromkastens an der Stallwand. Und das leise Rascheln der Vögel und Mäuse im Gebälk. Als der Wind um den Stall herumbläst, knarzen die Holzbretter. Mit überkreuzten Armen lehne ich mich von außen an Liliths Box und beobachte sie beim Fressen. Hin und wieder zuckt ihr rechtes Ohr und einmal hebt sie den Kopf und sieht mich fast fragend an.

„Lass dich nicht stören", murmele ich. „Ich will nur noch ein wenig die Ruhe genießen."

Das Schaben der Stalltür über den Steinboden lässt nicht nur mich, sondern auch die Pferde aufschrecken. Ich drehe mich um und sehe eine dunkel gekleidete Gestalt in den Stall huschen. Dann schließt sich die Tür wieder und der Fremde nimmt seine Kapuze ab.

„Jonathan", entfährt es mir erleichtert. „Du hast mich ganz schön erschreckt."

Stumm blickt er mich an. Die Augen fast so dunkel wie seine Haare.

„Ich hab' Hercules schon gefüttert", erkläre ich ihm. „Und die Gasse ist gefegt. Ist eigentlich alles schon erledigt."

Ohne ein Wort zu sagen, kommt er auf mich zu. Ich lege fragend den Kopf schief. „Alles in Ordnung?"

„Ich hasse es, wenn du das fragst", brummt er. Plötzlich wirkt er fremd und bedrohlich. Zum ersten Mal bemerke ich, dass er mich fast um einen Kopf überragt. Seine kurz geschorenen, dunklen Haare geben ihm ein soldatisch wirkendes Äußeres.

Ich schlucke, als er näher kommt und presse die Hände hinter mir an die Boxentür. Lilith hat aufgehört zu kauen und beobachtet die Szene aufmerksam. Ihr Huf scharrt nervös über den Boden.

Jonathan steht nun so dicht vor mir, dass ich seinen Atem riechen kann. Er riecht nach Abendessen. Gulasch. Mal wieder. Ich ziehe den Kopf noch weiter zurück, bis ich an die Gitterstäbe hinter mir stoße. „Ich denke, ich gehe jetzt wieder rein", sage ich leise.

Ganz kurz ruckt Jonathans Kopf zum Fenster neben der Stalltür. Doch bevor ich seinem Blick folgen kann, hat er mein Handgelenk gepackt und zieht mich ruckartig zu sich vor. In einem Bruchteil von Sekunden liegen seine Lippen auf meinen und er presst mich eng an die Boxentür. Mir stockt der Atem und meine Muskeln versagen ihren Dienst. Ein Blitzen im Augenwinkel weckt mich aus meiner Starre und ich schiebe meine Hände zwischen Jonathan und mich. Noch ein Blitzen. Grob stoße ich Jonathan von mir weg und wische mir mit dem Handrücken über den Mund.

Ich will ihn anschreien, will ihn fragen, was das sollte. Doch ich bekomme kein Wort heraus. Stattdessen starre ich ihn sprachlos an. Jonathans Kieferknochen treten hervor, als er die Zähne fest aufeinanderbeißt, dann dreht er sich herum und stampft aus dem Stall.

Ich bleibe stehen, unfähig mich auch nur einen Zentimeter von der Stelle zu rühren. Meine

Gedanken stehen still. Ich kann nicht einmal ansatzweise verstehen, was hier gerade passiert ist. Als wäre mein Kopf wie leer gefegt. Erst nach und nach stellt sich ein anderes Gefühl ein. Scham. Erniedrigung. Angst. Meine Hände beginnen unkontrolliert zu zittern. Und bald breitet sich das Zittern auf den ganzen Körper aus.

Immer wieder wische ich mir über die Lippen, versuche, das Gefühl zu vergessen, dass sein Mund auf meinem hinterlassen hat. Doch der Druck verschwindet nicht. Erst, als meine Hand nass wird, begreife ich, dass ich weine. Leise, aber unkontrolliert. Ich zittere und schluchze.

Mein Kopf versucht, mich zu beruhigen. *Nur ein Kuss*, hallt es in meinen Gedanken. *Es war nur ein Kuss. Mehr nicht.* Aber es war so viel mehr als das. Es war etwas, das sich ganz und gar falsch anfühlte. Und das jetzt, im Nachhinein eine Angst hinterlässt, die mir übel werden lässt. Diese Wut in seinen Augen. Die Kraft, mit der er mich zurückgedrängt hat. Was, wenn er noch da draußen ist? Was, wenn er mir auflauert? Was, wenn er mehr will?

In diesem Moment bin ich schwach. Ich bin nicht mehr der Sommer. Ich bin das letzte zitternde Blatt an einem sterbenden Ast.

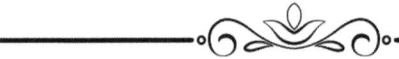

Erst eine halbe Stunde später wage ich mich aus dem Stall hinaus. So schnell ich kann, renne ich zurück ins Internat. Meine Füße stampfen die Treppe hinauf. Die Stiefel hinterlassen Dreckklumpen auf dem gerade erst gewienerten Boden. Erst in meinem Zimmer wage ich es, stehen zu bleiben und durchzuatmen. Sicherheitshalber schiebe ich einen Stuhl unter die Türklinke. Dann trete ich von der Tür zurück und versuche, zur Ruhe zu kommen. Langsam lasse ich mich auf mein Bett sinken. Das Zittern lässt allmählich nach. Und nun, mit etwas Abstand, kann ich klarer denken.

Es war Jonathan. Kein Fremder. Niemand, der mir wirklich etwas Böses wollte. Es war nur ein Kuss. Nur ein Kuss. Nur ein Kuss. Er wird es nicht wieder tun. Ich habe überreagiert. Vollkommen. Trotzdem taste ich noch einmal über meine Lippen.

Manchmal träume ich, ich hätte das erste Mal in meinem Leben geraucht. Hätte das erste Mal Nikotin durch meine Lungen gezogen. In diesem Traum fühle ich mich, als hätte ich mir selbst eine Art Unschuld geraubt. Als hätte ich meine Lungen entweiht. Meine Eltern lachen regelmäßig über diesen Traum, auch wenn sie froh sind, dass ich so eine Abneigung gegen Zigaretten habe.

Jetzt fühle ich mich ähnlich. Meine Lippen wurden das erste Mal ihrer Freiheit beraubt. Das erste Mal haben sie jemanden geküsst, den sie nicht küssen wollten. Und ich habe diese unsinnige Angst, dass sie sich nie wieder anfühlen werden wie zuvor. Ich fühle mich ... es klingt so abgedroschen ... Ich fühle mich entehrt.

Stumm starre ich auf die leere Wand gegenüber. Was tue ich jetzt? Wie soll ich ihm morgen gegenübertreten? Und was sage ich Leon? Jonathan ist Leons Freund. Auch, nach unserem Sitzplatzwechsel lässt Leon nichts auf ihn kommen. Und Jonathan hat sich bisher auch aus jedem Spaß auf meine Kosten herausgehalten.

Ich werde nichts sagen. Leon hat schon Alex den Rücken gekehrt. Nur meinetwegen. Ich werde ihm nicht auch noch Jonathan nehmen.

Am nächsten Morgen fühle ich mich schon viel besser. Jonathan und der Kuss scheinen wirklich nur noch ein schlimmer Traum gewesen zu sein. Ich bin mir sicher, dass Jonathan selbst kein Wort mehr darüber verlieren wird. Dafür ist er nicht der Typ. Er wird mich nicht mehr ansehen. Vielleicht schämt er sich jetzt auch ein wenig dafür.

Also betrete ich den Frühstücksraum mit gestrafften Schultern und richte den Blick starr auf Leon und den freien Stuhl ihm gegenüber. Ich will nicht sehen, wer alles an meinem alten Tisch sitzt. Heute werde ich sie ignorieren.

„Hi", begrüße ich Leon und setze mich ihm gegenüber. Sein Rührei und das Schwarzbrot liegen noch unangetastet auf seinem Teller.

„Hi", murmelt er, ohne den Blick zu heben. Seine Laune scheint nicht die Beste zu sein.

„Noch nicht ganz wach?", frage ich betont fröhlich und nehme einen Schluck Saft.

„Eigentlich schon", erwidert er und hebt den Blick. „Wie war es gestern im Stall?"

Ich verschlucke mich an meinem Getränk und halte mir die Hand vor den Mund, als ich es wieder hoch huste. „Was?"

„Wie war es im Stall?"

Eine Frage. Es ist nur eine Frage. Natürlich will er das wissen. Das fragt er mich jedes Mal. Kein Grund zur Panik. Trotzdem wird mir heiß und ich spüre, dass meine Wangen rot anlaufen. Ich wirke wie die Schuld in Person. Und ohne es zu wollen, huscht mein Blick zu unserem alten Platz hinüber. Jonathan ist noch nicht da. Mein Herz beruhigt sich wieder ein wenig.

„Gut", lüge ich frei heraus und wische mit dem Daumen einen Tropfen Saft vom äußeren Rand meines Glases.

„Ach ja?" Sein Ton klingt nun harsch. Fremd. Unsicher sehe ich ihm in die Augen.

„Wieso?"

„Warst du alleine?"

Erneut steigt die Hitze auf. Mein Daumen zittert. Ich klemme ihn in meine Faust und vergrabe die Hand unter dem Tisch in meinem Schoß.

„Ja?", antworte ich betreten. Sofort merke ich, wie er sich versteift. Sein Blick ist immer noch auf mich gerichtet, doch ich kann ihn nicht ansehen. Stattdessen starre ich auf mein Tablett.

„Jonathan war also nicht da, ja?"

Ich öffne den Mund, will ihm jetzt alles sagen. Aber er unterbricht mich. „Warum lügst du mich an?"

„Ich wusste nicht, wie ich es dir sagen sollte." Tränen treten mir in die Augen, aber er schüttelt nur wütend den Kopf. „Versuche es mal so: *Leon, ich muss dir da was sagen. Hinter deinem Rücken knutsche ich gerne mit anderen Typen. Bevorzugt deinen besten Freunden.*"

Geschockt starre ich ihn an. „Was? Ich … Knutschen? Hat er dir das erzählt?"

Leon schnaubt, die Hand auf dem Tisch zur Faust geballt. „Das musste er gar nicht. Ich hab das Foto gesehen."

„Welches Foto?"

Er schweigt. Die Lippen wütend aufeinandergepresst. Da beginne ich, zu verstehen.

„Das war sie", erfasse ich die Situation und sehe zu Nessa hinüber, die mir fröhlich zuzwinkert. „Sie hat das Foto gemacht."

„Tut das etwas zur Sache?"

„Und wie es das tut!", platzt es aus mir heraus. „Ich wollte ihn nicht küssen. *Er* hat *mich* geküsst. Ich ..."

„Und dir scheint es gefallen zu haben." Seine Worte treffen mich hart. Alleine die Erinnerung an gestern Abend tut weh.

Eine Träne rollt über meine Wange. „Wie kannst du so etwas sagen?"

Schweigend holt er sein Handy hervor und dreht mir den Bildschirm entgegen. Das Foto ist unscharf, milchig, weil es offensichtlich durch ein Fenster geschossen wurde. Aber man erkennt eindeutig mich und Jonathan. Meine Hände liegen auf seiner Brust.

„Da habe ich ihn gerade weggestoßen", versuche ich, zu erklären.

Leon nickt. Aber er wirkt nicht überzeugt. „Klar. Genau danach sieht es aus."

„Bitte", flehe ich. „Bitte glaub ihr nicht. Vor kurzem hast du noch gesagt, du glaubst mir."

Er schüttelt grimmig lächelnd den Kopf. „Da habe ich auch noch nicht mit Jonathan über dich gesprochen. Er sagte, du würdest ihn schon seit mindestens einem Jahr bedrängen."

„Bedrängen?"

„Ich habe immer gedacht, du tust das, weil er dir aus irgendeinem Grund leidtut. Aber er scheint das ganz anders empfunden zu haben. Und du ja offensichtlich auch."

Inzwischen laufen die Tränen ungehindert über meine Wangen. „Das ist alles gelogen."

Er schlägt die Augen nieder und steckt das Handy zurück in seine Hosentasche. „Vergiss es einfach." Ohne ein weiteres Wort steht er auf und verlässt den Speisesaal. Ich starre auf sein unangetastetes Essen.

Vom Nachbartisch dringt ein leises Lachen zu mir herüber. Als ich den Blick hebe, sehe ich Nessa, die sich mit den Fäusten die Augen reibt. „Oh. Buhu", jammert sie und Monia und sie lachen laut. Alinas Blick haftet etwas länger auf mir. Als ich sie ansehe, schlägt sie die Augen nieder.

Kapitel 22

An diesem Tag warte ich vergeblich an der alten Eiche. Leon kommt nicht. Der kalte Wind, der mir um die Nase weht, lässt mich erschauern. Winter liegt in der Luft. Früher habe ich den Winter geliebt, weil ich ihn immer mit Weihnachten in Verbindung gebracht habe. Inzwischen hasse ich ihn genau aus diesem Grund. Weihnachten, das Fest der Liebe. Das Familienfest schlechthin. Aber egal, wie viele Verwandte uns besuchen. Egal, wie viele Onkel, Tanten, Omas, Opas, Cousins und Cousinen unser Haus füllen, wir sind nie vollständig. Und wir werden es auch nie wieder sein.

Nun stehen wir hier. Die alte Eiche und ich. Wir beide spüren das Nahen des ersten Schnees. Über den Himmel treiben graue Wolken, doch vorerst behalten sie ihre Ladung für sich. *Noch nicht*, scheinen sie zu flüstern. *Noch nicht.*

„Du kommst gerne hier her, nicht wahr?"

Kälter als jeder Eiszapfen es könnte, fährt ihre Stimme mein Rückgrat hinab. Ich will sie nicht ansehen, aber ihr den Rücken zuzudrehen, behagt mir auch nicht. Also wende ich mich ganz langsam von der Eiche ab und Nessa zu.

Ich schweige. Ich schweige, weil in mir ein Tornado an Worten tobt. So viele, die herauswollen und sich gegenseitig den Weg versperren.

Nessa lächelt schief und tritt etwas näher. Über ihrer pinken Jeans trägt sie einen Army-Parker mit Fellkragen. Ich hasse Fellkrägen. In meiner Vorstellung liegt eine tote Katze um ihren Hals herum. Und das Bild passt überraschend gut zu Nessa.

„Heute mal alleine hier? Wo ist dein Freund?"

Sie hat uns also hier gesehen. Wie oft ist sie uns gefolgt? Und was hat sie daran gestört? Dass ich noch einen letzten Verbündeten hatte? Oder dass ich glücklich war, wenn er bei mir war?

„Du hast das Foto gemacht", stelle ich trocken fest. Zu meiner Überraschung streitet sie meinen Vorwurf nicht ab. Dazu hat sie keinen Grund. Es gibt keinen Zeugen, außer der stummen Eiche. Aber diesmal frage ich sie nicht nach dem Warum. Nur nach dem Wie.

Das Lächeln gräbt sich etwas tiefer in ihr Gesicht. „Jonathan zu überzeugen, war nicht allzu schwer. Er hasst dich. Und gleichzeitig..." Sie kommt noch näher. So nah, dass ich vor ihr zurückweichen muss, bis ich mit dem Rücken gegen den Baumstamm hinter mir stoße. Sie streckt die Hand nach mir aus, doch ihre Fingerspitzen berühren meine Wange nicht. Trotzdem spüre ich ein Kribbeln, als sie so tut, als würde sie darüber streichen. „Gleichzeitig scheint er etwas für dich zu empfinden. Keine gesunde Mischung."

„Du hast ihn also überredet, mich zu küssen." Ich halte ihrem kühlen Blick stand. Versuche, zu verstehen, wie sie so kalt sein kann. Kälter als der Winter.

„Viel überreden musste ich da nicht. Es hat ihm ja gefallen."

„Und was jetzt?", frage ich matt. „Was tust du als Nächstes? Was willst du mir noch nehmen?"

„Nehmen?", erwidert sie. „Ich will dir gar nichts nehmen. Ich will dir etwas zeigen."

„Was denn?", rufe ich, als sie sich langsam rückwärtsgehend von mir entfernt. „Was willst du mir zeigen?"

„Wie schnell sich das Blatt wenden kann." Sie schweigt einen Moment, den Blick in die Ferne gerichtet. Dann sieht sie mich wieder an. „Ist das nicht faszinierend? Wie schnell die Menschen sich ändern können?"

Ich presse die Lippen aufeinander, bevor ich beginnen kann, sie anzuflehen, aufzuhören. Denn ich stehe kurz davor. So kurz davor, mich vor ihre Füße zu werfen und um Gnade zu betteln. Stattdessen straffe ich die Schultern. Mein Blick wird ebenso hart wie ihrer. Wenn es das ist, was sie will, dass ich vor ihr im Staub krieche: Darauf kann sie lange warten.

So wirklich richtig alleine bin ich erst jetzt. Erst, seitdem auch Leon nicht mehr zu mir steht. Ich sehe ihn zwar nicht am Tisch der anderen sitzen. Aber sein Mittagessen nimmt er lieber mit ein paar Schülern aus der Parallelklasse ein, anstatt mit mir.

Immer wieder versuche ich, seinen Blick einzufangen, doch er weicht mir geschickt aus. Und auch Jonathan, der nun wieder neben Alina sitzt, ignoriert mich gekonnt. Ich muss mit ihm sprechen. Ich muss ihn davon überzeugen, Leon die Wahrheit zu sagen. Nessa meinte, er hasst mich. Aber das glaube ich nicht. Das kann nicht sein. Wieso sollte er mich hassen?

Ohne besonders viel Appetit schiebe ich mir noch einen Löffel Suppe in den Mund und stehe dann auf, um mein Tablett wegzubringen. Als ich an meinem alten Tisch vorbeikomme, schiebt

Jonathan plötzlich seinen Fuß vor. Ich stoße dagegen, stolpere. Das Tablett rutscht mir aus den Händen und landet den Bruchteil einer Sekunde nach mir auf dem Boden. Meine Knie schmerzen vom Aufprall, aber ich rappele mich, so schnell es geht, wieder auf. Das Lachen der Schüler rings um mich herum, brandet in meinen Ohren auf und ab. Aber ich kann niemanden von ihnen ansehen. Meine Hände sind nass von der Suppe, die über dem Boden verteilt ist. Ich wische sie an meinem Rock ab. Etwas, das ich normalerweise niemals tun würde. Aber ich lag auch noch nie auf dem Boden des Speisesaals und habe in Suppe gebadet.

„Pass doch mal auf, wo du hinläufst", höre ich Monias Stimme aus dem Lachen der anderen heraus. Geschockt sehe ich sie an. Aber diesmal erwidert sie meinen Blick. Hart. Ohne jegliches Gefühl.

„Juli!" Frau Jörgens' Stimme dringt erst beim dritten Mal wirklich zu mir durch. „Alles in Ordnung?" Sie berührt mich sanft an der Schulter und dreht mich zu sich herum. Erst gleitet ihr Blick über mich, dann über das Chaos am Boden. „Geh dich umziehen, okay?"

Ich nicke. Erleichtert, dass sie mich nicht auch noch putzen lässt. Wie in Trance verlasse ich den Speisesaal. Die Schultern hochgezogen, die Ohren auf taub gestellt.

Am selben Tag noch werde ich in Frau Jörgens' Klassenraum bestellt. Der Nachmittagsunterricht ist bereits beendet. Die letzten Schüler drängen an mir vorbei aus dem Zimmer. Meine Lehrerin blickt mir schon erwartungsvoll entgegen. „Juli, komm.

Setz dich doch." Sie deutet auf einen Stuhl neben ihrem Pult. Ein Stuhl, der da sonst nicht steht. Zögernd nehme ich platz und streiche die Bügelfalten meines blauen Rocks über meinen Beinen zurecht.

„Juli, ich will nicht um den heißen Brei herumreden. Deshalb sage ich es dir sofort: Ich sehe, dass es dir nicht gut geht. Du bist blass, wirkst ein wenig kränklich. Deine schulischen Leistungen sind in den letzten Wochen stark gesunken. Und dein Lächeln..." Sie macht eine kurze Pause und zieht die Mundwinkel besorgt hinunter. „...habe ich schon lange nicht mehr gesehen." Sie lässt ihre Worte einen Moment auf mich wirken, wartet auf eine Antwort, deren Frage sie noch nicht gestellt hat. Doch sie erntet nur Schweigen.

„Also, was ist los? Du und Monia, ihr wart immer so." Sie überkreuzt Zeige- und Mittelfinger und lächelt traurig. „Und jetzt? Jetzt saßt du heute sogar an einem anderen Platz im Unterricht. Es ist nicht zu übersehen, dass ihr Streit habt. Ich habe in letzter Zeit etwas genauer auf euch geachtet und mir gefällt diese Entwicklung nicht. Und welche Auswirkungen sie auf dich hat."

Immer noch sage ich kein Wort. Ich sehe die Lawine bereits jetzt auf mich zurollen. Wenn ich hier einen Fehler mache, wird sie mich mitreißen und ich kann nichts von dem, was kommt, noch aufhalten. Vor meinem inneren Auge sehe ich meine Eltern, weinend am Küchentisch. Nie wieder. Nie wieder.

„Es ist alles gut", sage ich tonlos. Doch es ist eine furchtbar schlechte Lüge und Frau Jörgens schüttelt nur traurig den Kopf.

„Nein, Juli. Das ist es nicht. Aber wenn du nicht darüber sprichst, kann dir niemand helfen." Sie greift nach einer meiner Hände, die sich in den Falten des Rockes verkrallt hat. „Bitte, lass uns dir helfen. Was war der Auslöser? Das Problem lässt sich sicherlich aus der Welt schaffen."

Die eigentliche Frage sollte nicht *was*, sondern *wer* heißen. Und eine Person schafft man nicht einfach aus dem Weg.

„Ich weiß es nicht", antworte ich gepresst.

Sie lässt meine Hand wieder los und lehnt sich seufzend in ihrem Stuhl zurück. Dabei sieht sie auf das Klassenbuch, streicht mit den Fingern einen Knick in einer Seite zurück. „Wenn es nicht besser wird mit dir, sehe ich mich gezwungen, deine Eltern zu informieren." Sie muss mein Zucken bemerkt haben, denn sie wendet sich mir wieder zu, die Hände wie zum Gebet in ihrem Schoß gefaltet. „Du musst das verstehen. Ich kann nicht einfach zusehen und nichts tun. Meine Aufgabe als eure Lehrerin ist es nicht nur, euch zu unterrichten. Ich habe auch eine Sorgfaltspflicht. Wenn ich merke, dass es einem von euch nicht gut geht, muss ich handeln."

„Aber es geht mir gut!", rufe ich, doch die Tränen in meinen Augen strafen mich Lügen.

Frau Jörgens sieht mich schweigend an. Schließlich atmet sie tief ein. „Ich wünschte, ich könnte dir das glauben."

Glücklich. Ich muss glücklich wirken. Wenn ich es nicht tue, werden meine Eltern benachrichtigt. Und wenn sie hierher kommen, kommt der Stein ins Rollen. Vor dem Spiegel studiere ich ein überzeugendes Lächeln ein. Es erreicht meine Augen nicht, aber es sollte genügen, um die Lehrer zu beruhigen. Noch nie war es so anstrengend, meine Mundwinkel anzuheben. Meine Wangen schmerzen schon nach den ersten Versuchen. Seufzend lehne ich die Stirn gegen das kühle Glas des Spiegels. Wie einfach wäre es, meine Eltern anzurufen. Wie einfach, sich auf die Erwachsenen zu verlassen. Aber es funktioniert nicht. Laura ist das beste Beispiel. Inzwischen weiß ich, dass sie uns zum Schluss nur noch etwas vorgespielt hat. Dass sie nie glücklich war, wenn sie gelächelt hat. Und ich frage mich, wie lange ihr Plan schon feststand, ohne, dass einer von uns etwas davon bemerkt hat.

Als die Tür zum Waschraum sich öffnet, zucke ich erschrocken zusammen. Aber es sind nur ein paar jüngere Schülerinnen, die lachend und plappernd an mir vorbei zu den Duschen laufen.

Ich atme noch einmal tief ein, dann gehe ich zurück in mein Zimmer.

Etwa zwei Wochen schlage ich mich durch. Sobald ein Lehrer einen Blick auf mich erhascht, setze ich mein Lächeln auf, straffe die Schultern und benehme mich ... normal.

Im Unterricht sitze ich allerdings weiterhin auf einem anderen Platz. Ich versuche, Monia und Nessa zu ignorieren, was mir nicht immer leicht fällt. Genauso wie es mich einiges an Konzentration kostet, meine Hausaufgaben zu erledigen. Denn die Stille in meinem Zimmer rauscht in meinen Ohren. Aber nicht nur hier, überall umgibt mich Stille. Die anderen sprechen, aber nicht mit mir. Sie lachen, aber nie mit mir. Ich bin Luft. Nichts mehr als Luft.

Erst, wenn ich zu meinen Laufrunden aufbreche, fühle ich mich wieder lebendiger. Als könnte ich so aus meiner Unscheinbarkeit entkommen. Die kalte Novemberluft beißt in meine Wangen. Mein Atem verwandelt sich in kleine Dampfwölkchen, sobald er meine Lippen verlässt.

Ich sehe. Ich höre. Ich fühle. Ich bin.

Gefrorene Pfützen knirschen und splittern unter meinen Schritten. Meine Muskeln spannen sich an, arbeiten. Langsam wird mir etwas wärmer. Ich laufe an der alten Eiche vorbei, hinüber zum See. Es ist so kalt, dass sich an den Ufern bereits kleine Eiskristalle bilden. Bald kann man auf seiner Oberfläche wieder Schlittschuhlaufen.

Ich werde langsamer, betrete den Steg und atme tief durch. Letztes Jahr haben Monia und ich unsere Runden dort noch zusammengedreht. Wir haben Tränen gelacht, weil Monia alle paar Minuten auf ihrem Hintern landete und mich dabei oft noch mitriss.

Dieses Jahr wird sie ohne mich aufs Eis gehen. Vielleicht wird sie Nessas Hand halten. Und sie werden lachen und Spaß haben. Später werden sie auf ihrem Zimmer Schokolade essen und heimlich Serien unter der Bettdecke schauen. So wie Monia und ich es getan haben.

„Du solltest lieber nicht so weit ans Wasser gehen", reißt eine bekannte Stimme mich aus meinen Gedanken, „du könntest sonst noch reinfallen." Und schon trifft Nessas Hand mich im Rücken. Ein einziger Schubs reicht aus und ich verliere den Halt. Weder meinen rudernden Arme, noch mein Schrei halten meinen Sturz auf. Das eiskalte Wasser verschluckt mich, nimmt mir den

Atem. Es sticht in meinen Muskeln, mein Herz zieht sich krampfhaft zusammen. Für ein paar Sekunden bin ich unfähig, mich zu bewegen. Dann strampele ich mich zurück an die Oberfläche. Mit zwei kräftigen Zügen schwimme ich auf das Ufer zu. Meine Füße finden nur schwer Halt im schlammigen Boden und ich muss die Hände zur Hilfe nehmen und mich am Gras herausziehen.

Schwer atmend krabbele ich an Land und komme schwankend zurück auf die Füße. Der Steg ist leer. Nessa ist verschwunden. Dampf steigt von meinem Körper auf. Meine Muskeln beginnen unkontrolliert zu zittern. Und ich setze mich in Bewegung. Laufe, so schnell ich kann, um nicht auszukühlen.

Als ich die große Eingangshalle betrete, geben meine Schuhe patschende Laute von sich. Sämtliche Schüler, an denen ich vorbeikomme, werden auf mich aufmerksam. Manche schauen irritiert, andere amüsiert. Als ich an einem Spiegel vorbeikomme, sehe ich meine blauen Lippen und presse sie zusammen.

„Was zum Teufel..." Leons Stimme klingt genauso erschrocken, wie er aussieht. Fassungslos starrt er mich an. „Warst du baden?"

Ich bin zu erschöpft, um ihm eine passende Antwort zu geben, dränge mich stattdessen an ihm vorbei die Treppe hinauf. Dabei nehme ich immer zwei Stufen gleichzeitig. Ich höre, dass er mir folgt. Als er meinen Arm packt, spüre ich seine Berührung kaum. Mein Körper fühlt sich seltsam taub an.

„Was ist passiert?"

Ich entreiße ihm meinen Arm, stolpere dabei und halte mich am Treppengeländer fest. „Interessiert dich doch sowieso nicht."

Seine Augenbrauen ziehen sich zusammen. „Juli...“

Ich hebe eine Hand und schüttele den Kopf. „Du glaubst es mir ja doch nicht.“

Er beißt sich auf die Unterlippe. Ich kann den Kampf, der in ihm tobt, regelrecht mitverfolgen. „Ich...“

„Du hast gesagt, du würdest mir glauben“, flüstere ich. Meine Stimme zittert genauso wie mein Körper. „Aber du hast es nicht getan. Genau wie alle anderen.“

Leon presst die Lippen aufeinander und atmet tief ein. „Und du lässt dir nicht helfen. Wieso nicht? Wieso willst du keine Hilfe?“

Noch einmal wehre ich seine Hand ab. Drei Schritte und ich bin oben. Leon lasse ich hinter mir zurück. Ich habe es ihm schon einmal erklärt. Warum versteht er es nicht? Es gibt keine Hilfe.

Kapitel 23

Fast zwei Wochen liege ich krank in meinem Bett. Die einzigen Menschen, mit denen ich zwischendurch spreche, sind meine Eltern, die Arzthelferin und Frau Jörgens. Letztere kommt vorbei, als ich mich endlich wieder etwas besser fühle. Nur das Kratzen in meinem Hals und eine rote Nase erinnern mich noch an die heftigste Erkältung seit Jahren.

Vorsichtig steckt sie ihren Kopf zur Tür herein. „Darf ich reinkommen?"

Ich nicke widerwillig. Eigentlich möchte ich nicht mit ihr sprechen, weil das nichts Gutes bedeuten kann. Aber wenn ich sie wegschicke, schiebe ich das wahrscheinlich unvermeidbare Gespräch nur auf.

Statt ihrem üblichen grauen Kostüm trägt sie heute ihre Privatsachen. Jeans und einen hellblauen Strickpullover, dessen Ärmel sie mindestens dreimal umgeschlagen hat, damit sie ihr nicht über die Hände rutschen. Fast behutsam betritt sie mein Zimmer und zieht sich wieder meinen Schreibtischstuhl heran.

„Wie geht es dir?", fragt sie und lächelt freundlich.

Ich zucke mit den Schultern. „Ganz gut. Ich denke, morgen bin ich wieder fit." Der Gedanke, dass ich ab morgen wieder am Unterricht teilnehmen könnte, ängstigt mich. Ich will die anderen nicht wiedersehen. Lieber bleibe ich alleine in meinem Zimmer.

„Schön", meint sie, doch das Lächeln schwindet trotzdem allmählich aus ihrem Gesicht. „Juli, weswegen ich eigentlich gekommen bin…", sie zögert und zupft einen imaginären Fussel von ihrem Oberschenkel, „Leon hat mich angesprochen. Er hat mir einige Dinge zugetragen, die mich wirklich erschreckt haben."

Mir wird so heiß, als wäre das Fieber mit einem Schlag zurückgekehrt. „Was hat er denn gesagt?"

„Dass Nessa und ein paar der anderen Schüler dich mobben", sagt sie geradeheraus. „Stimmt das?"

Ich ziehe die Unterlippe zwischen die Zähne und atme aus. Ich könnte einfach lügen. Ich könnte sagen, dass Leon sich das alles ausgedacht hat. Aber wenn er unsere Lehrerin einmal auf die richtige Spur gebracht hat, wird sie nicht mehr davon abweichen.

„Es ist nicht so schlimm, wie es vielleicht klingt", murmele ich deshalb und kann ihr dabei nicht in die Augen sehen.

„Oh, ich finde es schon schlimm. Laut Leons Aussage hat Nessa dich bereits mehrfach in Gefahr gebracht. Zuletzt offenbar indem sie dich in den See geschubst hat."

„Ich bin mir gar nicht so sicher, ob das wirklich Nessa war", platzt es aus mir heraus und Frau Jörgens zieht skeptisch eine Augenbraue hoch.

Ich nestele an meiner Decke herum. „Na ja, ich habe sie nicht gesehen. Ich dachte nur, ich hätte ihre Stimme gehört. Vielleicht bin ich auch ausgerutscht."

Meine Lehrerin schüttelt den Kopf. „Wie auch immer. Zusammengenommen kann ich das alles nicht ignorieren. Ich werde Nessa gleich darüber informieren, dass wir morgen ein gemeinsames Gespräch führen. Erst mal nur wir drei, okay?

Vielleicht lässt sich dabei ja schon alles aus der Welt räumen."

„Nein, bitte nicht!" Als ich hastig nach Frau Jörgens' Arm greife, um sie am Aufstehen zu hindern, runzelt sie irritiert die Stirn. Ich schüttele so wild den Kopf, dass mir davon schwindelig wird. „Ich möchte kein Gespräch. Ich kläre das alleine mit ihr."

„Juli", sagt sie leise und löst sanft meine Finger aus ihrem Pulli. „Ich kann verstehen, dass dir das unangenehm ist. Aber glaub mir, es ist besser, darüber zu sprechen, bevor es vollständig ausartet. Es wird nicht besser, wenn man es ignoriert."

Sie versteht es nicht. Genau wie alle anderen. Sie versteht es einfach nicht.

In der Nacht bekomme ich kaum ein Auge zu. Immer wieder taste ich nach dem Schwesternbuch unter meinem Kissen, klammere mich daran fest. Laura hat das alles schon einmal durchgemacht. Und nur, weil sie sich das Leben nahm, blieb mir dieser Weg bisher erspart. Und jetzt? Jetzt trifft es mich doch. Und ich habe das Gefühl, ihre Geschichte zu wiederholen. Angst schnürt mir die Kehle zu. Ich bin so unruhig, dass ich nicht einmal still liegen kann.

Schließlich stehe ich auf, ziehe die Laufschuhe an und verlasse im Nachthemd mein Zimmer. Mein Atem geht schnell und hektisch. Die Brust hebt und senkt sich, als wäre ich bereits zehn Kilometer gelaufen. Im Dunkeln wirkt das Internat fremd und wie ausgestorben. Nur ein paar vereinzelte Lichter erhellen den Flur, damit man nachts die Toilette findet. Aber mich zieht es woanders hin.

Die Schuhe tippen so leicht auf die Treppenstufen, dass es kaum zu hören ist. Meine Hand streicht auf meinem Weg nach unten über das alte, hölzerne Geländer. Ich durchquere die große Eingangshalle, werfe einen Blick auf den Engel, der von der Kuppel auf mich herab lächelt. Dann erreiche ich die Tür. Verschlossen. Vergeblich drehe ich den Knauf hin und her. Natürlich. Der Hausmeister schließt die Tür jeden Tag spätestens um zweiundzwanzig Uhr ab. Dann herrscht Ausgangssperre. Aber es muss doch einen Weg hinausgeben. Ich wandere durch die Flure, rüttele an jeder Außentür, an der ich vorbeikomme. Doch keine gibt nach.

In meinem dünnen Nachthemd wird mir schnell kalt. Aber ich kann nicht aufhören, nach einem Ausweg zu suchen. Ich muss hier raus. Ich muss laufen. Ich durchstreife das Internat von unten nach oben, renne inzwischen durch die Gänge. Mein Nachthemd flattert wie das Gewand eines Geistes um mich herum. Irgendwann weiß ich nicht mehr, wo ich bin. Noch nie habe ich im Internat so sehr die Orientierung verloren. Aber ich befinde mich in einem Flur, in dem ich noch nie zuvor war. Trotzdem renne ich weiter, bemerke die sich öffnende Tür zu spät und renne in eine andere Person hinein. Zwei Hände greifen nach meinen Oberarmen und halten mich fest, bevor ich fallen kann. Irritiert schaue ich auf und direkt in Jonathans dunkle Augen. Nach Luft schnappend weiche ich vor ihm zurück und seine Hände lösen sich von mir. Er steht einfach da und starrt mich an. Es ist das erste Mal, dass ich ihn nicht in seiner Schuluniform oder Reitkleidung sehe. In seinem blaukarierten Pyjama wirkt er ganz anders.

Jonathan streicht sich durch die schwarzen Haare. „Was tust du hier?"

Ich weiche weiter vor ihm zurück, will mich von ihm abwenden und weglaufen, doch er hält mich am Handgelenk zurück, seine Augen eindringlich auf mich gerichtet. „Bitte", sagt er leise, „lauf nicht weg."

Mein Kinn zittert, als ich den Blick auf seine Hand richte. Seine Haut an meiner. Und sofort lässt er mich wieder los. „Es tut mir leid", flüstert er. Mir ist nicht ganz klar, ob er die aktuelle Situation meint oder den Tag im Stall.

„Wieso?", frage ich und im Gegensatz zu mir scheint er sofort zu wissen, wie ich diese Frage meine.

„Es ... es tut mir leid", wiederholt er noch einmal und ich glaube ihm. Plötzlich wirkt er so eingeschüchtert, gar nicht mehr angsteinflößend. Und ich fasse Mut, trete nun wieder näher und sehe ihn flehend an. „Du musst es Leon sagen. Du musst ihm die Wahrheit sagen."

Jonathans Augen weiten sich vor Schreck und er schüttelt wild den Kopf. „Das kann ich nicht."

„Aber er denkt..." Ich schlucke, will nicht vor ihm weinen. „Er muss wissen, wie es wirklich war. Bitte."

Noch einmal schüttelt Jonathan den Kopf. „Nein. Nein, das kann ich nicht. Es tut mir leid. Wirklich. Aber ich werde mit niemandem darüber sprechen. Ich halte mich ab sofort da raus."

Wut kocht in mir hoch. Für einen großen Teil meiner Lage trägt er mit die Verantwortung. Und jetzt will er nicht dazu stehen? „Du bist ein Feigling", fauche ich ihn an und er zuckt unter meinen Worten zusammen. „Ein mieser, kleiner Feigling. Das warst du schon immer."

Bevor er die Tränen in meinen Augen sehen kann, wende ich mich ab und renne den Gang zurück.

Vor dem Frühstück kann ich mich noch drücken. Doch gegen zehn Uhr betritt Frau Jörgens mein Zimmer und tippt auf ihre Armbanduhr. „Ich habe jetzt eine Freistunde und Nessa wurde für heute vom Theaterunterricht freigestellt. Wir hätten also jetzt Zeit. Kommst du?"

Nein. Nein. Nein. Ich will nicht. Ein unangenehmes Kribbeln zieht sich durch meinen ganzen Körper. Am liebsten würde ich das Fenster aufreißen und abhauen. Aber äußerlich bleibe ich ruhig. Ich nicke, stehe auf und folge ihr den Flur entlang bis zum Zimmer der Streitschlichtung. Ich denke zurück an den Fall des geklauten Kaugummis und die Fünftklässler, die ich damals beruhigen konnte.

Aber in unserem Fall, Nessas und meinem Fall, geht es nicht um irgendein Kaugummi. Als ich eintrete, sitzt sie bereits dort. Die Schuluniform ausnahmsweise mal hübsch zurechtgemacht. Ihr Kragen steht nicht hoch, die Bluse ist ordentlich in den Rock gesteckt. Sogar ihre Haare hat sie gekämmt. Kaum, dass sie mich bemerkt, lächelt sie mich schüchtern an. Schüchtern? Ein Wort, das Nessa normalerweise nicht kennt.

„Setz dich", fordert Frau Jörgens mich freundlich auf und zieht mir einen Stuhl heran. Eine unangenehme Stille folgt, in der ich Nessas Blick ausweiche und auf meine ineinander verschränkten Finger in meinem Schoß starre.

„Also, ihr zwei", beginnt Frau Jörgens, die einen Notizblock aus ihrer Tasche gekramt hat. Zu gerne würde ich wissen, was darauf steht. Doch sie hält ihn so, dass weder Nessa noch ich ihre Notizen lesen können.

„Möchte eine von euch anfangen, oder soll ich?"

Kurz schaue ich auf und begegne Nessas Blick. Sie zieht die Mundwinkel leicht hoch, sodass sie unsicher lächelt. Dann sieht sie Frau Jörgens an. „Ich weiß ehrlich gesagt noch gar nicht so richtig, über was wir überhaupt sprechen möchten."

Frau Jörgens nickt und wirkt, als würde sie Nessa ihre Unwissenheit tatsächlich abkaufen. „Mir ist zu Ohren gekommen, dass es zwischen dir und Juli in letzter Zeit immer mal wieder zu Unstimmigkeiten gekommen ist."

Unstimmigkeiten. So könnte man es natürlich auch nennen. „Kannst du mir sagen, was da los war?"

Nessa zieht sowohl die Schultern, als auch die Augenbrauen hoch und schüttelt langsam den Kopf. „Ich weiß auch nicht, wie es dazu kam. Irgendwie haben wir uns wohl ein bisschen verkracht. Aber wieso müssen wir mit Ihnen darüber sprechen?"

„Stimmt es, dass du Juli beim Sport absichtlich zu Fall gebracht hast?"

Ich sinke in meinem Stuhl etwas tiefer. Nessas Mund klappt auf. „Was? Nein! Das habe ich auch damals sofort gesagt. Ich bin ihr versehentlich in die Hacken getreten." Sie sieht mich an und für einen Moment könnte ich glauben, dass sie es ernst meint. „Juli, falls du mich deshalb letztens so angeschrien hast. Wirklich, ich hab das nicht extra gemacht."

Frau Jörgens richtet ihren Blick ebenfalls auf mich. „Du hast sie angeschrien?"

Ich schüttele den Kopf. „Das hatte einen ganz anderen Grund."

„Und der wäre?"

„Ich ..." Oh Gott. Ich will das nicht. Warum kann ich nicht einfach gehen? Warum fühle ich mich schlecht, obwohl sie es doch war, die das alles getan hat? „Ich war sauer, weil sie Lilith erschreckt hat."

Frau Jörgens runzelt die Stirn. „Inwiefern erschreckt?"

„Sie hat sie während des Reitunterrichts mit Wasser bespritzt." Unsere Lehrerin nickt und macht sich eine kleine Notiz. „Stimmt das, Nessa?"

„Mir ist die Flasche aus der Hand gerutscht. Das war echt doof. Tut mir leid."

„Okay." Frau Jörgens tippt mit dem Kuli mehrmals auf das Papier, während sie Nessa ansieht. „Dann habe ich hier noch einen Punkt, der mich besonders beunruhigt." Sie räuspert sich, offensichtlich ist es ihr unangenehm, die Sache anzusprechen. „Hast du Juli vor zwei Wochen in den See geschubst?"

„Was?" Jetzt wirkt Nessa ernsthaft geschockt und mir kommen Zweifel an der Wahrheit meiner Erinnerung. „Wieso sollte ich das tun? Auf keinen Fall!" Tränen treten ihr in die Augen. „Das ist eine Lüge." Sie sieht mich an, mit bebender Unterlippe. „Warum sagst du so etwas Gemeines?"

Ich kann nicht anders, als sie sprachlos anzustarren. Mir kommen Zweifel. Habe ich tatsächlich ihre Stimme gehört? Oder habe ich sie mir bloß eingebildet? Bin ich vielleicht wirklich einfach nur ausgerutscht? Unsicher wende ich mich an Frau Jörgens.

223

„Ich habe Ihnen ja gesagt, dass ich mir nicht sicher bin, ob sie es war."

Die Lehrerin nickt. „Ja, das hast du. Ich möchte nur wirklich sicher sein. Denn das ist eine ernste Anschuldigung. Du hättest in dem See ertrinken können. Dass du nur eine Erkältung bekommen hast, ist..." Sie spart sich den Schluss des Satzes und schüttelt den Kopf. „Nessa. Geh noch einmal in dich. Du warst es wirklich nicht?"

Die ersten Tränen rollen über Nessas Wangen. „Nein. Wirklich nicht. Ich schwöre es." Und ich glaube ihr. Zumindest für zwei Sekunden. Dann sagt sie: „Ich mag Juli. Es ist so schade, dass es zu Missverständnissen zwischen uns kam. Ich wollte dich nicht ärgern." Dabei sieht sie mich wieder an und ihre schauspielerische Leistung ist hervorragend.

Ich schlucke und senke den Blick, bis Frau Jörgens mir die Hand auf den Oberarm legt. „Juli? Was sagst du dazu?"

„Ist okay", murmele ich. „Dann waren es wohl wirklich nur Missverständnisse."

Unsere Lehrerin schweigt einen Moment, dann räuspert sie sich noch einmal. „Okay. Ist das dann damit aus der Welt geschafft?"

Nessa schnieft. Beeindruckend. Dann nickt sie. „Für mich auf jeden Fall. Ich möchte wieder mit Juli befreundet sein. Ich hab dich vermisst, Juli."

Schweigen. Ich weiß, dass Frau Jörgens auf meine Antwort wartet. Es zerreißt mich fast, doch irgendwann bringe ich ein „Ja, alles in Ordnung", heraus.

„Na, das ist doch super. Fühlt sich gleich viel besser an, oder?"

Nessa nickt begeistert. Nun strahlt sie wieder über beide Wangen. „Kann ich jetzt zurück zum Unterricht?"

„Natürlich. Juli kommt auch gleich nach."

Bevor Nessa den Raum verlässt, umrundet sie den Tisch und schlingt ihre Arme um mich. Ihr Mund liegt ganz nah an meinem Ohr, als sie flüstert: „Ich mach dich fertig." Dann küsst sie mich auf die Wange und lässt mich mit Frau Jörgens zurück.

„Juli, ich wollte dich noch kurz alleine sprechen. Es beunruhigt mich ein wenig, dass du solche Vorwürfe in Umlauf bringst. Leon war wirklich besorgt um dich. Und ich selbstverständlich auch. Die Geschichte mit dem See ... Für Nessa hätte es ernsthafte Konsequenzen haben können. Verstehst du das?"

Meine Finger sind so stark ineinander verhakt, dass sie taub werden. Ich nicke. „Das verstehe ich. Es tut mir leid. Ich hab mir das wohl nur eingebildet."

„Gibt es denn sonst etwas, über das du gerne mit mir sprechen möchtest? Ich meine, gibt es vielleicht in deiner Familie Probleme? Oder mit einem der Lehrer hier? Du kannst wirklich offen mit mir sprechen."

„Nein", antworte ich wie in Trance. „Es ist alles bestens. Darf ich jetzt gehen?"

Sie schweigt einen Moment, dann nickt sie. „Ja, in Ordnung. Ich bin froh, dass wir die Sache mit Nessa klären konnten."

„Ja, erwidere ich. „Ich auch."

Kapitel 24

Es herrscht die Ruhe vor dem Sturm. Im Unterricht selbst bin ich sicher. Nessa würde es niemals wagen, mich öffentlich anzugreifen. Aber sobald es zum Unterrichtsschluss klingelt, stürme ich aus der Klasse und versuche, so schnell wie möglich auf mein Zimmer zu kommen.

Monia hält mich auf. Sie überholt mich und stellt sich mir in den Weg. Die Fäuste in die Hüften gestemmt. Sie sieht so anders aus. Von ihrer Kräuselmähne ist nichts mehr zu sehen. Stattdessen ziert ein hübscher Flechtzopf ihren Kopf. Die dezent geschminkten Lippen verengen sich zu einem harten Strich. „Was soll der Scheiß?", fährt sie mich an. Ich bleibe erschrocken stehen. „Was?"

„Warum erzählst du Lügen über Nessa? Hast du das echt nötig? Bist du so tief gesunken?" Sie schnaubt verächtlich. „Deine Eifersucht muss ja echt schlimm sein."

Eifersucht? Natürlich. Sie denkt, es würde mir noch etwas ausmachen, dass sie nicht mehr mit mir, sondern mit Nessa befreundet ist. Aber tatsächlich ist mir das inzwischen egal. Die Monia, mit der ich befreundet war, existiert nicht mehr.

„Lass mich durch", sage ich, weil es müßig ist, mir ihr darüber zu diskutieren. Ihre Hand schießt vor und trifft mich flach vor der Brust, sodass ich zurücktaumele. Alex und Jonathan gehen an uns vorbei. Kurz fange ich Alex' Blick auf, doch er wendet sich schnell ab und ruft Alina hinterher, die sich lächelnd zu ihm herumdreht. Die Schöne und das Biest. Wie wunderbar doch ihre Rollen zu ihnen passen.

Nessa tritt neben Monia und legt ihr eine Hand auf den Arm. „Lass das. Das ist es nicht wert." Monias Wut scheint dadurch noch etwas anzuwachsen. Sie wirkt wie ein aggressiver Hund, der an der Leine mehr pöbelt, als im Freilauf.

„Sie soll dich einfach in Ruhe lassen, die blöde Kuh."

Das sitzt. Und es tut mehr weh, als ihr Schubser von vorhin.

Nessa zieht an Monias Blusenärmel. „Komm. Lass uns gehen." Monia rümpft noch einmal die Nase, dann folgt sie Nessa. Wie betäubt bleibe ich stehen, die Tasche baumelt schlaff in meiner Hand.

„Alles klar?", höre ich Leons Stimme hinter mir. Ich drehe mich zu ihm herum und funkele ihn wütend an. „Das ist alles deine Schuld."

„Was?"

„Wieso musstest du zu Frau Jörgens gehen? Wieso hast du ihr davon erzählt? Ich habe dich gebeten, es nicht zu tun."

Sein Kiefer spannt sich an. „Und ich habe dir gesagt, dass Schweigen keine Option ist. Jetzt weiß sie Bescheid und…"

„Sie denkt, ich hätte gelogen."

„Was?" Seine Augen weiten sich. „Wieso?"

„Weil Nessa alles abgestritten hat und ich keine Zeugen habe. Das habe ich dir gesagt. Ich habe gesagt, dass das so kommt."

„Aber auf dem Sportplatz, das habe ich gesehen."

„Das hätte genauso gut ein Versehen sein können. Komm schon, Leon. Du bist doch nicht dumm."

Eine Weile sagt er nichts, dann schüttelt er betrübt den Kopf. „Es tut mir leid. Ich dachte, ich könnte dir damit helfen."

Ich atme tief ein. „Du würdest mir helfen, indem du mich in Ruhe lässt. Vergiss das einfach alles. Es bringt sowieso nichts." Ein kleiner Teil von mir hofft, dass er mich aufhält. Dass er nach mir ruft oder nach meiner Hand greift, als ich mich zum Gehen abwende. Aber er tut nichts davon. Und ich gehe.

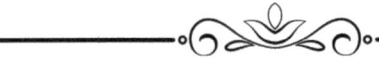

„Ich hoffe, es macht dir nichts aus, Juli. Weil du so lange krank warst und wir nicht wussten, ob du bis zum Auftritt wieder fit bist, mussten wir die Rolle des Staubwedels neu vergeben. Nessa meinte, du wärst damit einverstanden." Paul wirkt bedrückt. „Aber du kannst Vivienne mit den Kostümen helfen. Das ist doch auch was, oder?"

Es ist mir egal. Nein, eigentlich nicht. Irgendwo tief in mir drin, sticht es. Aber das zeige ich nicht. Ich zucke mit den Schultern und nicke. „Ja, okay. Das ist auch gut."

Er lächelt erleichtert und tätschelt mir die Schulter. „Prima. Geh schon mal hinter die Bühne. Vivienne zeigt dir, wo alles hängt. Wenn es morgen Abend so weit ist, müssen alle Kostüme bereit sein."

Erschöpft schlurfe ich hinter den Vorhang und im hinteren Teil der Bühne die Stufen hinunter. Vivienne sagt nicht viel, während sie mir die einzelnen Kostüme präsentiert. Ihre Miene ist verschlossen. Ich hatte nie viel mit ihr zu tun, aber offensichtlich ist auch ihre Abneigung gegen mich gewachsen, ohne dass ich etwas davon mitbekommen habe.

„Das hier ist das Biest, wie man sieht", kommentiert sie und deutet auf eine braune, strubbelige Fellrobe. „Das ist schon soweit fertig. Genau wie der Teekessel und die Tasse. Das hier ist Leons Kostüm, der Kerzenständer. Und hier ist der Staubwedel." Sie sieht mich kurz an, den Mund geöffnet, als wollte sie noch etwas hinzufügen. Dann entscheidet sie sich aber anders und zeigt auf das opulenteste Kostüm. „Und das hier ist die Belle. Mein ganzer Stolz." Das golden glänzende Ballkleid ist wirklich wahnsinnig schön geworden. Vivienne hält es sich probehalber vor den Körper und schwankt hin und her, sodass der Rock sich hübsch aufbauscht. „Da muss noch ein bisschen was abgesteckt werden. Alina kommt nachher und probiert es ein letztes Mal an."

„Und was kann ich machen?"

Vivienne hängt das Kleid zurück und wedelt genervt mit der Hand. „Ach, keine Ahnung. Du kannst ja dann beim Anziehen helfen oder so. Eigentlich bekomme ich das hier ganz gut alleine hin."

„Okay." Während sie weiter über die Kostüme spricht, stehe ich etwas verloren daneben. Ich komme mir klein und unbedeutend vor. Ich weiß, dass mich niemand hier haben möchte. Aber gehen kann ich auch nicht.

„Ich hole mal gerade die Stecknadeln und das Maßband", meint Vivienne. „Alina müsste gleich da sein."

Nachdem sie die Garderobe verlassen hat, trete ich näher an den Kleiderständer heran und fühle über das hübsche Kleid der Belle. Das Kleid, das ich eigentlich tragen sollte. Vorsichtig nehme ich es vom Haken und halte es mir an. Alina hat etwa dieselben Maße wie ich. Theoretisch würde es mir passen. Lächelnd streiche ich über den Stoff, halte den Kragen mit einer Hand an meinem Hals fest

229

und zupfe mit dem anderen an der engen Taille. Es ist wirklich hübsch.

„Was machst du da?" Alinas Stimme reißt mich aus meinen Träumen. Ich fühle mich ertappt, obwohl ich nichts getan habe. Mit gerunzelter Stirn beobachtet sie, wie ich das Kleid wieder zurück hänge. „Es ist so hübsch geworden."

Sie nickt, kommt näher und betrachtet es eingehend. „Ja, das ist es wirklich." Zum Glück kommt Vivienne in diesem Moment zurück und begrüßt Alina mit einer herzlichen Umarmung. „Komm, wir ziehen es direkt an. Ich wette aber, wir müssen nicht mehr viel ändern. Es müsste eigentlich passen, wie angegossen."

In den nächsten Minuten beobachte ich, wie die beiden miteinander lachen und herumalbern. Normalerweise wäre ich mit von der Partie. Normalerweise stände ich nun da und würde das Kleid anprobieren. Vivienne würde meine Figur loben und sich selbst in den Schatten stellen. Und ich würde ihr sagen, dass sie genauso gut die Belle spielen könnte. Aber nun stehe ich nur schweigend am Rand und beobachte ihr Geplänkel, als würde ich einen Film im Fernsehen sehen. Ich bin nutzlos.

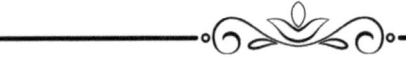

„Wann sollen wir denn morgen da sein?", will meine Mutter am Telefon wissen. Erst jetzt wird mir bewusst, dass sie immer noch denken, ich würde die Belle spielen. Sie wissen nicht, dass ich von der Belle, zum Staubwedel und schließlich zum nutzlosen Beiwerk der Kostümbildnerin degradiert wurde.

„Ihr müsst gar nicht kommen", beteuere ich, während ich das Unterrichtsmaterial für den nächsten Tag in meine Tasche stecke. „Ich ... Ich bin nämlich gar nicht auf der Bühne zu sehen."

Für ein paar Sekunden ist nur das Rauschen in der Leitung zu hören. Dann: „Was? Wieso denn nicht? Ich dachte, du spielst die Belle?"

„Nein. Alina war besser als ich. Ich ... ich helfe bei den Kostümen."

„Bei den Kostümen?" Meine Mutter klingt skeptisch.

„Ja, das macht echt Spaß. Vivienne und ich haben da ganz tolle Sachen hinbekommen. Aber es reicht ja, wenn ihr euch Fotos davon anseht."

„Ich will aber keine Fotos sehen", murrt sie. „Ich hatte mich so auf den Abend gefreut. Es ist mir egal, ob du auf der Bühne stehst oder nicht. Ich will dich endlich wieder knutschen."

„Mama", flehe ich und verdrehe die Augen. „Das kannst du noch früh genug. Ihr müsst doch jetzt nicht so lange fahren, nur um mich fünf Minuten an dem Abend zu sehen."

„Aber..."

„Nein!", unterbreche ich sie etwas zu scharf. „Bleibt zuhause. Bis Weihnachten ist es doch nicht mehr lange. Dann könnt ihr mich knutschen, so viel ihr wollt."

Sie stößt ein leises Seufzen aus. „Also gut. Dann muss dein Vater wohl morgen Abend mit mir essen gehen, um mich über den Theaterabend hinwegzutrösten."

„Das macht er bestimmt gerne", sage ich lächelnd und denke dabei an Papas wohlgeformten Kuschelbärbauch.

„Ich hab dich lieb, mein Schatz", sagt sie und ich höre das Lächeln in ihrer Stimme.

231

„Ich euch auch. Bis bald."

Kaum habe ich aufgelegt, tropft die erste Träne auf meinen Schreibtisch. Es fällt mir so schwer, meine Mama anzulügen. Wie gerne würde ich ihr von meinen Sorgen und Ängsten berichten. Aber sie ist so zerbrechlich. Und auch mein Vater ist nicht so stark, wie er immer tut. Ich muss nur noch bis nächsten Sommer durchhalten. Dann ist Schulabschluss und ich kann mich selbst wieder ganz neu erfinden. Bis dahin muss ich durchhalten und ihnen eine glückliche Fassade zeigen. Ich schaffe das. Laura hat recht. Ich bin stark. Ich bin der Sommer. Und diesen Winter werde ich überstehen.

Aber schon am nächsten Tag zeigt sich, wie falsch ich gelegen habe.

Schon morgens spürt man die Aufregung der Schüler. Die jährliche Aufführung im Theatersaal ist für alle etwas ganz Besonderes. Ich weiß noch, dass Monia und ich im letzten Jahr in der Nacht davor kaum ein Auge zubekamen. Monia, weil sie mit ihrer Geige die musikalische Untermalung des Stücks geben sollte. Und ich, weil ich die Hauptrolle spielen durfte.

In diesem Jahr beobachte ich das rege Treiben der anderen Schüler wie aus weiter Ferne. Nichts davon überträgt sich auf mich. Wenn die anderen Theaterteilnehmer ihre Positionen einnehmen, werde ich irgendwo im Publikum sitzen. Paul hat mir versprochen, dass sich das Ganze nicht auf meine Note auswirken würde. Aber wie es sich auf mich auswirkt, darauf hat er keinen Einfluss.

Während sich die Zuschauerränge füllen, gehe ich ein letztes Mal hinter die Bühne, um Vivienne über die Schulter zu schauen und meine Hilfe anzubieten. Wie ein nervöses Huhn huscht sie von links nach rechts und wieder zurück. Bis sie sich schließlich dazu herablässt, mir doch eine Aufgabe zu erteilen.

„Hol schon mal das Kleid der Belle. Das Blaue bitte. Du weißt schon, das Einfache, mit der weißen Schürze."

Das Kleid, das Alina zu Beginn des Stücks trägt, ist wesentlich schlichter in seiner Aufmachung, als das goldene Ballkleid. Aber nicht weniger aufwendig gearbeitet. Vivienne hat tatsächlich großes Talent. Gerade, als ich es vom Haken nehme, sehe ich eine Bewegung in meinem Augenwinkel.

Ich bin mir nicht ganz sicher, aber ich meine, Nessa hinter einer der Pappwände verschwinden zu sehen. Wahrscheinlich hat sie nur letzte Korrekturen am Bühnenbild vorgenommen. Trotzdem macht ihre bloße Anwesenheit mich nervös. Schnell lege ich mir das blaue Kleid über den Arm und eile zurück zu Vivienne. Neben ihr steht Alina, die bereits die Hände nach dem Kostüm ausstreckt. Ich bin überrascht, dass sie sich nun doch für eine braunhaarige Perücke entschieden hat. Aber das lässt sie insgesamt authentischer erscheinen. Das blaue Kleid steht ihr hervorragend. Lächelnd dreht sie sich im Kreis. „Toll. Vivienne. Wirklich toll."

Vivienne strahlt. „Ja, es wird nur noch vom Goldenen getoppt. Ich freue mich so, wenn du es nachher trägst. Du bist die perfekte Belle."

Kaum hat Vivienne das ausgesprochen, sehen beide mich stumm an. Ich spüre die Hitze in meinen Wangen aufsteigen. Schließlich nicke ich und lächele. „Perfekt."

Das Stück ist ausgesprochen gut geworden. Mit stummen Lippenbewegungen spreche ich den Text jeder einzelnen Person mit. Etwas zu spät hat sich das alles in meinem Kopf abgespeichert. Monias Geigenspiel rundet die Vorstellung perfekt ab. Und schließlich ist der Moment des goldenen Kleides gekommen. Zum Szenenwechsel wird der Vorhang herabgelassen. Nur Monia steht noch davor und spielt eine Melodie, um die Wartezeit zu überbrücken. Plötzlich hört man hinter dem Vorhang, lautes Fluchen und Weinen. Das Publikum setzt sich neugierig auf. Alle recken ihre Hälse, um besser sehen zu können. Doch was auch immer sich dort unten abspielt, es geschieht hinter dem Vorhang.

Dann sehe ich Paul die Stufen zwischen den Stuhlreihen hocheilen. In meiner Reihe stoppt er und winkt mir hektisch zu. Seine Lippen sind zu einem Strich zusammengepresst. Ich quetsche mich an den anderen Zuschauern vorbei und sehe ihn fragend an, doch er winkt mir nur stumm, ihm zu folgen.

Wir betreten den Bereich hinter der Bühne und hier ist das Geschrei plötzlich klar und deutlich zu hören: „Sie war die Letzte, die bei den Kleidern geguckt hat. Wer soll es denn sonst gewesen sein?" Viviennes Stimme überschlägt sich beinahe. Verwirrt schaue ich zwischen den umstehenden Personen hin und her. Alle sind versammelt, stehen im Kreis um etwas herum, murmeln und schütteln die Köpfe.

Paul schiebt mich näher heran. Da erblicke ich das goldene Kleid. Es hängt vor einem der Kleiderständer und auf den ersten Blick ist ersichtlich, was Vivienne so furchtbar aufregt. Es ist zerschnitten. Vom Kragen bis zur Taille zieht sich ein langer gezackter Schnitt.

„Oh Gott", stoße ich aus.

„Hast du dazu etwas zu sagen?", will Paul wissen. Er klingt ungewohnt ernst und streng.

Irritiert drehe ich mich zu ihm herum. „Als ich es das letzte Mal gesehen habe, war es noch ganz."

„Ja, ganz sicher war es das!", faucht Vivienne. „Bis du es zerstört hast!"

„Ich?" Es dauert eine Weile, bis ich ihre Worte richtig begreife. „Du denkst, ich war das?"

„Ja, wer denn sonst? Du warst die Einzige, die außer mir noch bei den Kostümen war."

Alina nickt bekräftigend. „Und alle wissen, dass du eifersüchtig bist, weil ich die Belle spiele und nicht du."

Ich sehe einen nach dem anderen an. Vivienne, die rot vor Wut ist. Alina, der die Tränen in den Augen stehen. Alex, in seinem Fellkostüm, der mich erbost anschaut. Leon, der einfach nur fassungslos zu sein scheint. Und dann ... Nessa, die stumm ein wenig abseits steht und das Ganze zufrieden beobachtet.

Meine Hand hebt sich wie von alleine. „Sie war das!"

Alle folgen meinem Blick. Nessas Miene ändert sich schlagartig. Aus großen Augen sieht sie mich an. „Bitte was?"

„Du warst es! Ich hab dich gesehen. Du warst hier hinten bei den Kostümen."

„Natürlich war ich das", sagt sie und bringt mich damit kurz aus dem Konzept. „Ich wollte noch einmal nach der Kulisse schauen." Sie deutet auf einen Pappschrank. „Der da musste noch einmal nachgepinselt werden. An den Kleidern war ich aber nicht dran. Wieso sollte ich auch?"

„Fängst du schon wieder an?", knurrt Alex an mich gewandt. „Warum erzählst du solche Lügen über Nessa?"

Ich schüttele verzweifelt den Kopf. „Das ist keine Lüge. Sie war es. Ich bin mir ganz sicher. Ihr sollt nur alle glauben, dass ich es war."

Vivienne verschränkt die Arme vor der Brust. „Ja, natürlich. Das hast du dir ja alles sehr schön zurechtgelegt. Aber denkst du wirklich nach der letzten Aktion würde dir noch irgendjemand hier etwas glauben?"

„Ich war es wirklich nicht. Ich..." Ein Schluchzen unterbricht meinen Satz und lässt mich die restlichen Worte verschlucken. Es gibt nichts, das ich sagen könnte, was die anderen dazu bringen würde, mir zu glauben. Hilfesuchend sehe ich Leon an, doch er bemerkt meinen Blick nicht, weil er Nessa ansieht. Sie erwidert seinen Blick kühl und gelassen.

Paul seufzt leise, als Monias Geigenspiel langsam verklingt. „Okay. Gegenseitige Schuldzuweisungen bringen uns hier jetzt auch nicht weiter. Das Theaterstück muss beendet werden. The Show must go on, nicht wahr?"

„Aber wie denn, ohne das Kleid?", jammert Alina.

„Du wirst in diesem hier tanzen müssen", meint Paul und deutet auf das Blaue, das sie noch trägt.

„Aber das sieht doch kacke aus!", zetert sie und Vivienne zieht empört die Luft ein. Sofort rudert Alina zurück. „Also, nein. So meinte ich das nicht.

Aber ich muss mich doch äußerlich verändern. Das ist wichtig für das Stück."

„Das geht jetzt aber leider nicht. Wir haben keine Zeit mehr." Paul klatscht in die Hände. „Los. Zurück auf die Bühne. Und mit dir", er deutet auf mich, „möchte ich später noch sprechen."

Pauls Enttäuschung ist das Schlimmste. Ich kann die Wut der anderen ertragen, aber mit seiner Enttäuschung kann ich nicht umgehen. Auch für ihn scheine ich die einzig infrage kommende Schuldige zu sein. Stumm höre ich mir seinen Vortrag an, während sich die Zuschauerränge langsam leeren.

„Ich werde auf jeden Fall mit dem Rektor darüber sprechen müssen", teilt er mir mit. Es ist das erste Mal, dass ich ihn so regelbewusst und so streng erlebe. „Er wird entscheiden, wie weiter vorzugehen ist. Ich kann nur sagen ...", er stoppt, seufzt und schüttelt den Kopf. „Nein, das war alles. Geh jetzt auf dein Zimmer."

Mit hängendem Kopf verlasse ich die Bühne. Hinter mir schaltet Paul die letzten Lichter aus. Nur ein paar kleine Strahler beleuchten noch den Gang zwischen den Stuhlreihen. Ich habe bereits die Tür erreicht, da höre ich die Stimmen.

„Und warum warst du nicht auf der Bühne?" Ich bleibe stehen, der tiefe Klang, der leicht aufgesetzte Ton. Das kommt mir bekannt vor. Leise nähere ich mich der Tür und spähe durch einen kleinen Spalt hinaus.

Dort steht Nessa mit ihren Eltern. Sie zuckt mit den Schultern. „Ich hatte keine Lust auf Schauspielerei."

Ihre Mutter schüttelt enttäuscht den Kopf. „Ich hatte so viel mehr von dir erwartet. Immer wieder machst du mich traurig."

„Deiner Mutter geht es sowieso nicht gut im Moment", betont der Vater und legt einen Arm um die Schultern seiner schmächtigen Frau. „Und wie du schon wieder aussiehst. Ich dachte, hier zeigen sie dir endlich mal, wie man sich vernünftig kleidet. Die anderen Schülerinnen tragen doch auch alle ordentliche Roben."

Nessas Mutter nimmt das zum Anlass, um an der Bluse ihrer Tochter herumzuzupfen und den Kragen gerade zu streichen.

„Ich hasse diese Uniform", beschwert sich Nessa schmollend.

„Natürlich tust du das." Ihr Vater rümpft die Nase. „Du hasst alles, was wir gut finden. Du bist eine einzige Enttäuschung. Ich frage mich, wann du endlich erwachsen wirst."

Nessa schweigt und zum ersten Mal, seit ich sie kenne, sehe ich sie unsicher.

Ihre Mutter seufzt theatralisch. „Mir geht es nicht gut. Ich denke, wir sollten jetzt fahren."

„Aber ich dachte, ich kann euch noch ein bisschen was zeigen. Mein Zimmer zum Beispiel."

„Was sollen wir in deinem Zimmer?", fragt ihr Vater mit gerunzelter Stirn. „Für so einen Unsinn haben wir keine Zeit. Wir sehen uns spätestens an Weihnachten wieder."

Sein Blick fällt auf die offenstehende Tür, hinter der ich lausche und ich presse mich schnell zurück an die Wand und halte die Luft an.

Die Verabschiedung fällt schnell und kühl aus. Ich höre Schritte. Dann Stille. Erleichtert atme ich aus und will den Saal verlassen, da tritt Nessa in die offene Tür.

„Na, schön gelauscht?" Ihre Augenbrauen sind zu einem Strich zusammengezogen.

Ich ignoriere sie und versuche, mich an ihr vorbeizuschieben, doch sie hält mich mit einem spitzen Finger vor meiner Brust zurück. „Wenn du glaubst, du könntest etwas gegen mich ausrichten, hast du dich geirrt. Der Spaß fängt jetzt erst so richtig an. Und wenn dein lieber Freund sich nicht langsam mal zurückhält, kann er auch noch was erleben. Ich habe noch genug Kapazitäten frei."

Ich erstarre. „Lass ihn in Ruhe."

„Das würde ich, wenn er mich in Ruhe lassen würde. Aber ich habe das Gefühl, dass er gerne mitmischen würde."

Bevor ich etwas sagen kann, wedelt sie lachend mit der Hand. „Jetzt guck nicht so entsetzt. Mach dich schon ab. Ruh dich aus. Morgen ist auch noch ein Tag."

Tausend Erwiderungen hallen durch meinen Geist. Meine Hände zittern. Und zum ersten Mal in meinem Leben wünsche ich mir von Herzen, ich könnte jemandem die Nase brechen. Aber stattdessen folge ich ihrem Befehl.

Kapitel 25

Das Wasser schlägt über mir zusammen. Hüllt mich ein. Erstickt alle Geräusche, alle Stimmen, das Lachen. Langsam sinke ich auf den Grund, öffne die Augen und beobachte die Füße und Beine der anderen Schwimmer. Hier unten ist alles friedlich. Ich wünschte, ich könnte diese Atmosphäre mit nach oben nehmen. Und ich frage mich, ob es Laura genauso ging. Wählte sie deshalb die Badewanne? Um all dem Krach zu entkommen? All der Krach, der sie nach und nach zerbrochen hat.

Doch schon nach etwas mehr als einer Minute halte ich es nicht mehr aus, stoße mich von den Fliesen ab und tauche wieder auf. Sofort dringt alles wieder in mich ein. Schreie, Lachen, Rufe. Nichts davon gilt mir. Und doch zerrt es an meinen Nerven. Ich kraule zum Beckenrand, halte mich mit einer Hand daran fest und streiche mir mit der anderen die Haare aus dem Gesicht.

Die letzten zehn Minuten des Schwimmunterrichts haben wir immer zur freien Verfügung. Ein kleines Eingeständnis von Herrn Mattheo. Früher habe ich diese letzten Minuten geliebt. Ich habe es geliebt, wenn Alex sich sofort mir zuwandte, mich spaßeshalber untertauchte oder noch ein paar Runden mit mir um die Wette kraulte. Jetzt schenkt er mir keinen einzigen Blick. Stattdessen plänkelt er mit Nessa, die unter seinen Kitzelattacken spitz aufkreischt.

Meine Zähne knirschen, so sehr presse ich sie aufeinander. Wie klein und wehrlos sie in seinen Armen wirkt. Wie ein süßer Welpe. Bin ich die

Einzige, die sie wirklich sehen kann? So sehen kann, wie sie ist?

Endlich ertönt das erlösende Trillern und alle verlassen das Becken. Ich warte noch ein wenig ab, dann schleiche ich hinterher. Die ersten Mädchen sind bereits aus den Duschen raus und im Umkleideraum, sodass ich wenigstens dort meine Ruhe habe. Mit meinem Handtuch umwickelt betrete ich die kleine Umkleide, die wir uns alle teilen und setze mich auf die Bank. Als ich darunter greife, um meine Tasche hervorzuziehen, taste ich ins Leere. Während die anderen sich unbekümmert weiter anziehen und dabei plaudern, gehe ich auf die Knie und schaue unter der Bank nach. Meine Tasche ist weg. Meine Wechselkleidung. Wo ist sie hin? Irritiert richte ich mich wieder auf und sehe an den anderen Plätzen nach. Hatte ich sie woanders abgestellt? Allmählich verstummen die Gespräche und die Mädchen beobachten mich interessiert.

„Suchst du was?", will Nessa wissen. Sie ist bereits vollständig angezogen, nur ihre Haare sind noch nass.

Ich ignoriere sie, sehe stattdessen eine andere Mitschülerin an und sage kleinlaut: „Meine Tasche ist weg."

Ihre Mundwinkel zucken und ihr Blick huscht zu Nessa hinüber. Ich wende mich um und sehe sie an. „Wo hast du sie hingetan?"

„Ich?" Sie macht große Augen. „Wieso bin immer ich die Schuldige für dich?"

„Weil du es einfach immer bist!", fahre ich sie an. Ein paar der Mädchen kichern, während sie sich weiter anziehen. Eine nach der anderen verlässt die Umkleidekabine. Allmählich wird mir kalt. Ich ziehe das inzwischen feuchte Handtuch enger um meinen Körper. „Nessa, wo ist meine Tasche?"

Sie zuckt mit den Schultern und greift nach ihrem Rucksack. „Keine Ahnung. Ist ja auch nicht mein Problem, wenn du nicht auf deine Sachen aufpasst."

Ich bleibe alleine zurück. Einen Moment stehe ich einfach nur da und starre in den Raum. Das Wasser tropft aus meinen Haaren und läuft mir den Rücken hinab, bis es im Handtuch versickert. Wo kann meine Tasche sein? Dann kommt mir ein schlimmer Gedanke. Ich haste los, um die Ecke herum, zu den beiden Toilettenkabinen. Die erste ist leer, doch in der zweiten ... Ich stoße einen jammernden Laut aus, als ich meine Kleidung im Klo entdecke. Jemand hat sie dort versenkt und sogar noch mit der Klobürste nachgedrückt, die immer noch in dem nassen Haufen steckt. Meine leere Tasche liegt auf den dreckigen Fliesen daneben.

Mit spitzen Fingern ziehe ich ein Kleidungsstück nach dem anderen aus der Toilettenschüssel und lasse es klitschnass in meine Tasche fallen. Mir wird ein wenig schlecht dabei und ich muss ein Würgen unterdrücken, als ich tiefer in das Klo greife, um auch meine Strumpfhose hervorzuziehen.

Anziehen kann ich davon jedenfalls nichts mehr. Nicht einmal die Unterwäsche haben sie verschont.

Ich verharre noch eine ganze Weile in der Kabine. Manchmal überlege ich, was ich tun kann. Manchmal starre ich einfach vor mich hin. Schließlich raffe ich mich auf, packe die tropfende Tasche und atme tief durch. Ich muss hier raus. Ich kann ja nicht ewig hier hocken.

Also nehme ich all meinen Mut zusammen und verlasse die Umkleide. Der Flur davor ist noch leer, aber je weiter ich ins Internat vordringe, desto mehr Schüler begegnen mir. Einige starren mir sprachlos hinterher. Andere lachen laut oder zeigen mit dem Finger auf mich. Ich versuche, sie auszublenden. Setze mir imaginäre Scheuklappen auf. Meine nackten Füße patschen über die kalten Fliesen. Die Tasche zieht eine tropfende Spur hinter mir her. Ich halte das Handtuch fest umklammert. Und doch komme ich mir nackt vor. Ein paar der Jungs pfeifen mir anzüglich hinterher. Im ersten Obergeschoss begegne ich Leon. Er bleibt für ein paar Sekunden wie erstarrt stehen, als er mich sieht. Dann eilt er auf mich zu, greift nach der Tasche und begleitet mich zu meinem Zimmer.

Drinnen angekommen, stellt er das tropfende Ding in eine Ecke und sieht sich etwas verhalten um. Ich bemerke, dass er versucht, mich nicht anzusehen. Meine Beine zittern. „Ich muss mich jetzt anziehen."

Er nickt und deutet auf die Tür. „Ich warte draußen. Sag Bescheid, wenn du fertig bist."

Womit er nicht gerechnet hat, ist wohl, dass ich in Sportkleidung zu ihm nach draußen trete. Verwirrt schaut er auf meine Laufschuhe. „Wo willst du hin?"

„Laufen", erwidere ich, doch er schüttelt den Kopf.

„Nein, auf keinen Fall."

Mit gerunzelter Stirn sehe ich ihn an. „Was?"

Er deutet auf meine Haare, die ich mir zu einem Zopf zusammengebunden habe. „Du hast dich nicht mal geföhnt. Willst du nochmal krank werden?"

„Du klingst wie meine Mutter", murre ich und will mich an ihm vorbeidrängen. Aber Leon hält mich fest, seine Hand in meiner. Jetzt bemerkt er mein Zittern. Sein Blick bleibt auf meine Hand geheftet, als er sagt: „Du kannst nicht weglaufen."

Ich schüttele den Kopf. „Ich hab nicht vor, wegzulaufen. Ich komme in einer Stunde wieder."

Sein Griff um meine Hand wird fester. „Das meinte ich nicht." Ohne ein weiteres Wort zieht er mich zurück in mein Zimmer und schließt die Tür hinter uns. „Du kannst nicht vor dem da weglaufen." Er deutet auf die Sporttasche, die bereits eine kleine Pfütze auf dem Holzboden hinterlassen hat. „Und du kannst nicht vor Nessa weglaufen. Das ist der falsche Weg."

„Ich laufe nicht weg", wiederhole ich noch einmal und entziehe ihm meine Hand.

„Doch, das tust du. Jedes Mal, wenn es dir schlecht geht, rennst du. Ich sehe dich so oft da draußen. Du rennst und rennst und rennst, als wäre der Teufel hinter dir her."

Ich beiße mir auf die Lippe. „Das stimmt nicht. Ich ... Ich will einfach nur laufen."

Leon deutet auf meine zitternden Beine. „Das ist ja schon beinahe ein Zwang. Aber es wird nicht besser dadurch. Nach dem Laufen hat sich nichts verändert. Nichts."

Als er auf mich zukommt, weiche ich automatisch zurück. Doch Leon bleibt nicht stehen. Ich versuche, gegen die Tränen anzukämpfen, die in meinen Augen aufsteigen. Nicht weinen. Nicht weinen. Nicht weinen. Ein Muskel in meinem Oberschenkel zuckt. *Renn!*, scheint er mich anzuschreien. Aber bevor ich reagieren kann, hat Leon mich in seine Arme gezogen. Einen Moment bin ich steif wie ein Brett. Sämtliche Muskeln sind angespannt, auf Flucht eingestellt. Und dann spüre ich nach und nach, wie sie sich lockern. Und ich atme Leons vertrauten Duft ein, schmiege mich an ihn, vergrabe mein Gesicht an seinem Hals.

Seine Arme umschlingen mich wie ein Rettungsring. Sie halten mich zusammen. Mein Körper zittert in Schüben. Aber nach und nach wird es weniger. Und ich kann wieder atmen. Leons Nähe und Wärme bewirkt das, was sonst nur eine lange Laufrunde vermag. Sie lässt mich zur Ruhe kommen.

Vorsichtig streicht er mit einer Hand über meine nassen Haare. „Wir schaffen das", flüstert er an meinem Ohr. „Wir schaffen das zusammen."

„Aber wie?" Nun tropft doch eine Träne auf sein Hemd. „Niemand glaubt mir."

„Das werden sie bald", verspricht er mir. „Ich sorge dafür."

Kapitel 26

Am nächsten Tag wünschte ich, ich wäre wieder krank und könnte im Bett liegen bleiben. Ich will niemandem mehr unter die Augen treten. Nur der Gedanke daran, dass Leon bei mir sein wird, macht den Schritt aus der Tür heraus erträglicher.

Beim Frühstück blende ich alle außer ihm aus. Ich versuche, mich auf seine Worte zu konzentrieren. Versuche, über seine kleinen Späße zu lachen. Aber immer, wenn ein Lachen um uns herum ertönt, zucke ich zusammen und fühle mich angesprochen.

„Ignorier sie einfach", sagt er leise, doch das ist tatsächlich leichter gesagt, als getan. Dadurch, dass Leon bei mir ist, ist er auch er zu einer unbeliebten Person herabdegradiert worden. Ihm werden schiefe Blicke zugeworfen und manchmal höre ich sogar eine Beleidigung in seine Richtung. Aber ihn scheint das nicht zu interessieren. Die Worte der anderen perlen wie Öl an ihm ab.

Erst, als Alex unseren Tisch passiert und ein leises „Kameradenschwein", zischt, sehe ich eine Regung in Leons Gesicht. Ein nervöses Blinzeln. Nur ganz kurz. Dann ist er wieder der Alte und lächelt mich aufmunternd an.

Nur dank ihm überstehe ich den Tag und als ich abends zum Stall gehe, begleitet er mich. Ich bin ihm so dankbar, dass er mich im Dunkeln nicht alleine lässt. Denn seit dem Vorfall mit Jonathan habe ich mich nie wieder wirklich sicher hier gefühlt. Die Lichter im Flur blinken ein paar Mal, bevor sie richtig angehen und die Gasse in einem weißen Licht erstrahlen lassen. Ich höre das gewohnte Mampfen und Scharren. Aber schon, als ich Liliths Box näher komme, merke ich, dass etwas nicht stimmt.

„Wo ist sie?", frage ich, weil ich sie nicht sofort entdecke. Leon tritt an mir vorbei, schaut durch die Gitter und deutet nach unten. „Da. Ich glaube, sie schläft schon."

„Was?" Ich schubse ihn beinahe zur Seite, als ich die Boxentür öffne. Mein Blick huscht vom vollen Futtertrog hinunter zu Lilith, die auf der Seite liegt und schwer atmet. Japsend sinke ich auf die Knie und streiche über ihre nass geschwitzte Flanke. Sie ist kalt. Ihre Augen sind weit aufgerissen, der Atem kommt stoßweise. „Ich glaube, etwas stimmt nicht."

Leon hockt sich neben mich und betrachtet die Stute besorgt. „Ist sie krank?"

Ich nicke. „Ich glaube schon. Hol Frau Jörgens. Schnell!"

Keine zehn Minuten später sind die beiden zurück. Frau Jörgens hält sich bereits das Handy ans Ohr und spricht mit dem Tierarzt. Ich höre das Wort „Kolik" heraus. Ich weiß nicht genau, was das ist. Aber ich weiß, dass es nicht gut ist.

Nachdem sie aufgelegt hat, kniet Frau Jörgens sich neben mich und betastet Liliths Bauch. „Es könnte sein, dass sie eine Kolik hat. Das sind sehr starke Bauchschmerzen. Wir müssen versuchen, sie hochzukriegen. Sie muss sich bewegen."

Ich lege Lilith das Halfter an und ziehe am Strick, während Leon und Frau Jörgens versuchen, sie aufzurichten. Es braucht mehrere Anläufe, bis die Stute unserer Aufforderung schließlich folgt. Doch sie scharrt bereits wieder, als hätte sie vor, sich zu wälzen.

„Nicht hinlegen lassen!", befiehlt unsere Lehrerin, nimmt mir den Führstrick aus der Hand und zieht Lilith aus der Box heraus. Hilflos folge ich ihnen in den Hof, wo Frau Jörgens sie in ruhigem Schritt herumführt. Lilith sieht nicht gut aus. Sie schwitzt stark. Immer wieder versucht sie, stehen zu bleiben, schüttelt sich, scharrt mit dem Vorderhuf.

Endlich werden wir von den Scheinwerfern des Tierarztwagens angeleuchtet. Leon greift nach meiner Hand, als wir beobachten, wie er Lilith untersucht und Frau Jörgens' Verdacht bestätigt. „Eine Kolik." Während er an seinem Wagen eine Spritze vorbereitet, hole ich Handtücher, um Lilith trocken zu reiben.

Ich beobachte, wie er ihr die Spritze verabreicht, dann frage ich: „Wodurch wurde das ausgelöst? Heute Mittag ging es ihr doch noch gut."

„So etwas kann zum Beispiel durch Stress ausgelöst werden. Oder aber auch das falsche Futter. Es gibt mehrere Ursachen. Wir hoffen, dass das Schmerzmittel anschlägt und der Darm sich wieder entspannt. Jemand sollte heute Nacht bei der Stute bleiben und sie beaufsichtigen."

Ich nicke bereits, doch Frau Jörgens kommt mir zuvor. „Ich mache das."

„Ich kann auch hierbleiben", biete ich an, doch sie schüttelt den Kopf. „Kommt nicht in Frage. Du hast morgen wieder Unterricht. Du brauchst deinen Schlaf." Sie und der Tierarzt führen Lilith zurück in ihre Box und ich kann nichts weiter tun, als dazustehen und ihnen nachzuschauen.

Leon greift wieder nach meiner Hand. „Was denkst du?"

Ich schlucke. „Sie ist zu weit gegangen."

Ich finde Nessa im Playroom. Ihr glockenhelles Lachen schallt mir entgegen. Sie steht an der Dartscheibe, der Pfeil, den sie geworfen hat, steckt nur wenige Millimeter neben dem roten Mittelpunkt.

Die anderen applaudieren ihr, Alex zieht sie in seine Arme und wuschelt ihr über die blonden Strubbelhaare. Es dauert ein wenig, bis sie mich bemerken. Nach und nach verstummen das Lachen und die Gespräche und alle sehen mich an. Sehen die Tränen der Wut auf meinen Wangen. Sehen meine bebenden Schultern und die verkrampften Fäuste an meinen Seiten. Ich weiß, dass sie es war. Sie hat es angedroht. Sie hat es wahrgemacht. Sie war es. Sie war es. Sie war es. Und es ist mir egal, ob sie es zugibt. Ob sie es zugibt oder nicht. Es ist mir egal, was sie als Nächstes sagt oder tut. Meine Handlung ist schon festgelegt. Nicht einmal Leons Hand in meinem Rücken kann mich beruhigen. Immer wieder flüstert er mir Worte zu, die mich zur Vernunft bringen sollen. Aber ich höre ihn nicht. Ich höre nur noch sie. Sehe nur noch sie.

„Was?", fragt Nessa und hebt lachend die Hände. „Was willst du?"

Ich ziehe es vor, nicht zu sprechen. Stattdessen stampfe ich auf sie zu, hole aus und schlage ihr meine Faust mitten auf die Nase. Das ist ein Volltreffer. Nicht nur Millimeter daneben. Mitten drauf. Es knackt, Nessa schreit, Blut sickert durch ihre Hände, die sie sich sofort vor das Gesicht gedrückt hat. Monia schreit ebenfalls auf und versucht, Nessa zu untersuchen, die sie wütend abwehrt. Sie lässt die Hände sinken und endlich passt ihre Äußeres zu ihrem Inneren. Das Blut, das aus ihrer Nase läuft, verzerrt ihr Gesicht zu einer hässlichen Fratze.

„Hast du sie noch alle?", schreit sie mich an. Alex schiebt sich vor sie. Sein Körper groß und bedrohlich über mir. „Du solltest jetzt besser gehen."

„Sonst was?", erwidere ich, aber meine Stimme zittert bereits. Der Mut, den ich eben noch hatte, ist verflogen.

„Ruf deine irre Freundin zurück, bevor sie sich noch eine fängt!", schnauzt Alex Leon an, der der Aufforderung sofort nachkommt und mich aus dem Raum zerrt.

„Was sollte der Scheiß?", fragt er draußen im Gang. „Was meinst du, was jetzt passiert?"

„Du hast doch gesagt, ich soll aufhören, wegzulaufen."

„Ja, aber ...", er unterbricht sich, setzt noch einmal neu an. „Ja, aber doch nicht so. Spätestens morgen wirst du zum Rektor gehen müssen."

„Muss ich sowieso", sage ich leise und denke an den Termin, den Herr Rügen mir aufgebrummt hat.

Leon seufzt. „Na ja, dann lohnt es sich jetzt wenigstens."

Eine tiefe Falte hat sich zwischen Herrn Rügens Augenbrauen gebildet, während er in seiner Mappe blättert. Er atmet tief ein, seufzt, legt die Finger vor der Nase aneinander, die Ellbogen auf dem Tisch abgestützt, und sieht mich dann endlich an. „Julia, ich kann das alles noch nicht richtig glauben."

Ich sehe ihn stumm an, bis er fortfährt. „Erst die Lüge, als du behauptet hast, Vanessa hätte dich in den See gestoßen. Dann die Sache mit dem Kleid. Und jetzt auch noch eine gebrochene Nase. Ich erkenne dich überhaupt nicht wieder."

Er wartet darauf, dass ich etwas sage, doch ich schlage nur die Augen nieder. Er muss das als ein Zugeständnis meiner Schuld ansehen. Aber ich bin es leid, mich immer und immer wieder zu verteidigen.

„Was ist denn los? Hast du irgendwelche Sorgen? Ist etwas passiert? Ich meine ... du hattest es ja auch nicht immer leicht. Du müsstest doch wissen, wie es Nessa bei der ganzen Sache geht."

„Ich denke, es geht ihr sehr gut."

Die Falte wird noch einmal tiefer. „Sarkasmus ist in deiner Situation wirklich nicht angebracht. Ich muss deine Eltern informieren. Vanessa hat ihren Eltern schon von dem gestrigen Vorfall berichtet und sie wünschen ein gemeinsames Gespräch."

Mein Herz macht einen schmerzhaften Sprung gegen meine Brust. „Was? Nein, bitte nicht."

Er schüttelt bedauernd den Kopf. „Es führt kein Weg daran vorbei. Wir können das nicht länger ignorieren."

„Aber ich war das alles nicht!", versuche ich, mich nun doch zu verteidigen. „Wirklich nicht!"

„Also hast du Nessa nicht die Nase gebrochen?"

„Doch ... schon. Aber doch nur, weil sie Lilith vergiftet hat."

„Bitte?" Herrn Rügens Augenbrauen schießen in die Höhe.

„Lilith hat eine Kolik. Frau Jörgens hat die Nacht bei ihr verbracht. Sie können sie gerne fragen."

„Und wie kommst du darauf, dass Vanessa etwas mit der Sache zu tun hat?"

„Sie hat es angedroht. Und der Tierarzt meinte, Lilith könnte etwas Falsches gefressen haben."

„Aber das ist doch...", Herr Rügen schüttelt fast empört den Kopf. „Julia, wirklich. Überlege dir bitte genau, welche Vorwürfe du hier in den Raum wirfst. Vor allem nach der Geschichte mit dem See. Kennst du das Märchen vom Kind und den Wölfen? Das Kind, das immer „Wölfe! Wölfe!", schrie und dem später, als sie wirklich kamen, niemand mehr glauben wollte?"

„Aber es ist wahr! Ich weiß es." Wieder füllen sich meine Augen gegen meinen Willen mit Tränen. „Sie will mich fertig machen. Ich ... warum glaubt mir denn keiner?"

Nun wird der Blick des Schuldirektors etwas weicher. Behutsam schiebt er mir eine Packung Taschentücher über den Tisch. „Es sind eben sehr schwere Anschuldigungen, die du hier machst. Und was denkst du, sollen wir tun? Vanessa von der Schule werfen? Niemand sonst hat ein Problem mit ihr. Und sämtliche Schüler, mit denen ich gesprochen habe, haben für sie eingestanden."

„Sämtliche?", hake ich nach.

Er legt den Kopf schief. „Bis auf Leon. Aber auch der konnte keinen Beweis liefern. Pass auf, es passiert ja erst mal nichts allzu Schlimmes. Wir werden eure Eltern kommen lassen und dann alle zusammen darüber sprechen. Vielleicht klärt sich die Sache dann. Ich bitte dich nur, dir genau zu überlegen, was du an diesem Tag sagen wirst. Lügen bringen uns nicht weiter."

Niedergeschlagen verlasse ich Herrn Rügens Büro und bleibe für einen Moment unschlüssig auf dem Flur stehen. Meine Eltern werden benachrichtigt. Der Felsen rollt den Hang hinab.

Kapitel 27

„Was guckst du denn so blöd?" Schnell schaue ich weg, als Alinas zorniger Blick mich trifft. Noch nie habe ich so wütende Worte aus ihrem Mund gehört. Zusammen mit den anderen schaut sie sich die Bilder vom Theaterstück an. Ich sitze etwas abseits auf der Bühne. Die Nachbesprechung ist ein einziges Martyrium.

Alina wendet sich wieder den Fotos zu und hebt eines davon an. „Hier hätte ich eigentlich das goldene Kleid tragen sollen." Sie zieht eine Schnute und lässt sich von Nessa den Rücken tätscheln. „Du sahst trotzdem toll aus."

Ich starre auf meine Finger, knibbele kleine Hautfetzen neben den Nägeln ab und versuche, etwas von Leons und Pauls Gespräch mitzubekommen. Seit ein paar Minuten stehen die beiden schon zusammen und besprechen etwas. Ich weiß, dass es um mich geht. Leon deutet hin und wieder auf mich und gestikuliert dann wieder wild herum. Paul nickt hier und da und legt ihm schließlich freundschaftlich eine Hand auf die Schulter. Dann nähern sich beide wieder der Bühne.

Paul klatscht auf seine typische Art in die Hände. „Alles klar. Packt die Fotos ein und macht euch ab. Die Stunde ist beendet."

Das lassen sie sich nicht zweimal sagen. Ich stemme mich ebenfalls hoch und will gehen, als Leon mich aufhält. „Warte noch kurz."

Fragend schaue ich zwischen ihm und Paul hin und her. Paul lächelt milde. „Leon und ich haben gerade noch einmal über den Abend und das Kleid gesprochen. Er legt die Hand für dich ins Feuer und beschwört, dass du nichts damit zu tun hattest. Und um ehrlich zu sein, kann ich mir das auch nicht wirklich vorstellen. Die Sache steht aber nun einmal im Raum und ich hoffe, dass sie sich noch klären lässt. Ich möchte keine Anschuldigungen mehr machen, bis nicht wirklich feststeht, wer es war. In Ordnung?"

Ich nicke und spüre beinahe wie ein paar Kieselsteinchen sich von meinem Herzen lösen. „Ja."

„Ich weiß, dass du und Nessa gleich ein Gespräch bei Herrn Rügen habt. Ich werde vorher noch einmal mit ihm sprechen und ihn bitten, die Sache mit dem Kleid außen vor zu lassen. Alles andere kann ich allerdings nicht für dich klären. Okay?"

„Natürlich. Danke."

Ich treffe meine Eltern vor dem Büro des Schuldirektors. Auch Nessa und ihre Eltern stehen bereits vor der Tür. Für das Gespräch hat sie sich offensichtlich besonders herausgeputzt. Sie wirkt beinahe engelsgleich und im Gegensatz zu sonst fast schon farblos. Ohne ihren Lippenstift und den Lidschatten sieht sie ein paar Jahre jünger aus. Ihre Nase wird von einem weißen Pflaster geziert. Das perfekte Unschuldslamm.

Meine Mutter sieht mir besorgt entgegen und küsst mich zur Begrüßung auf die Wange. „Also sehen wir uns doch noch vor Weihnachten wieder", meint sie und lächelt. Aber sie wirkt bedrückt. Kein Wunder. Mit solchen Gesprächen haben meine Eltern keine guten Erfahrungen gemacht.

„Wie lange sollen wir jetzt noch hier rumstehen?", murrt Nessas Vater und schaut genervt auf seine goldene Armbanduhr. Seine Frau legt ihm beruhigend eine Hand auf den Unterarm. Ihre sowieso schon schmalen Lippen sind zu einem harten Strich zusammengepresst. Weder sie noch ihr Mann würdigen Nessa auch nur eines Blickes. Dafür erdolchen sie mich beinahe mit ihren Augen.

Mein Vater greift mit seiner großen Hand nach meiner kleinen und ich fühle mich sofort etwas sicherer. Endlich erlöst Herr Rügen uns aus der unangenehmen Situation, indem er die Bürotür öffnet und uns lächelnd hereinwinkt. Mit einem förmlichen Handschlag begrüßt er die Eltern und weist uns allen einen Platz an seinem riesigen Mahagonischreibtisch zu.

„Schön, dass sie es alle so schnell einrichten konnten", meint er und faltet die Hände auf der Tischplatte, als wollte er jetzt eine Runde mit uns beten.

„Ich hoffe, es geht schnell. Ich habe in einer Stunde den nächsten Termin", brummt Nessas Vater.

„Ich denke, es wird so lange dauern, wie es eben dauert", hält Herr Rügen dagegen. Und ich bewundere ihn einmal mehr für seine ruhige Art.

Mein Vater streicht sich über die Halbglatze. „Ich verstehe immer noch nicht ganz, worum es überhaupt geht. Ich denke, da liegt ein Missverständnis vor, oder?"

Ich rutsche etwas tiefer in meinem Stuhl, als Herr Rügen bedauernd den Kopf schüttelt. „Ich fürchte nicht. Ich habe sie vor allem aus dem

Grund hierherbestellt, weil es zwischen Vanessa und Julia zu schweren Handgreiflichkeiten kam."

Nessa lacht patzig auf. „Ich hab da gar nichts zu beigetragen. Sie kam einfach in den Raum gestürmt und hat mir die Nase gebrochen!"

Mama zieht scharf die Luft ein. „Was?"

„Das ist die absolute Höhe!", beschwert sich Frau Brennstädt. „Wir haben Ihnen unsere Tochter anvertraut, weil Sie uns das Versprechen gegeben haben, dass es hier nicht noch einmal zu solchen Vorfällen kommen wird. Und was ist nun? Es ist sogar noch schlimmer geworden. Sie wurde aufs Übelste zugerichtet."

„Na ja", brummelt mein Vater, woraufhin Herr Brennstädt wütend auffährt.

„Was soll das heißen? *Na ja*? Sehen Sie sie sich an! Sie ist entstellt. Die Nase muss vermutlich chirurgisch gerichtet werden. Da kommen einige Kosten auf Sie zu. Das sage ich Ihnen."

Mir wird das Ganze immer unangenehmer. Am liebsten würde ich mich in Luft auflösen.

„Juli", bittet meine Mutter mich und legt mir eine Hand auf den Unterarm. „Was ist denn da passiert? Kannst du uns das erklären?"

Ich öffne den Mund. Und schließe ihn wieder. Wo soll ich denn da anfangen? Wie erkläre ich meinen Wutausbruch? Am einfachsten wäre es, zu sagen: *Ich werde gemobbt.*

Ich sehe meine Eltern an, hinter deren Augen ich die Sorge und Angst erkennen kann. Und ich kann es nicht sagen. Ich kann ihnen das nicht antun.

„Ich war sauer."

„Du warst sauer?", hakt mein Vater nach. „Aber seit wann schlägst du einfach drauf los? Das haben wir dir so nicht beigebracht."

Herr Brennstädt schnaubt empört. „Sie haben Ihre Tochter ganz offensichtlich nicht im Griff."

Sowohl mein Vater als auch meine Mutter blitzen ihn wütend an. Doch beide halten sich zurück. Im Moment stehen sie tatsächlich nicht besonders gut da. Und das ist meine Schuld. Mein rechtes Bein beginnt zu wackeln. Ich streiche den Rock darüber glatt und starre dann auf eine kleine Macke auf der sonst so makellosen Tischoberfläche.

„Weshalb warst du denn sauer?", will Mama wissen.

Ich schweige.

Herr Rügen räuspert sich. „Sie ist der Meinung, dass Vanessa eines der Pferde vergiftet hat."

„Bitte?", schnappt Frau Brennstädt. „So etwas würde meine Tochter niemals tun."

Ihr Mann reagiert etwas gelassener. „Gibt es dafür irgendwelche Beweise?"

Herr Rügen schüttelt den Kopf. „Der Tierarzt konnte keine Fremdeinwirkung feststellen. Dem Pferd geht es jetzt zum Glück wieder gut."

„Ganz im Gegensatz zu unserer Tochter", kommentiert Nessas Vater.

„Aber das ist ja noch nicht alles", mischt Nessa sich ein. „Sie hat auch behauptet, ich hätte sie in den See gestoßen, obwohl ich das gar nicht gemacht hab. Später hat sie das auch zugegeben. Und dann hat sie noch Alinas Kleid für das Theaterstück zerstört."

Herr und Frau Brennstädt schütteln fassungslos die Köpfe. Bevor jemand etwas sagen kann, hebt Herr Rügen beschwichtigend die Hände.

„Das mit dem Kleid ist nicht bewiesen. Niemand hat gesehen, ob es tatsächlich von Julia zerschnitten wurde. Deshalb lassen wir das heute außen vor."

„Du bist in den See gefallen?" Meine Mutter sieht mich erschrocken an. „Wann war das?"

Ich ziehe den Kopf zwischen die Schultern. „Kurz bevor ich die Erkältung bekommen habe."

„Warum hast du uns denn davon nichts erzählt? Ich meine, das kann ja wenigstens mal kurz zwischendurch erwähnt werden: *Du Mama, heute haben wir Mathe geschrieben, ich war ein bisschen reiten und dann bin ich in den See gefallen.* Das hätte mich tatsächlich interessiert."

„Aber es war doch unwichtig. Es war offensichtlich ein blöder Unfall. Ihr hättet euch nur Sorgen gemacht."

Meine Eltern ziehen gleichzeitig die Stirn in Falten.

„Dürfen wir das denn nicht?", fragt mein Vater. Ich ziehe es vor, nicht zu antworten. Vor allem, weil auch Herr Rügen und die Brennstädts noch im Raum sind.

„Also, wie wird dieser Vorfall jetzt von Seiten der Schule behandelt?", will Nessas Vater wissen. „Wird das Mädchen verwiesen?"

Herr Rügen lächelt charmant, stößt damit allerdings auf Granit. „Nein, das wäre doch übertrieben. Julia hat sich bisher immer von einer vorbildlichen Seite gezeigt. Ich denke, in letzter Zeit sind nur die Gefühle etwas mit ihr durchgegangen."

„Ach, und wenn das nächste Mal ihre Gefühle Achterbahn fahren, bricht sie meiner Tochter vielleicht den Arm? Lächeln Sie darüber dann auch hinweg?"

„Jetzt übertreiben Sie mal nicht!", fährt mein Vater das erste Mal mit etwas lauterer Stimme dazwischen.

„Ich übertreibe? Wo übertreibe ich denn?" Herr Brennstädt ist inzwischen so rot angelaufen, dass ihm der Schweiß ausbricht.

Herr Rügen hebt noch einmal die Hände. „Nun beruhigen wir uns erst noch einmal alle. Ich denke, sowohl Sie", er deutet auf die Brennstädts, „als auch Sie", er sieht meine Eltern an, „reagieren nach Ihren bisherigen Erfahrungen mit solchen Gesprächen vollkommen verständlich. Ich weiß, dass das für Sie alle ein sensibles Thema ist. Aber in diesem Fall liegt wohl lediglich eine Streitigkeit zwischen zwei Schülerinnen vor, die aus der Welt geschafft werden kann."

Aus dem Augenwinkel bemerke ich, wie Nessa sich ein Stück vorbeugt und zu mir hinüberschaut. Ich schließe kurz die Augen und atme tief durch. Hoffentlich versteht sie seine Aussage nicht.

„Das gesamte Lehrpersonal, mich eingeschlossen, wird in Zukunft vermehrt ein Auge auf die beiden haben, damit so etwas nicht noch einmal vorkommt. Über eine angemessene Strafe für Julia denke ich noch nach." Er wirft mir einen eindringlichen Blick zu und ich nicke ergeben.

Herr Brennstädt schnaubt. „Machen Sie, wozu Sie lustig sind. Ich für meinen Fall werde jedenfalls meinen Anwalt einschalten. So schnell wird die Sache nicht vergessen sein. Immerhin ist das Körperverletzung. Von den unhaltbaren Vorwürfen gegen meine Tochter mal ganz abgesehen."

„Herr Brennstädt, ich bitte Sie...", hebt Herr Rügen an, doch Nessas Vater winkt nur ungeduldig ab.

„Nein. Für mich ist das Gespräch hier beendet. Ich muss zu meinem Termin." Mit einem Ruck steht er auf und zieht seine Frau gleich mit sich hoch. Nessa folgt den beiden stumm auf den Flur.

„Juli, bitte sprich offen und ehrlich mit uns. Du weißt, dass du uns alles sagen kannst." Die Stimme meiner Mutter klingt gedämpft auf dem schmalen Flur. Beide sehen mich besorgt an. Und genau diese Sorge ist es, die mich weiter schweigen lässt. Ich stehe das alleine durch. Ich bin stark. Ich bin der Sommer.

„Es ist alles in Ordnung, Mama. Wirklich. Ich hab nur schwarz gesehen, okay? Es kommt garantiert nicht wieder vor."

Sie presst die Lippen aufeinander und zieht die Luft durch die Nase ein. Dann nickt sie. „Also gut. Bitte pass auf dich auf. Und ruf uns an, wenn du noch einmal in einen See fallen solltest." Sie lächelt leicht und küsst meine Stirn. „Oder bei sonstigen merkwürdigen Vorkommnissen, okay?"

Ich nicke. „Okay."

Mein Vater presst mich eng an seine Brust und ich atme seinen gemütlichen Papaduft tief ein. „Hab dich lieb mein Schatz", brummt er in meine Haare.

„Ich dich auch, Papa."

Ich stehe noch lange vor dem Internat und schaue die Einfahrt entlang. Auch dann, als das Auto meiner Eltern längst nicht mehr zu sehen ist. Am liebsten hätte ich mich auf die Rückbank gesetzt und wäre mitgefahren. Es wäre so einfach, zu entkommen. Aber ich gebe nicht auf. Das habe ich noch nie.

Zurück in meinem Zimmer lasse ich mich erschöpft auf mein Bett sinken. Mit einem tiefen Seufzer vergrabe ich mein Gesicht in den Händen und bleibe eine Weile so sitzen. Mein Kopf ist leer. Das ewige Lügen erschöpft mich mehr, als ich gedacht hätte. Vor allem, weil ich so gerne die Wahrheit sagen würde. Aber jedes Mal, wenn ich das gemacht habe, wurde es danach schlimmer. Und es möchte mir niemand glauben. *Eine Streitigkeit zwischen zwei Schülerinnen*, nennt Herr Rügen es. Etwas, das man ganz leicht aus der Welt schaffen kann. Aber kann man es auch wieder aus meinem Herzen schaffen?

Mit einer Hand taste ich nach dem Schwesternbuch unter meinem Kissen. Ich schiebe die Hand tiefer unter das Kissen. Noch tiefer. Fühle links und fühle rechts. Nichts. Mir wird schlagartig heiß. Hektisch reiße ich das Kissen weg und werfe es achtlos auf den Boden. Kein Buch. Ich springe auf, sehe unter meiner Decke nach. Nichts. Ich gehe auf die Knie und schaue unter das Bett. Nichts.

„Wo bist du?", flüstere ich verzweifelt und weiß selbst nicht so genau, ob ich mit dem Buch spreche oder mit Laura. Auf Knien krabbele ich durch das Zimmer. Schaue unter jedes Regal, jeden Schrank. Nichts. Nichts. Nichts. Das Buch ist weg.

Mein Herzschlag tönt in meinen Ohren. Nein. Das darf nicht sein. Nein. Nein. Nein. Ich brauche das Buch. Das letzte Stück, das mich Laura fühlen lässt. Die echte Laura. Nicht die, die mir auf den gestellten Bildern entgegen lächelt. Wenn ich das Buch in den Händen halte, ist es, als würde sie neben mir sitzen. Als könnte ich all unsere gemeinsamen Momente noch einmal durchleben.

Ein Schluchzen entkommt mir. Und noch eins. Es schüttelt mich. Ich raufe mir die Haare, drehe mich im Kreis, blicke mich weiter suchend um. Aber es bleibt dabei. Es ist weg.

Zitternd atme ich ein. Ich weiß, wer es hat. Ich weiß es. Und dieses Wissen ist es, das etwas in mir zerbrechen lässt. Das Buch in ihren Händen. Laura in ihren Händen. Ich schließe die Augen. Mein Hals schnürt sich zu.

Ich brauche das Buch. Ich brauche es.

Draußen ist es bereits dunkel, als ich mein Zimmer wieder verlasse und den Flur entlang renne. Mein Ziel steht fest. Aber als ich die Tür zu Nessas und Monias Zimmer aufstoße, ist es leer. Ich zögere einen Moment, dann trete ich ein. Ich erkenne sofort, welche Seite Monias ist und wende mich der anderen zu. Nessa hat wenig persönliche Gegenstände in ihrer Hälfte des Zimmers. Keine Bilderrahmen, keine Poster. Das Bett ist zwar nicht gemacht, aber ansonsten wirkt ihr Bereich eher unbewohnt. Sofort fange ich an zu suchen. Ich durchwühle die Laken, reiße Schubladen und Schranktüren auf. Bunte Kleidungsstücke fliegen durch den Raum. Aber dort ist kein Buch. Nichts. Erschöpft und weinend halte ich schließlich inne.

„Hast du sie noch alle?" Monias spitzer Schrei erschreckt mich nicht einmal. Ich schaue langsam zu ihr auf. Ihre Augen sind zu wütenden Schlitzen verengt. Hinter ihr stehen Vivienne und Alina.

„Was für eine Scheiße!", knurrt Vivienne. „Bist du noch ganz dicht im Kopf?"

„Ich hole Frau Jörgens!", ruft Alina und sprintet los.

Meine Schultern heben und senken sich bei jedem Luftholen. Sie verstellen die Tür, aber ich versuche trotzdem, mich an ihnen vorbei zu drängen.

Vivienne stößt mich grob zurück. „Du bleibst schön hier, bis Frau Jörgens da ist."

Eine tiefe Verzweiflung packt mich. Ich brauche das Buch. Sofort! Ich kann es nicht bei Nessa lassen. Noch einmal will ich mich raus zwängen, doch sie halten mich fest. Ich wehre mich, kratze über ihre Arme, bis Monia meine Haare packt und mich zurückreißt. Vivienne ist rot vor Wut. Sie betrachtet ihren Arm, wo meine Fingernägel rote Kratzer hinterlassen haben. „Das kriegst du zurück, Schlampe!", faucht sie und boxt mir ohne zu zögern in den Magen. Ich krümme mich vor Schmerzen zusammen, werde an den Haaren wieder hochgerissen und zu Boden geschleudert. Jemand setzt sich auf mich. Monia. Und gemeinsam zerkratzen sie meine Wangen und meinen Hals. Ihre Gesichter sind vor Wut verzerrt. Vergeblich reiße ich die Arme hoch und versuche, mich dahinter zu verstecken.

Erst, als Alinas atemlose Stimme ertönt: „Frau Jörgens kommt!", lassen die beiden von mir ab. Schwankend komme ich wieder auf die Beine. Ich sehe sie alle nicht mehr an, als ich aus dem Zimmer flüchte. Und diesmal halten sie mich auch nicht zurück.

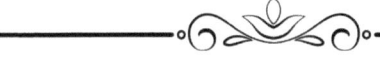

Ich renne aus dem Gebäude, raus in die Kälte der Nacht. Hin zu dem einzigen Ort, der mich jetzt noch auf unerklärliche Weise mit Laura verbindet. Schwer atmend erreiche ich die alte Eiche. Ihre knorrigen Äste ragen über mir auf. Sie wankt leicht im Wind, genau wie ich. Ich stütze mich mit einer Hand an ihrem Stamm ab und wische mit der anderen über mein Gesicht. Etwas Dunkles, Feuchtes bleibt an meinem Handrücken haften. Blut.

Ich senke den Kopf und starre auf meine ehemals glänzenden Lackschuhe, die nun von Schlamm überzogen sind. Und auch die Strumpfhose hat es ordentlich erwischt. Aber das ist mir egal. Ich sinke auf die Knie. Die Wurzeln der Eiche bohren sich in meine Gelenke. Meine Stirn ruht an ihrer rauen Rinde. Mein Atem bildet kleine Wölkchen vor meinem Gesicht.

„Suchst du etwas?", erklingt Nessas Stimme hinter mir. Ich schrecke hoch, bin sofort wieder auf den Beinen, achte nicht darauf, ob die Wurzeln meine Strumpfhose zerrissen haben. Das ist egal. Alles, was zählt, ist das Buch in Nessas linker Hand. Sie hat es aufgeschlagen und lächelt kühl, als sie die kindlichen Verse liest.

„In allen vier Ecken soll Liebe drin stecken?", fragt sie. „Im Ernst?"

„Gib es her", flüstere ich. „Gib es mir zurück."

„Sag bitte, bitte", fordert sie mich grinsend auf.

„Bitte, bitte!", flehe ich und trete einen Schritt näher. Nessas Grinsen wird breiter. „Ähm ... Lass mich überlegen. Nö."

Und mit einem Ruck reißt sie die Seite heraus. In der Dunkelheit der Nacht sehe ich nicht, was darauf gemalt ist. Aber ich weiß es auch so. Es war die Seite, die Laura und ich mit Glitzer und kleinen Einhörnern verziert haben. Einen ganzen Nachmittag saßen wir daran. Und als wir abends nach Hause kamen, musste Mama uns in die Badewanne stecken, weil wir selbst aussahen, wie kleine, glitzernde Einhörner.

„Nein!", schreie ich und springe vor. Doch Nessa dreht sich geschickt weg. Und als sie sich mir wieder zuwendet, hält sie ein Feuerzeug in der Hand.

Ich erstarre. Den Blick fest auf die Flamme gerichtet. „Bitte", flehe ich noch einmal. „Bitte tu das nicht."

„Das scheint dir ja echt viel zu bedeuten, das Ding hier. Pass auf, wir machen einen Deal. Du sagst den anderen, dass du dir das alles ausgedacht hast, weil du eifersüchtig auf mich warst. Und ich verschone deinen Papierfreund." Die flackernde Flamme ist nun so dicht an meinem Schwesternbuch, das ich kurz das Bild auf der aufgeschlagenen Seite sehen kann. Ein Selbstporträt von Laura und mir. Krumm und schief und kaum zu erkennen. Aber wir fanden es toll. Laura hat uns beiden sogar noch kleine Krönchen aufgemalt.

„Du meinst, ich soll lügen?"

Sie lächelt kühl. „Das kannst du doch so gut."

Ich starre weiter auf die Zeichnung. Erinnere mich, wie stolz wir darauf waren. Laura und ich. Eine Einheit. Ich erinnere mich daran, wie wir danach nach Hause gingen. Hand in Hand und alberne Kinderlieder gesungen haben. Und plötzlich weiß ich, was ich tun muss.

„Nein", antworte ich und sehe Nessa fest in die Augen. Sie zuckt mit den Schultern und setzt das Feuerzeug an. In Windeseile frisst sich die Flamme durch das dünne Papier. Es tut mir fast körperlich weh, dabei zuzusehen. Nessa pustet die Flammen aus, sobald sie die Seite vollständig gefressen haben.

„Das wäre Ihr Preis gewesen", amüsiert sich Nessa. „Pass auf. Ich gebe dir noch eine Chance. Wir beide wissen, wer das Kleid zerschnitten hat, nicht wahr?"

„Ja", erwidere ich emotionslos. „Du."

Sie lacht leise. „Okay. Okay. Aber wenn du sagst, du wärst es gewesen, schenke ich dir diese hübsche Seite."

Ich will nicht wissen, welche es ist. Ich schüttele den Kopf. „Nein."

Wieder frisst sich die Flamme ihren Weg. Ich schließe die Augen, will es nicht mit ansehen.

„Das Spiel macht allmählich Spaß", kichert Nessa. Sie blättert weiter, schmunzelt manchmal und verdreht an manchen Stellen die Augen. „Okay. Eine Chance noch. Sag, dass du dem Pferd Schokolade zu fressen gegeben hast, um dich wichtig zu machen."

„Du hast ihr Schokolade gegeben?"

Sie lacht und setzt die Flamme an. „Sie liebt Schokolade. Hat eine ganze Tafel davon gefressen."

Ich beginne zu zittern. Aber ich schweige. Die Seite flammt hell auf. Kleine Ascheteilchen segeln zu Boden. Es ist, als würde Nessa mir mit jeder zerstörten Seite ein wenig meiner Lebensenergie rauben. Aber ich werde nicht mehr lügen. Nein. Nie mehr.

„Komm. Ein Versuch noch. Sag, dass du auf Jonathan stehst und dass du diejenige warst, die ihn geküsst hat. Sag ihnen, dass du ihn dazu überredet hast."

Ich presse die Lippen aufeinander. Eine Seite mit aufgeklebten Herbstblättern fängt Feuer. Blätter, die wir in unserem Wald gesammelt haben. Blätter, die Laura in der Hand hielt. Das Größte und Schönste davon hielt sie besonders hoch und lachte mich dabei fröhlich an. Weg. Sie sind weg.

„Ach, du langweilst mich", beschwert sich Nessa. „Letzter Versuch. Danach brennt das ganze Buch. Sag, dass du dich im See umbringen wolltest. Weil du fett und hässlich bist. Deshalb läufst du auch immer so viel."

Ich starre sie an. Sie war es also doch. Sie war es. Sie hat mich hineingestoßen. Dann richte ich die Augen auf das Buch. „Nein."

Nessa zuckt mit den Schultern und hält die Flamme an den Umschlag des Buches. Es dauert ein wenig länger, bis dieser ebenfalls Feuer fängt. Aber dafür brennt er umso heller und zerstörerischer. Als die Flammen an ihren Fingern züngeln, lässt sie das Buch zu Boden fallen. Es brennt weiter und wir beide starren darauf. Sie gebannt. Ich geschockt. Mein Herz scheint auszusetzen und ich zittere inzwischen unkontrolliert am ganzen Körper.

„Nein", flüstere ich. „Nein!" Ich sinke auf die Knie, krabbele auf das Buch zu und versuche, die Flammen auszuschlagen. Doch es ist zu spät. Es ist weg. Weg. Weg. Weg.

Vor meinen Augen zerfällt die letzte Seite zu Staub. Lauras letzte Worte an mich:

Sei stärker. Sei der Sommer. Sei Juli.

Aber ich kann nicht mehr. Ich will nicht mehr stark sein. Meine letzte Erinnerung an sie ist verloren. Für immer verschwunden. Meine Finger tasten nach der noch heißen Asche. Tränen verdampfen zischend darin. Papierreste zerfallen, sobald ich sie berühre. Es tut weh. Es tut so weh. Nicht die heiße Asche. Nein, das Herz.

„Juli." Leons Stimme ist kaum mehr als ein Flüstern, als er sich zu mir hockt und mich in seine Arme zieht. „Juli." Mehr sagt er nicht. Ich weiß nicht, woher er so plötzlich kommt und wie lange er schon da ist. Aber er hält mich fest und das ist alles, was mich momentan vom Zerbrechen abhält.

Ich brauche nicht nachzusehen, um zu wissen, dass Nessa weg ist. Wahrscheinlich hat sie sich aus dem Staub gemacht, sobald sie Leon bemerkt hat. Ich presse mich an seine Brust, seine Knie umfangen meinen Körper, geben mir Halt.

„Wo ist dein Handy?", fragt er. „Hast du es dabei?"

Seine Frage kommt so überraschend, dass ich nur irritiert nicke. Schniefend ziehe ich es aus meiner Rocktasche. Er nimmt es entgegen, entsperrt den Bildschirm mit einem Fingerwisch und tippt darauf herum. Dann hält er es mir mit dem leuchtenden Display entgegen. „Mama" lautet der angerufene Kontakt. Es wählt bereits. Aus dem kleinen Lautsprecher dringt ein ruhiges Tuten. „Sprich mit ihnen. Erzähle ihnen alles."

Und das tue ich dann auch. Endlich.

Epilog

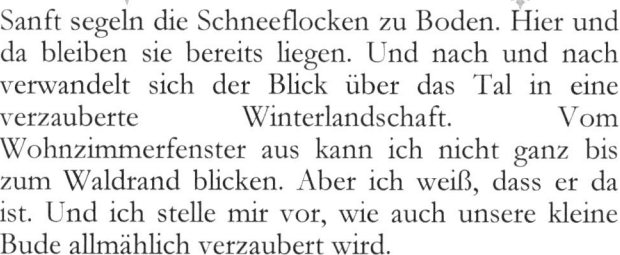

Sanft segeln die Schneeflocken zu Boden. Hier und da bleiben sie bereits liegen. Und nach und nach verwandelt sich der Blick über das Tal in eine verzauberte Winterlandschaft. Vom Wohnzimmerfenster aus kann ich nicht ganz bis zum Waldrand blicken. Aber ich weiß, dass er da ist. Und ich stelle mir vor, wie auch unsere kleine Bude allmählich verzaubert wird.

Dann besinne ich mich wieder auf meine Besucherin. Wir sehen uns an, schweigen. Schließlich seufzt sie leise und senkt den Blick. „Ich … Ich bin gekommen, um dir zu sagen, dass es mir leidtut. Alles."

Sie wartet auf eine Antwort, die nicht kommt. Ich starre sie nur weiterhin an. Zu oft bin ich auf ihre Lügen hereingefallen. Genau wie alle anderen. Die Wut in mir ist etwas abgeklungen, aber ein wenig davon ist noch übrig.

Sie schaut wieder auf, die Augen groß in ihrem blassen Gesicht. „Wirklich. Es tut mir wirklich leid."

Ich weiß, warum sie hier ist. Ich weiß, dass sich inzwischen alle von ihr abgewandt haben.

Nachdem ich meine Eltern angerufen hatte, dauerte es keine drei Stunden, bis sie da waren und mich mit nach Hause nahmen. Anfangs war es schwierig. Immer und immer wieder musste ich erzählen, was genau passiert ist. Ihnen, den Lehrern, dem Direktor, dem Therapeuten. Und jedes Mal kostete es mich wieder Überwindung, bis es irgendwann nur noch ein auswendig gelernter Text war.

Der Winterball kam. Ich ging nicht hin. Weihnachten kam und ging. Silvester kam und ging. Und irgendwann bekam ich eine Nachricht. Monia. Minutenlang habe ich die Textzeilen angestarrt, bis ich ihre Entschuldigung schließlich löschte. Ihr zu verzeihen, fällt nicht leicht. Aber vielleicht kann ich es irgendwann.

Im neuen Jahr kam Leon zu Besuch und erzählte mir, was am Internat passierte, nachdem ich weg war. Leon hatte Nessas und mein Treffen an der alten Eiche heimlich gefilmt. Er hatte alles auf Kamera. Jedes ihrer Geständnisse. Und am Abend des Winterballs zeigte er das Video auf einer großen Leinwand. Ziemlich theatralisch für meinen Geschmack, aber Leon ist noch immer stolz darauf.

Ich weiß also, warum sie hier ist. Sie wurde unverzüglich der Schule verwiesen und laut Leon möchte niemand mehr etwas mit ihr zu tun haben. Er sagte das mit einer gewissen Genugtuung. Aber ich konnte nicht dasselbe fühlen. Kann ich immer noch nicht. Stattdessen fühle ich ... eine Art Verbundenheit. Und das verwirrt mich am Allermeisten. Bei allem, was sie mir angetan hat, sollte ich mich doch freuen, dass es ihr nun schlecht geht. Dass sie wieder alleine ist, keine Freunde hat. Denn sie hätte keine Freunde verdient. Aber so ist es nicht.

„Ich weiß, warum du hier bist", sage ich leise. Sie schaut mich ausdruckslos an. Leblos. Farblos. „Ich weiß, dass du keinen Kontakt mehr zu den anderen hast."

Schnell senkt sie den Blick. „Nein, das ist es nicht. Sie waren nie wirklich meine Freunde. Sie waren ein Experiment, das gescheitert ist."

Bei ihren Worten muss ich schlucken. Auch ich war eines ihrer Experimente.

Nessa atmet tief ein. Ihre Schultern zittern dabei. „Ich befinde mich inzwischen in psychiatrischer Behandlung. Vielleicht solltest du das wissen."

Ich auch. Aber das sage ich ihr nicht.

„Diese Dinge, die ich da getan habe. Die ich dir angetan habe ...", es fällt ihr sichtlich schwer, weiter zu sprechen, „die habe ich aus einer Art Zwang heraus getan. Manchmal wollte ich es gar nicht. Und meistens ging es mir danach schlechter als vorher. Ich dachte ... vielleicht solltest du das wissen."

Tatsächlich habe auch ich oft über ihre Beweggründe nachgedacht und bin selbst zu dem Schluss gekommen, dass mit Nessa etwas nicht stimmt. Vielleicht kann ich deshalb nicht mehr richtig wütend auf sie sein.

Ich sehe, wie sie die Ringe an ihren Fingern dreht. „Eigentlich ... eigentlich hätte ich dich gerne zur Freundin gehabt. Aber ich glaube, inzwischen ist das ausgeschlossen. Nicht wahr?" Unsicher lächelnd schaut sie zu mir auf. Und tatsächlich zuckt mein linker Mundwinkel. „Das glaube ich auch."

Sie nickt, schnieft. Wieder geht ein Zittern durch ihren Körper. Und ja, ich glaube ihr. Denn dies wird das letzte Gespräch sein, das wir miteinander führen. Mich zu belügen würde für sie keinen Vorteil erbringen. Sie hat das Spiel verloren. Das haben wir wohl beide.

Nachdem Nessa wieder gegangen ist, überkreuze ich die Arme auf der Rückenlehne des Sessels und lege mein Kinn darauf ab. Die Landschaft hat sich inzwischen komplett in Weiß gehüllt. Zwei Rehe staksen über den frisch gefallenen Schnee. Hin und wieder bleiben sie stehen, heben die Köpfe und schauen sich aufmerksam um.

Laura hatte recht. Ich bin der Sommer. Ich bin stark. Und vielleicht war sie wirklich der Herbst. Aber was sie nicht gesehen hat, ist, dass der Herbst nicht weniger Kraft besitzt. Denn der Herbst hat den Mut seine Schwächen offen zu zeigen. Und auch im Winter ist das Leben nicht vorbei. Tief unter der Erde wachsen neue Wurzeln, um im Frühling als bunte Blumen an die Oberfläche zu treten.

Vielleicht tragen wir alle von jeder Jahreszeit etwas in uns. Wir sind mutig, stark, zauberhaft und lebensfroh. Wir müssen es nur zulassen.

Liebe Leser,

dieses Buch hat mich mehr Nerven gekostet, als alle vorherigen zusammengenommen. Und das soll schon etwas heißen, denn es ist das Elfte aus meiner Feder.

Aber das Thema Mobbing ist so komplex und schwierig auf Papier zu bringen. Ich habe mehrere Anläufe gebraucht, bis ich diese finale Version schließlich zustande gebracht habe und damit zufrieden war.

Trotzdem habe ich noch lange nicht alles angesprochen. Das werde ich auch niemals können. Denn jeder Mensch nimmt Mobbing anders wahr. Egal, ob als Opfer oder als Täter.

In dieser Geschichte spielen nicht nur Juli und Nessa entscheidende Rollen. Auch alle anderen erwähnten Personen tragen zur Entwicklung bei.

Aber was sind ihre Beweggründe? Was treibt sie dazu, Juli den Rücken zu kehren und sie schließlich sogar zu mobben?

Nehmen wir einmal ihre beste Freundin Monia. Ist euch aufgefallen, dass sie mit keinem Wort erwähnt, dass sie in Leon verliebt ist? Nun, weil sie es nicht ist. Denn Monia steht nicht auf Jungs. Und unerwiderte Gefühle können uns ebenso in unserer Handlungsweise beeinflussen, wie Eifersucht und Wut.

Alex scheint nur eine Randfigur zu sein, aber auch er bringt Juli ins Straucheln. Dabei meint er es nicht einmal schlecht. Seine Freundschaft zu Leon ist ihm einfach wichtiger als Julis Gefühle.

Jonathan. Auch er hat seine Beweggründe, die vor allem in seiner Familie liegen. Alleine mit einem

Vater, der sich nicht so um ihn kümmert, wie er es eigentlich sollte.

Jeder Handelnde hat einen Hintergrund. Manchmal sind sie nicht ganz offensichtlich. Aber unsere eigene Geschichte beeinflusst unser Handeln und somit das Leben anderer Personen.

Und ich wage mich jetzt einmal sehr weit aus dem Fenster, indem ich behaupte, dass jeder von uns (mich eingeschlossen) schon einmal damit in Berührung gekommen ist.

Leider gehört Mobbing nicht nur an Schulen zu unserem alltäglichen Leben. Und viel zu oft werden wir zu Tätern, ohne es zu bemerken oder gar zu wollen. Wir rutschen hinein, meist ist es ein schleichender Prozess.

Jeder Täter ist anders. Jedes Opfer ist anders. Während die einen das Mobbing stillschweigend hinnehmen, setzen andere sich vielleicht zur Wehr. Es gibt so viele verschiedene Facetten.

Meine Bitte an die Opfer: Auch, wenn es euch schwer fällt, so wie Juli. Holt euch Hilfe. Führt Gespräche. Denn sie sind nicht immer sinnlos. Vielleicht wissen eure Peiniger gar nicht, was sie in euch bewirken.

Und an die „Täter": Auch ich selbst habe ich nicht immer jedem fair gegenüber gehandelt. Gerade in Schulzeiten, wenn man sich selbst noch nicht gefunden hat, möchte man dazugehören. Und es ist so einfach, jemanden zu degradieren, um selbst besser dazustehen.

Es ist menschlich, sich lieber der Masse anzuschließen, als dagegen anzugehen. Aber glaubt mir: Es fühlt sich so gut an, für Schwächere einzustehen. Und wenn ihr einige Jahre später auf euch selbst in jüngeren Zeiten zurückblickt, werdet ihr lächeln können und stolz auf euch sein.

Weitere Bücher der Autorin:

Die X-Reihe

Zombie-Apokalypse. So etwas passiert, wenn überhaupt, nur in Hollywood und ist von Kreuztal, der beschaulichen Stadt im Siegerland, Lichtjahre entfernt. Es ist ein Wort, das der 16-jährigen Mila so egal ist, wie der gepflegte Vorgarten ihres spießigen Nachbarn. Als allerdings genau dieser Nachbar eines Nachts vor ihrer Tür steht und sie fressen will, kommt sie nicht drum herum, sich mit dem Thema etwas genauer zu befassen.

Die Blut-wie-die-Liebe-Dilogie

Blut wie die Liebe

Blut ist dicker als Wasser, heißt es. Luisa kann dem so nicht zustimmen. Nachdem sich die Familie von ihr und ihrer Mutter abgewendet hat, pendeln die beiden durch ganz Deutschland. Daher weiß Luisa bei ihrem Umzug nach Kreuztal schon, dass sie in dieser kleinen Stadt nicht lange bleiben wird. Umso überraschter ist sie, als sie hier Yasin kennen lernt, in dessen Familie sie das erste Mal Anschluss und Geborgenheit findet. Es könnte alles so einfach sein, wären da nicht noch Justus, der Luisas Welt komplett auf den Kopf stellt und ein Geheimnis, das von so großer Bedeutung für sie ist.

Blut wie die Liebe zu dir

Luisa liebt Justus. Das ist Fakt. Fakt ist aber auch, dass diese Liebe niemals sein darf. Deshalb setzt sie alles daran, ihre Gefühle zu verstecken und ihm aus dem Weg zu gehen. Doch wie geht man jemandem aus dem Weg, der im selben Haus lebt? Und was passiert mit einem Menschen, der seine Gefühle und innersten Wünsche missachtet? Luisa ist hin- und hergerissen zwischen ihrer Liebe zu Justus und dem, was moralisch richtig wäre.

277

Elenas Rabe

Drei Dinge sind es, die Elena seit frühesten Kindertagen von ihren Eltern eingeprägt bekommt:

Tugend, Fleiß und vor allem Hilfsbereitschaft.

Doch dann trifft sie auf den skurrilen Corvid, der ihr offenbart, dass nichts so ist, wie es scheint und ihr eine Welt voller fantastischer Wesen vorstellt.

Elena gerät in einen Strudel aus Abenteuern, Mythen und Ungeheuerlichkeiten und der einzige Weg zurück führt durch den Goldenen Bogen, der erst dann erscheint, wenn sie es schafft, einen Krieg zu gewinnen, der nicht ihr eigener ist.